河出文庫

ブラッド・ロンダリング

警視庁捜査一課 殺人犯捜査二係

吉川

河出書房新社

私の人生を語る上で避けて通れないのが、この大火の話だ。

上身に重度のやけどの痕が残り、ケロイド状になったそれはいまだにすさまじい存在感を放って私の体にいる。

夏はひどい痒《かゆ》みに悩まされ、冬は乾燥でひきつれてキリキリと痛む。炎に呑まれた恐怖の記憶は脳裏に焼きつき、明け方の夢としてしばし私を悩ませる。

だが、昭和が終わり平成も終わろうとするいま、それに一筋の光明があった。

私の心はその時やっと少し、癒された。そう、あの大火のあと、焼け落ちた我が家の軒下に咲いた、一輪の美しい花のように。

あの花の名前は、なんと言ったか――。


（玉置良治著『十津川村、我が半生』より一部抜粋）

目次

ブラッド・ロンダリング

警視庁捜査一課　殺人犯捜査二係

プロローグ

ここまで警察官になることを約束された人生はなかった、と真弓倫太朗《まゆみりんたろう》は思う。

警視庁本部庁舎の前に立っていた。『警視庁』と彫られた大理石の銘板を横目に、階段をあがる。皇居のお濠《ほり》沿いの桜は満開だった。ケヤキの巨木に囲まれた表玄関は日が当たらず、鬱蒼としている。『国家公安委員会』『警視庁』という木の看板が、入口を挟むように掲げられていた。

初めてここに来たのは、八歳の時だった。父の真弓浩二《こうじ》に連れられて、警視庁剣道昇級会の見学で本部十七階の道場へ行った。倫太朗は七歳の時から、警視庁の各所轄署等が主宰する少年剣道部でお世話になっていた。父親も祖父も地域課警察官だ。家に遊びに来る父親の友人も、休日に一緒に遊ぶ家族も、みんな警察官だった。

都民向けのロビーを抜けた先に、通行ゲートと受付がある。警察行政職員の女性がスーツ姿の来客者と話していた。今日は平成三十一年四月一日、春の人事異動日だ。本部勤務に馴れない者が多く来ている。通行証を持った刑事たちは、水色のストラップで下げた通行証をゲートにかざす。次々と通過していく。

「よう。来たか」

待合ベンチに座っていたスーツの男が、跳ねるように立ち上がった。

亀有時雄《かめありときお》。五十歳。父親と同期同教場で同じ釜の飯を食った。倫太朗は物心ついたときから、亀有のことを知っている。ひとたび顔を見られるだけで「宿題終わってないだろ」と鋭く指摘された。いまは捜査一課の亀有班の班長として、四人の部下を持つ。

「今日からよろしくな」

亀有が倫太朗の首に、水色のストラップをかけた。本部勤務者のみに発行される通行証だ。所属先や階級、氏名と顔写真が記されている。

刑事部　捜査一課　第二強行犯捜査　殺人犯捜査二係　四班　巡査長　真弓倫太朗。

「天国のおやじさんも、今日この日を喜んでいる」

行くぞ、と先を歩きかけた亀有の腕を、倫太朗は摑んだ。

「すみません。ちょっとその前に、お話ししたいことが」

一階の食堂の奥にある、喫茶室に入った。亀有はコーヒーを注文した。倫太朗はすぐに立ち去るつもりだ。水だけにしておいた。亀有が問う。

「で、なんだよ。改まって」

倫太朗はジャケットの内ポケットに手を入れた。辞表を、テーブルの上に滑らせる。

第一章　汐里

二階堂汐里《にかいどうしおり》は煙草を吸っていた。

警視庁刑事部捜査一課の大部屋が入る六階の喫煙所からは、皇居のお濠の満開の桜がよく見える。ピンク色まみれのうざい窓に背中を向けている、一心に。

桜は、大嫌い。とっとと散ってしまえ、いや、枯れろ。と、いつも思う。

狭苦しい喫煙所は男性刑事たちがひしめきあっている。汐里は紅一点だ。三十人いる殺人犯捜査二係でも女は汐里だけだ。

羽の模様が入った彫金のジッポの蓋を、開けたり閉めたりする。カキーン、カキーンと耳障りな音がする。うるさいと言われた。「お前がうるさい」と声の主を振り返らずに答える。何人かがせせら笑った。どっちをせせら笑ったのかは知らない。

同じ殺人犯捜査二係四班の、川鍋隆二《かわなべりゅうじ》が喫煙所に入ってきた。誰かを捜しに来たという顔だ。汐里に目を留める。

「亀有さん見た？」

「新人迎えに行った。ロビーでしょ」

汐里は煙草をすりつぶし、二本目を口にした。亀有がまだ戻っていないなら、もう一本吸える。川鍋も隣で煙草に火をつけた。今年四十五歳にもなる男が、メンソール煙草など吸っている。汐里は赤マルだ。

「おっせぇなぁ。一階に迎えに行くだけで一時間かかるか？」

「電話したら」

「出ないんだよ」

「新人が初日から遅刻か、逃げ出したんじゃないの」

「そういうタマじゃねぇだろ。亀有さんの同期の息子だよ」

「へえ。警官の息子」

「今年で二十六らしいけど、もう剣道五段だって」

「なんかあっても〝道場来い！〟ってしごけない」

たいして面白くもないが、二人でふんっと笑う。中年の男女が二人。心から笑うことなんか、もうない。汐里は三十七歳だ。ジッポの蓋を弄《もてあそ》ぶ。煙を鼻から出した。

「お前、昭和の男かよ」

汐里ははんっと煙を吐いた。別にそれでいい。

「そんなタールの強いの吸って。お肌に悪いんじゃないの。女性ホルモン減りそうだし」

「煙草では減らない。そもそもいらない」

喫煙所を出ようとした。待て、と止められる。川鍋がスマホのニュースサイトを見せた。速報らしい。

「新しい時代。令和だってさ」


汐里は廊下を歩きながらミントタブレットを噛み潰した。女子トイレに立ち寄り、髪やスーツに消臭剤をふりかける。大部屋に戻った。

桜田通りと内堀通りに挟まれている警視庁は、いびつなV字型になっている。内堀通り沿いがAフロア、桜田通り沿いがBフロアだ。捜査一課は六階のBフロアにある。組織犯罪対策部と住み分けている。

捜査一課フロアには第二～第五強行犯捜査殺人犯捜査のデスクのシマがずらりと並ぶ。第一・第六・第七はそれぞれ捜査庶務や科学捜査、火災事案など細かく担当が分かれているから、別の部屋にいる。ここにいるのは殺人捜査で足と頭脳を使う刑事たちだ。

四班のシマに、亀有が戻っていた。部下の双海真《ふたみまこと》巡査部長と、しゃべるでもない。双海は日報を、亀有は新聞を開いていた。

「新人君は？」

亀有は汐里を振り返りもせず、答える。

「刑事総務課。新人研修だ」

「はやっ。先に自己紹介くらい」

お向かいの双海から嫌味を言われる。

「煙草の時間が長すぎるんだよ」

双海はいつも川鍋と汐里の喫煙を問題視する。まだ二十九歳なのに小太りだ。銀縁メガネをかけ、貫禄がある。

「一本五分として二階堂さんの場合は一日三十本、つまり百五十分間のさぼりがあるってわけだ。非喫煙者よりも二時間半近く休憩時間がある計算で、つまり月換算すると――」

汐里は双海の言葉を遮り、上司に呼び掛けた。

「亀有さん。新聞、さかさま」

亀有は手元を見て、慌てて新聞をひっくり返した。その目から、刑事が持つ鋭い眼光はとっくに失われていた。

亀有は出世頭だった。俳優の誰それに似ていると言われ、美しい妻をもらい、ノンキャリ刑事の最高峰・捜査一課長になる人物と期待されていた。出世レースから外れたのは十年近く前だ。長女がグレて手に負えず、十八歳で妊娠、結婚した。相手は半グレという最悪の選択だった。

警察官は、二親等以内の親族を常に組織に把握される。親きょうだいの結婚や離婚、再婚は全て申請しなくてはならない。組織に反社会勢力や共産党員が近づくことを警戒するためだ。人事はブラックボックスであり、親族関係がどう採用や昇任に影響するか、明確な基準はない。だが、娘が反社会勢力の男と結婚というのは、誰がどう見てもアウトだ。

亀有は、娘と縁を切るか、組織のヒラとして終わるか、上から選択を迫られた。娘を選んだ。管理職の道をあきらめ、警部補で一個班の班長という身分に甘んじている。そのころから、目に光がなくなった。刑事が眼光を失うと、生気まで消えうせる。刑事という職業の性《さが》を思う。

「新人君、どんな子です？」

亀有は困った顔をした。

「どんな子と言われてもな。チビの時から知っているから……。名前は真弓倫太朗だ」

川鍋が戻ってくる。

「ニュース見ました？　令和だって。新しい元号」

「喫煙組はニュースサイト見る時間があっていいですねぇ」

双海が川鍋にも喫煙時間の長さを説教する。汐里と川鍋、双海は同じ巡査部長だ。双海は最年少なのに、先輩後輩関係なく接する。見ていて気持ちがいい。腹は立つ。

男女を区別しないのは双海のいいところだが、欠点でもあった。最近子どもが生まれ、育児の話ばかりする。将来的に警視庁捜査一課初の男性育児休暇取得に向けて、警務部と話し合っている。汐里には縁のない話だ。

ふいに背筋が粟立った。人の気配を背後に感じる。振り返ったが、誰もいない。背の低いスチール棚のずっと向こうに、見知らぬ青年がいた。天井からぶら下がるプレートを一枚一枚確認しながら、こちらに近づいてくる。

あれが真弓倫太朗だと直感した。直感は嫌だった。第六感は悪いことが起きるときにしか働かない。人間の防御本能だからだろうか。

実直そうな太い眉毛に、優し気な目元をした青年だった。背が高く瘦《や》せていた。口元はりりしく引き締まる。清潔そうな見てくれで、ネクタイも突飛な柄を選んだりしない。人生に失敗することがなさそうな、最低でも普通の人生を歩めそうなものを全て兼ね備えている外見だ。それなのに、もう全部に失敗してしまい、途方に暮れたような顔をしている。

目が合った。

汐里は視線を逸らした。デスクに向き直り、日報を開く。

「お、倫太朗。こっち！」

亀有が立ち上がる。

「あぁ、どうも……。すいません」

倫太朗が足早に、班のシマに駆け寄ってきた。汐里の隣のデスクが空いている。今日からそこが、倫太朗の席だ。椅子の下にリュック型のビジネスバッグが置いてあった。亀有が汐里の頭越しに会話する。

「もう研修は終わったのか」

「午前中は挨拶回りだけです。午後から改めてってことで、班の方々に顔を出してくるように言われました」

倫太朗が隣に立つ。どうしていいのかわからないというように、ジャケットの袖から伸びる指先を、ぶらぶらさせている。きれいな指をしていた。爪の形も女性のように細長い。

「おい。二階堂」

川鍋から呼ばれた。気が付けば、全員立っていた。自己紹介と名刺交換が始まっている。汐里は立ち上がり名刺ケースを出した。倫太朗は双海と川鍋に挨拶している。「二人合わせてナベブタコンビな」と亀有が解説した。

「あと女。覚えやすいだろ」

倫太朗が汐里を見た。近づいてくる。汐里は無意識で一歩、下がる。名乗り、名刺を出した。倫太朗が受け取る。瞬きを三回連続でしたあと、「よろしくお願いします。真弓倫太朗です」と控えめに言った。名刺を汐里に渡す。

「かわいーじゃないの。うぃうぃしいねぇ」

川鍋がスラックスのポケットに手を突っ込みながら言う。

「いま、いくつ?」

「あ……まぁ、二十代後半に入ったところというか」

ナベブタコンビが変な目で倫太朗を見る。出身は、と双海が尋ねた。口を開く前、倫太朗に、妙な沈黙があった。

「答えなくてはいけない質問でしょうか」

場がしんと凍りつく。汐里は椅子に座り、日報の続きに戻った。亀有がフォローする。

「倫太朗は二十六歳、東京都出身だ。恥ずかしがり屋だから、あまりからかうなよ」

誰もからかっていない。

年齢が一番近い双海が、倫太朗の世話役となった。

昼食は班全員で、本部一階にある食堂に入った。混雑している。五人が座れる席は取れず、バラバラに座った。倫太朗と双海は壁際の二人用テーブルに向かい合う。亀有と川鍋は窓辺の二人席に座った。倫太朗は気を遣い、狭いテーブルに汐里の分の椅子を取りに行こうとした。先ほどの刑事部屋での態度と全然違う。ひどく矛盾した性格らしい。

ひとりでいい、と汐里は倫太朗と背中合わせのテーブルに座った。背中越しに、双海と倫太朗の会話が聞こえてくる。

「俺はあんまりこの食堂、来ないんだけどね。奥さんの弁当があるから」

双海がカツカレーを口に運びつつ、言った。

「すいません、みなさんをつき合わせちゃって」

「いや、たまにはここのカツカレーもいいしね。弁当は三時のおやつにするわ」

双海には柔道のたしなみがある。彼が小太りで済んでいるのは、時々道場で汗を流しているからだ。汐里は担々麺に唐辛子を振りかけた。いっきにすする。

「捜査一課ってあんまり体動かさないからね。書類仕事ばっかり。太るんだよ」

「捜査は足で、と言いますよね。事件が起こったら忙しくてダイエットになりそうですよ」

「いやいや。毎日毎日午前様で夜食を食うし、どうしても早食いになるからすぐ小腹が減るんだよ。しかも捜査は足でなんて古い。いまは科学捜査が基本だから。言うほど歩き回らない」

聞き込みに行かなくても防犯カメラが全部見ている。ガイシャの関係者を虱潰《しらみ》しにあたらなくても、たいてい遺体に犯人のＤＮＡが付着している。ガイシャがＳＮＳをやっていれば、人間関係もスマホひとつで把握できる。

「昨今の殺人事件は鑑識と科捜研とＳＮＳで解決しているようなもんだよ。捜査本部に泊まり込みで、糟糠《そうこう》の妻が着替えをせっせと差し入れなんてさ、昭和の話。平成の妻は……いや、もう令和になるんだっけ？　とにかく、イマドキの妻は夫より忙しいんだから」

双海の妻も警察官だ。二十六歳で結婚、三歳の娘がひとりいる。「デキ婚じゃないよ」

と双海は人懐っこい笑顔で倫太朗に話している。

「奥さんは寿退職ですか」

倫太朗の質問を背中で聞く。

「ううん、もう復帰して交通から地域に異動。いまは交番に立ってるよ」

「すごいですね。ママさん交番員て奴ですか」

「そうなのよ。交通課でのんびりやってんのかと思ったら、地域課に異動した途端に火がついちゃってさ。こないだなんか万引き少年を五百メートルも追跡してワッパかけたらしくてさ」

双海は話し好きだ。止まらない。

「ワッパかけて調書取って保護者に連絡して終わればいいのに、朝まで身の上相談に乗っちゃって、俺は朝になってもワンオペでほんと大変だったんだ。しかもさ」

なげーよ、と突っ込んでやりたくて、ちらりと後ろを振り返った。うんざりしないのか、倫太朗は前かがみになってうんうん頷いている。

「またその不良少年がうちの奥さんになついちゃってさ。自宅にまで押しかけてきちゃったの。娘を抱っこしてた俺はもう腰抜かしたよ。だってその不良少年の父親は刑務所にいるんだよ。傷害致死罪でさ」

倫太朗の相槌が消えた。紺色のジャケットの背中がみじろぎひとつしない。双海はまだひとりでしゃべっている。

「無理でしょ。家に幼い娘がいるのに、犯罪者の子を〝そうかお前も大変だな、まあ家上がれよ〟なんてできない。わかるでしょ？」

「ええ。おっしゃる通りです」

倫太朗が明瞭に返事をした。広げたハンカチで顔を拭う。

「いいねぇ、その顔の拭き方」

双海が倫太朗の顔を指さす。

「剣道やってる人ってそういう拭き方するじゃない。面取ったとき、頭に巻いた手ぬぐいをそのままずらして顔の汗拭うでしょ。ていうか、そんなに暑い？」

双海は今度、質問攻めだ。

「真弓君は、お父さんも警察官だったんだって？」

倫太朗から返事がない。汐里は首を少し後ろへ傾けた。倫太朗がテーブルから投げ出した足だけが見える。長すぎて、小さな二人テーブルの下では収まらないらしい。

「きょうだいはいないの？」

双海が質問を重ねる。倫太朗の世界だけ止まっていると感じた。会話の自然な流れが堰《せ》き止められた分、倫太朗の感情がそこらに溢れ出て洪水のようになっている。放棄したように投げ出された足に、そんな痛々しさを、汐里はいちいち感じ取ってしまう。

「まあ、いないですけど……」

倫太朗がやっと答えた。

「恋人は？　どうせ答えないか。君さ、なんか取り繕ってる感がすごいよ」

双海がとうとう、鋭く切り込んできた。

「俺との会話はポンポン進むよね。俺が自分の話をしたから、わからないところを補おうと君も質問してきた。つまり、俺の人となりに興味を持ったからだ」

後ろのテーブルだけ、まるで取調室だった。

「他人に興味を持つ人間は、自分のプライベートを隠したりしないよ。相手が開けば自分も開く。通常のコミュニケーションだ。今朝の自己紹介の時に、君はそういうのができないタイプかなと思ったけど、最初の会話の流れを見る限りそうじゃなかった。だけど、君に話を振った途端に君は防御姿勢に入る。なんで？」

倫太朗がスプーンを置いた音がする。投げ出されていた足が引っ込み、汐里の視界から見えなくなった。「参りました」と聞こえる。

「さすがです。まるで模擬取り調べを受けているみたいでした」

「いやいや、そういうつもりじゃ……」

「すごいです。双海さんの取り調べ、見てみたいっす。これまでどんな凶悪犯を落としてきたんですか」

双海の口から、取調室での武勇伝が溢れてくる。汐里は退屈して、担々麵にもっと唐辛子を振りかけた。倫太朗はうまいこと逃げている。プライベートの話をしたくないのだ。

食べ終わるころには食堂が空きはじめた。六人席が空く。移動し、汐里は倫太朗の隣に座った。五人で食後のコーヒーを飲む。亀有が「そうだ」と手を叩いた。

「倫太朗の歓迎会をしなくちゃだな。お前ら、今日はどうだ」

双海が眉をひそめた。

「今日の今日は困りますよ。事件番のうちは僕が保育園のお迎え係なんですよ」

「でも早めがいいっすよね。一度捜査本部に入るともう新人歓迎会なんて無理じゃん」

川鍋が言い、汐里を見た。いつでもいい、と短く答える。汐里は友人も、恋人もいない。家族とは縁が切れた。仕事以外の予定がない。一同の視線が、倫太朗に集中した。

「――すいません、今日はちょっと予定が」

「なら明日以降でいつが空いてる？」

倫太朗はスマホを出した。カレンダーアプリを開いて、スクロールしている。今日は四月一日なのに、スクロールしすぎて六月のカレンダーまで飛んでいた。

「明日はえっと同期と飲み会があって、明後日は……」

「別に無理に歓迎会しなくてもいいんじゃないですか」

察してほしいに違いない。行きたくない、と。

汐里は言った。倫太朗が自分の横顔を捉えている。

「大事なプライベートを上司のご機嫌取りに使いたくない。ねえ、フタミン」

「そうそう……って、いやあ、僕は子どもの世話が理由だから」

亀有はそれ以上何も言わなかった。隣の倫太朗が、咄嗟に出たという様子で言う。

「すいません、あの、逆流性食道炎になっちゃって。ここんとこ、あんまり食べられないんです。飲み会はちょっと」

「さっきカツカレー食ってなかった？」

双海が鋭く突っ込んだ。倫太朗はハンカチで口を押さえる。いまにも吐きそうな仕草だ。川鍋が双海の頭をはたいた。

「お前、また新人にカツカレー勧めたのかよ。新人は断れねぇだろ、空気読めよ」

倫太朗はトイレへ走っていった。実直そうな顔をして、嘘つきのようだ。


汐里は定時の十七時に退庁した。

捜査本部に入るようになると、アフターファイブもくそもない。下手をすると一年か二年、捜査本部詰めになる。事件番のときは頻繁にエステサロンに通っている。強烈なニコチン中毒でも年相応よりも若く見えるのは、フェイシャルエステに年間何十万円もかけているからだ。若さや美貌を保ちたいから通っているのではない。汐里には話し相手がエステティシャンしかいない。気晴らしだった。

エステ店は新宿御苑沿いの雑居ビルの六階にあった。個人経営の小さな店だ。店長でエステティシャンの山本美穂子《やまもとみほこ》がひとりで店を切り盛りしている。まつ毛エクステンションも痩身マッサージも光脱毛も、なんでもできる。受付や経理もひとりでこなす。

「んもー。煙草臭いんだから」

常連になると、わりと口うるさくアレコレ指摘される。

「だってここ吸うとこないじゃん。西口の喫煙所でたっぷりニコチン補充してきたとこ」

施術ベッドに寝転がる。疲れているときは、美穂子がメイクを落とし始める前に、すとんと寝てしまう。

「今日はどんな一日でした？」

美穂子が汐里の頭にタオルを巻きながら、社交辞令的に尋ねてくる。

「事件番。なーんもない。あ、新人君がひとり、入って来た」

「へえ。若い子？」

「二十六歳。身長百八十三ってトコかな。イケメン。あれはモテると思うわ」

「いいじゃなーい。刺激的」

美穂子はコットンにのせたジェルで丁寧に汐里のメイクを落としていく。

「でもね、ヤバイとこあんの、あの子」

「やばいって？」

「超、嘘つき」

「えーっ。警官なのに？」

「そう。変でしょ」

発汗作用のあるクリームを塗られ、上から保湿シートを当てられる。顔がかっと熱くなった。

「あれ、汐里さん今日すっごい肌艶いい」

「嘘だぁ。もうすぐ生理だよ。一番肌がダメなとき」

「若いイケメンを愛《め》でてきたからじゃない？　女性ホルモンがドバっと出た」

反論しようとしたが、パックで口を塞がれた。上からホットタオルを置かれる。口も目も開けられない。気配だけで美穂子を感じる。

「ちょっと時間おきますよ」

窓辺のブラインドが降りる音がした。

「また桜の季節になったわねー。汐里さんが初めてこの店に来た日のこと、思い出すわ」

こちらが返事をできない状況で、敢えてその話をする。

「お肌も髪も心も、ボロボロだったわよね。だいぶましになったじゃない」

汐里は五年前、殺人捜査の聞き込みでこの店にやってきた。美穂子が立っている窓から、新宿御苑の桜並木がよく見える。そこが現場だった。血の海に桜の花びらが次々と舞い降り、鑑識作業は難航した。「木を切り倒してよ、証拠が失われるから」と汐里は泣き叫んだ。殺されたのは、汐里の婚約者だった。

　ＪＲ線を乗り継ぎ、汐里は中央線の阿佐ヶ谷駅で下車した。駅前商店街である阿佐谷パールセンターを突っ切る。その先の低層のマンションに住んでいる。１ＬＤＫ五十平米の賃貸マンションだ。自宅は腐臭がした。ごみをうまく捨てられなくて、玄関のあたりまで台所のごみが溢れ出ている。帰宅してすぐ、冷蔵庫を開けた。真ん中の棚に、ラップで覆った飲みかけの缶コーヒーが置いてある。今日も変わらず、そこにある。警電が鳴った。ごみを蹴散らしてリビングに行き、受話器を上げた。亀有からだった。

「牛込《うしごめ》署管内で、転落死体発見だ」

　臨場要請だ。住所の読み上げが始まる。暗記した。

「で、お前、真弓の番号、知ってる？」

「いや。連絡つかないんですか」

「そうなんだよ。警電にも出ないし。ケータイはまだ支給前なんだ」

「亀有さん、知り合いでしょ。スマホの番号知らないんですか」

「親父とは親友だったが、さすがに息子の方のスマホまでは知らん。困ったな、川鍋も双海も連絡先を知らんというし」

　官舎は赤羽橋にあるという。住所は東京都港区東麻布で、寺や大使館などがある閑静な場所だ。

「誰か迎えに行かせたらいいんじゃないですか。世話役のフタミンとか」

「臨場拒否だよ。子守がいないんだと」

川鍋は新橋で飲んでいたので、もう臨場しているという。現場は飯田橋のマンションだ。汐里は「迎えに行きます」と言って電話を切った。

汐里は警視庁本部に戻った。トヨタのレクサスの覆面パトカーで本部を出る。赤羽橋の官舎は東京タワーのおひざ元にある。警視庁最古の官舎として有名で、築五十年以上経っていたと思う。独身寮は余っているはずなのに、なんでそんなところに住んでいるのか。真弓倫太朗というのはますます奇妙な青年だった。

桜田通りを南下する。東京タワーがオレンジに淡く光っている。近づくたびに遮《さえぎ》るものも大きくなり、やがてビルの陰に隠れて完全に見えなくなった。右折しようとしたところで、コンビニのエイトマートに入る倫太朗が見えた。女の子を連れていた。黒いおかっぱ頭にナチュラルメイクをしていて、清潔そうだ。黒のパンツスーツという没個性な恰好をしている。女性警察官だろう。彼女は手ぶらで、倫太朗は財布をひとつ手に持っているだけだ。

汐里は車を路肩に駐車した。エイトマートの中に入る。倫太朗は買い物かごを腕からぶら下げて、弁当を選んでいた。女の方がこっそりと買い物かごにコンドームを入れた。

汐里は声を掛けそびれてしまった。

倫太朗は困った顔をしている。女に「しないよ」と囁《ささや》いた。商品を戻そうと、汐里の方にやってきた。

汐里は無意識のうちに背を向けた。雑誌コーナーに立つ。興味もないのにファッション雑誌を取る。倫太朗は汐里の肩の向こうで、コンドームを棚に戻したようだ。レジに並ぶ。しばらくして、倫太朗がビニール袋を提げて店を出た。女連れとは思えない、早足だ。女が慌てて追いかけ、倫太朗の手に指をからめる。倫太朗はさりげなさを装い、手を引き抜いた。

スケベな女警につきまとわれているらしい。

汐里は一拍置いて、倫太朗の官舎に車を回した。

赤羽橋住宅と書かれた古臭い銘板の前に車を停める。外階段を上がった。防錆《ぼうせい》のペンキが幾重にも上塗りされている。ペンキの色がきつく、息苦しく感じた。二階のすぐ目の前、二〇二号室が倫太朗の部屋だ。

チャイムを鳴らした。すぐに扉が開く。倫太朗が「あ、どうも」とこちらを窺う。

「臨場要請。警電、何度もかけたんだけど」

あっ、と倫太朗は短く言って、宙を見る。まだ電話機を取り付けていなかったのか。ちらりと背中の向こうを見る。畳の部屋には、段ボール箱が山積みになっていた。引っ越しが終わっていない。小さな下駄箱扉の横に、竹刀のケースが何本かある。防具の入ったバッグも置かれていた。女の気配がない。

「一分ください。準備してきます」

扉を閉めようとした倫太朗に、汐里は頷いた。

「待ってる。コンドームの子は？」

「は？」

「コンビニでコンドーム買いたがってた子」

倫太朗の目が泳ぐ。

「冗談。エイプリルフール」

汐里は自ら扉を閉めた。外廊下で煙草を吸う。扉の向こうでどったんばったん始まった。女の声が遠慮なしに聞こえる。汐里との会話を聞いていたはずだ。開き直っている女と、咎《とが》める倫太朗の会話が続く。他人の修羅場は愉快だ。

先に出てきたのは女だった。汐里の前で立ち止まり、目を見る。頭を下げた。お辞儀もきっちり腰を十五度曲げた、脱帽時の敬礼だった。

「真弓がお世話になっております。私、三鷹署生活安全課少年係の、漆畑未希《うるしばたみき》です」

倫太朗がジャケットを羽織りながら、出てきた。目が未希を追い立てている。彼女は外階段を降りて行った。わざとなのか、パンプスが鉄の外階段をはじく音がやかましい。

耳の奥がツンとする。

「奥さん？」

汐里は振ってみた。倫太朗が眉を寄せる。

「まさか。独身ですよ」

「お世話になってます、だって。妻みたいに振る舞ってたから」

未希に追いつかないように、汐里はゆっくりと階段を降りた。倫太朗が黙ってついてくる。通常、階級が下の者が運転するが、慣れていないだろう。汐里がハンドルを握った。

「臨場要請ですよね。概要を教えていただけますか」

助手席に座るなり、倫太朗が手帳を取り出した。

「現場はJR飯田橋駅から徒歩五分の場所にある十五階建てマンション駐車場。現場の状況から転落死と思料される。ガイシャは男性。詳しくは検死待ち。彼女？」

倫太朗は流れで「彼女」とメモしていた。自分への質問と気が付いたようで、ボールペンでぐちゃぐちゃに書き潰す。

「違いますよ。第一発見者は？」

「マンション住人。かなりの衝撃音がしたみたい。転落時刻は二一一三《ふたひとひとさん》で確定。元カノ？」

「違います。かなりの衝撃音で駐車場ということを考えると、ガイシャは車の屋根に突っ込んだと考えてよいですか」

「ご名答。ワンナイトラブ？」

倫太朗はペンを動かしながら、肩だけ揺らして笑う。古い、と返す。

「ワンナイトラブって。昭和じゃあるまいし。来月から令和ですよ」

「昭和生まれだもん」

「おいくつですか――って女性に訊いたらいけませんね」

「三十七」

「普通に答えちゃうんですね」

「答えたところで、がっかりも期待もしないでしょう。君は」

倫太朗は少し考え込むような顔になった。やがて、尋ねる。

「サイレン、出しますか？」

倫太朗がグローブボックスに手を掛けた。

「いいよ、別に。もう死んでる。急ぐ必要ない」

交番の警察官が通報を受けて現場に急行するのとは、訳が違う。所轄署と機動捜査隊が初動捜査を始めている。捜査一課刑事はちらりと現場を見るくらいだ。しかも警部補以下は規制線の中へ入れない。後は鑑識が集めた膨大な遺留品と、機動捜査隊が集めた目撃情報などを元に、幹部が捜査方針を決める。捜査一課刑事はそれに従い、粛々と動くのみだ。

車は首都高環状線を経由して、目白通りに入った。JR総武線の高架下をくぐる。巨大な飯田橋の交差点に出た。なかなか青にならない。倫太朗が尋ねる。

「うちに臨場要請が入ったってことは、事件性ありということなんですよね」

「頭から車に突っ込んじゃってるらしいからね。所轄の鑑識じゃ手に負えないから、本部を呼ばざるを得なかったんだろうし」

本部刑事部の鑑識課を動かすとなると、必然的に捜査一課も動くというわけだ。

「頭から落ちたのなら、車の天井から足が飛び出している状態ですか」

「詳しくは現場に着いてのお楽しみ」

不謹慎な、と倫太朗は咎めたが、口元は笑っている。

「自殺なら、車の上に落ちようと思いますかね。下が駐車場ではない場所を選びそうですが」

「死に急ぐ人は落下地点なんか吟味しない」

「じゃ、事件に発展する可能性は低い？」

「いや、ガイシャの身元がね。敵が多い。ブンヤ。あの子とどこで知り合ったの？」

「ブンヤ……どこの所属です？　彼女とは同期同教場だったんです」

「フリーランス。なるほどね、セフレ？」

倫太朗は困った顔で笑う。

「その、刑事の会話にちょいちょい女の話突っ込むの、やめましょうよ。そもそも、なんで訊くんです？」

倫太朗は妙に醒めた目をしている。

「僕のことに興味なんかないですよね」

汐里に切り込むことでけん制している。倫太朗は急に優等生ぶった。

「あの……亀有さんには内緒にしといてください。心配させたくないんで」

女と揉めているというのは認めた。

「平気だよ。みんないろいろ爆弾抱えてる。川鍋なんか、ソープ通いと神奈川県警の女と不倫してたのが同時にバレて妻子に逃げられたんだよ。それでも、うちの班は誰も軽蔑してない」

「双海さんも何か爆弾が？」

「あいつはあのまま。ウラがなさすぎてつまらないのが爆弾」

汐里は笑った。

「そもそも亀有さんのところがアレだもの。娘」

倫太朗は亀有の娘が半グレと結婚したと知っているようで、何も訊き返してこなかった。

「だからうちは捜査一課亀有班じゃなくて、捜査一課ワケあり班って呼ばれてるの」

倫太朗は生真面目に尋ねてくる。

「じゃあ、二階堂さんはどんなワケありが？」

「なんで訊くの。私のことに興味なんかないわよね」

なるほど、と倫太朗は笑った。信号が青になる。無駄話は終わりだ。大交差点を渡る。大久保通りに入った。警察や消防車両の赤色灯の群れが通りの先に見えてくる。狭い歩行者道路に野次馬が溢れるほど集まっていた。サイレンを出させた。あたりに赤色灯の光が反射する。

「腕章入ってるから。捜査一課の。それ右腕につけて」

「あとはシューカバーとか、ビニールキャップですよね。手袋は持ってます」

「ホトケさんに会う気まんまんね。未希ちゃん、帰してよかったの」

「え？」

「家に帰ったら一発できたじゃん」

倫太朗はさらりとやり過ごした。

「女性が言うことですか、それ」

「私、昭和の男というあだ名がついているんで。死体を見ると、すっごいセックスしたくなるでしょ」

「二階堂さんだけじゃ？　悪趣味な」

「そういう刑事、多いよ。人間の本能なの。誰かの死を目の当たりにすると、本能が子孫を残そうと焦るから性欲が高まる。だから刑事は不倫するか、子だくさんになるか、どっちか」

「そんな刑事ばかりではないでしょう。言い切るなら、二階堂さんはどっち派です？」

「あ、セクハラ」

倫太朗はやれやれと肩をすくめた。自分から話を振っておいてそれはない、と。

大久保通りは警察・消防車両が路肩に停まり大混雑していた。警察官が規制線を開けて、現場のある路地に通す。野次馬がスマホを向けて現場を撮ろうとやっきになっている。

路地裏も警察車両でびっしりと埋まっていた。現場は路地を入った先にあるL字型のマンションらしい。駐車場入口に規制線がもう一本張られている。鑑識捜査員や刑事がひっきりなしに行きかっていた。

隣で倫太朗はもたついている。汐里はさっさと車を出た。亀有を見つけた。規制線のすぐ脇で機動捜査隊の隊長と話をしている。亀有は汐里の背後を見て、苦笑いだ。おたおたと倫太朗がついてきている。

「お前、まだいいよ、つけなくて。張り切りすぎ」

倫太朗が赤面した。キャップとシューカバーを取り外そうとする。

「まあお前にはいい勉強か。もうすぐ島田《しまだ》係長が来るから、一緒にホトケ拝んで来い」

島田係長とは、亀有班が所属する第二強行犯捜査殺人犯捜査二係の長で、警部だ。

「覚悟しとけよ。十五階の屋上から、頭を下にして車に真っ逆さまだ。ぱっくり割れて脳みそ出てるらしい」

汐里は胸を押さえた。死体を見るのは苦手だ。昔は平気だった。冷徹なほどなんとも思わなかった。新宿御苑の桜と愛する男の血を見てから、ダメになった。失われるものが命だけではないと、気が付いたからだ。亀有が倫太朗にアドバイスする。

「ビニール袋持ってけ、現場汚染するなよ」

持っていない、と言いたげに倫太朗がスーツのポケットをまさぐる。汐里は懐から、常備しているビニール袋を一枚出して、倫太朗に突きだした。倫太朗が律儀に腰を折り、ガイシャについて尋ねた。亀有が答える。

「下地修《しもちおさむ》。四十五歳、ブンヤだ。知ってるか？」

「いいえ。記者クラブに聞いた方が早いんじゃないですか」

「記者クラブの反応は微妙だよ。あいつならいつ消されてもおかしくない、って言っちゃう記者までいた」

フリーランスは後ろ盾がない分、無茶をしやすい。そうしないと食っていけない。

「過去になにかすっぱ抜いてるんすか」

「議員先生の隠し子報道とか談合とかだったか。政治畑の記者だった」

倫太朗が手帳を出し、メモをする。汐里が訊きたいと思っていたことを、殆ど倫太朗が尋ねた。刑事としての基本はなっている。

車の持ち主は、七階で保険代理店をやっている五十代の女性社長だった。鑑識課員が駐車場の片隅にテントを張り、青いビニールシートを張り巡らせている。白衣にカバンを持った三人の医師がその前で腕を組み、立ち話していた。監察医務院の検死医たちだ。改めてL字の建物を見る。タイル張りで、レトロな雰囲気だ。汐里は亀有に尋ねる。

「下地の現住所はここですか？」

「いや。下地は豊洲に住んでいる」

なぜこの場所で転落したのか。ガイシャと建物を結ぶ鑑《かん》――人間関係があるか。別の事由か。住人への聞き込みはいま機動捜査隊がやっているらしい。亀有が汐里に指示する。

「双海が来るまで、倫太朗の面倒を見といてくれ。双海が来たら川鍋と合流しろ。いま、屋上だ」

　亀有は続けて倫太朗にアドバイスする。

「あんまり出しゃばって下手こくなよ。先輩の背中を見て学ぶのが最初だ」

　口調は嬉しそうだった。汐里は早く聞き込みに行きたかった。

「まだ双海は現着してないんですか？」

「代わりの子守がいないんだと。三歳児を家に置いて現場には来れないだろ。交番妻の方も事故処理で家に帰れないらしい」

　係長の島田聡《さとし》警部が到着した。鑑識課員たちが慌てて道を作る。レンガを等間隔に置き、上に大きな板を渡す。シューカバーをつけていても、この板の上しか通れない。

　亀有が「教育を」と倫太朗を差し出す。島田は「吐くなよ」とだけ言って、汐里に付き添うよう指示した。汐里もシューカバーとビニールキャップを被る。倫太朗と二人で島田の後を追った。

　規制線の中は鑑識捜査員だらけだった。地面には鑑識札が点在している。数十メートル先まで物やガラス片が散らばっていた。煙草の吸殻にも鑑識札が置かれている。事件と関係があるのか、無関係なのか。ひとつの事件で押収される遺留品は時に数千に達する。

橋渡しされた板が、男たちの足で軋む。島田、倫太朗、汐里の順に渡っていく。すぐ前にいる倫太朗は文字通り、地に足がついていない様子だった。気持ちが上ずっているのが、足取りからわかる。

現場が見えてきた。黒いベンツの屋根はひしゃげて沈んでいる。ガイシャのうつ伏せの下半身がフロントガラスの上にだらりと垂れていた。靴が片方脱げている。ピカピカに磨き上げられた右足の靴が、鑑識車両の投光器によってきらりと光る。フロントガラスは細かくひび割れて枠から外れていた。幾重にも血の筋が垂れる。血は乾いていない。ガイシャの生を感じる。

春の生暖かい風が吹いた。チャコールグレイのスーツの裾が、腰の上ではためく。

渡り通路はベンツの周りをぐるっと取り囲むように設置されていた。島田係長は注意深く下を見て、板から降りる。お前らは降りるなよ、と言う。目を凝らして車内を見た。

「中、どうなってる」

鑑識課員が答える。

「頭は運転席の方、腕は後部座席の方に垂れている感じです」

体の向きから考えると、妙だ。腕が明後日の方向に曲がっていると想像する。衝撃で肩が外れたか。ガイシャの尻ポケットからハンカチが少し見える。チェック柄はバーバリーのようだった。政治家を追っていただけあり、身なりに気を使っていたのか。島田が呟く。

「んん？　頭、ないぞ。顎から上はどこだ」

　ガイシャのスラックスに裾上げのあとが見えた。右足の靴下は踵の布が擦り切れて、肌が透けて見える。革靴のゴム底もすり減っていた。足で書いていた、職人気質を感じる。鑑識課員が島田の問いに答えている。

「顎から上は衝撃で破壊されあたりに飛び散ってます。助手席に眼球が落ちてるでしょう」

　上を見た。十五階が遥か天空に感じる。人の頭が出たり引っ込んだりする。上でも鑑識作業が行われていた。隣に立つ倫太朗の肩が大きく上下している。

「大丈夫？」

　倫太朗は「は、はい」と取り繕う返事をした。深呼吸が、腹式呼吸になっていた。風が吹き、強い血の匂いがあたりに漂う。

「ああ、ダメだ――」

　倫太朗が口を腕で押さえ、回れ右をして全速力で走った。渡した板が、倫太朗の踏み込んだ足で跳ね上がる。

「走れ、新人！」「現場汚すなよ！」

　茶化すようなヤジが周囲から飛ぶ。汐里は一瞥《いちべつ》だけで見送り、現場に目を戻した。島田に咎められた。「世話役だろ」と顎を振られる。

「私は違いますよ。双海です」

「女だろ。面倒見てやれよ」

汐里は舌打ちして、倫太朗を追いかけた。倫太朗が走りながら、ビニール袋を開いている。ゴールテープを切るようにして規制線に飛び込んだ。涙目で胃の中のものを吐き出す。

「偉い、偉い。よく走った」

亀有が褒めている。汐里は追いつき、背中をさすってやる。痩せていると思ったが、剣道五段だ。筋肉質でしなやかな体つきをしている。

「規制線切らないでくださいよ、もう」

鑑識課員が文句を垂れた。

「逆流性食道炎の奴を現場に行かしちゃだめじゃないすか」

川鍋の声が聞こえてきた。彼は屋上を見てきたようで、様子を亀有に報告している。

「おー！　双海。こっち」

亀有が叫んだ。規制線をくぐり、双海が軽やかに近づいてきた。

「すいません、遅くなっちゃって……って、えーっ、新人君が吐いてますけど」

「双海、バトンタッチ」

汐里は双海とハイタッチして、屋上へ向かった。

「勘弁してよ～。さっき娘の下痢うんちを片付けたばっかりなのに」

人体が、地上五十メートル地点から落下し、ベンツに突き刺さった。その破片が半径五十メートルにわたって散乱している。隣のビルの垣根にまで車の一部が飛んでいた。鑑識作業は明け方までかかるという話だった。

屋上には特異なものがなかった。汐里はひとり、鑑識ワゴンの前に広げられたビニールシートの前にしゃがみこむ。現場から集められた遺留品だ。

下地のものと思しきこげ茶色の革靴があった。片方だけ脱げて駐車場に落ちていた。自殺する者は靴を脱いで飛び降りることもあるが、履いたまま落ちる者もいる。

手袋の手で革靴を手に取る。靴の中に湿気を感じた。ガイシャの生をまた、強く感じる。二時間前まで、生きていたのだ。靴紐は緩んでいた。だから落ちた衝撃で片方だけ脱げた。革靴の尖った先端に、汐里は気になるものを見つけた。

「二階堂さん?」

倫太朗が戻ってきた。飯田橋駅構内のトイレへ、ビニール袋の中身を捨てに行っていた。口をゆすいで顔も洗ってきたのだろう、前髪の根本が濡れていた。ご迷惑をおかけしました、と頭を下げられる。別にいい。首を横に振った。

「靴になにか気になることでも?」

汐里は靴先を指さした。

「これ。なんだろ」

革靴の先に、オレンジがかった黄色の汚れがついている。なにかの塗料か。大きさは二センチほどで、絵具筆が触れてついたような、いびつな形をしている。

マンションの外壁は白だ。駐車場に黄色やオレンジ色の塗料が塗られたものはない。該当する色の車もない。屋上にもこういう色をした場所も物もなかった。

「双海さんは？」

「テントの方。検死に立ち会っている。行かない方がいいよ」

前かがみになって検死を見る刑事の尻が、駐車場の入口に張られたテントの下にいくつも並ぶ。さっきガイシャをベンツの屋根から引っこ抜いて、監察医務院の医師たちが待つテントの中に運び入れた。倫太朗が言う。

「あの、ビニール袋、ありがとうございました。今度、新しいの買って返します」

いらないに決まっているのに、ずいぶん律儀な性格だ。

「おい、撤収だ！」

背後から川鍋の声が聞こえてきた。こちらにやってくる。亀有はテントの前で島田係長と話している。事件の話というより、世間話をしているように見えた。

「自殺、確定だ。嘔吐という洗礼を受けたのになぁ、勿体ない」

川鍋が倫太朗の頭を撫でる。双海もやってきて、汐里に言った。

「死因は見た通り、飛び降りたことによる脳挫傷。頭はなかったが上に遺書があった」

〝なにもかもうまくいかない、死にます〟という文書が残っていたようだ。

「最後のスクープが三年前の隠し子騒動だが、霞が関じゃ下地に対するガードが固くなって、ネタを取れなくなっていたらしい。最近は芸能界に手を出していたそうだ。不倫とか、熱愛とか」

「都落ち感は否めないですよねぇ、硬派な記者だったのに」

双海が同調し、川鍋も大きく頷く。

「それで十五階の屋上からズドン、だよ」

亀有が「よし、帰るぞ」と言いながらやってきた。川鍋と双海も続こうとする。倫太朗は汐里を見ている。汐里が異を唱えるとわかっているのだ。

「ちょっと待って。新人君が、なにか言いたいことがあるみたいよ」

倫太朗がびっくりした顔で汐里を見る。とりあえず新人を味方につけたふりをして、汐里は続けた。

「私もこれ、自殺とは思わない。ガイシャはなんでここで自殺を？　この場所と繋がりは？」

「通りがかりとかだろ。上に争ったような痕跡はなかったし、防犯カメラ映像も確認した。下地はひとりだった」

川鍋が答えた。

「上で誰かと合流したのかも。そもそもこの建物、カメラの数が少ない」

入口、エレベーター内、各階エレベーターホール内にそれぞれ一個ずつある。階段にはない。カメラに映らず屋上に行くことができるのだ。遺書の筆跡について汐里は尋ねた。

「文書をプリントアウトしたものだ」

双海が答えた。汐里は首を横に振る。

「いまどきスマホでしょ。スマホのメモ帳に残すとか、ＳＮＳにあげればいい」

「ブンヤだぜ。紙と文字で残したかったんだよ」

「それなら手書きじゃないとおかしい」

「じゃあスマホを調べようぜ」

汐里は鑑識課第三現場係の係長を呼んだ。スマホがどこにあるか尋ねる。鑑識課員たちの間で「スマホは？」という言葉が伝播していく。撤収しかけた現場に、鑑識課員が蟻のように散らばった。

「上にはなかったぜ。遺書しか」

川鍋が言った。双海も頷く。

「ベンツの車内に落ちているのかも」

車内はガイシャの頭部の肉片や車の破片が散乱している。容易には見つからないだろう。川鍋は「あとは鑑識の仕事だ」と手を振った。汐里はガイシャの革靴を突き出し、遮った。

「この革靴の先の付着物、わかる？　オレンジ色か黄色っぽいような」

倫太朗が味方してくれる。

「ペンキかなにかにこすったのかなとも思えますが、こんな色の塗料はどこにも塗られていないですよね。建物の外壁の色とも違います」

汐里は鑑識係員から備品の綿棒をもらい、革靴の先を拭《ぬぐ》う。綿棒の先に色が移った。

倫太朗が目を丸くする。

「あっ、まだ乾いてない」

「ペンキ塗りたてのとこなんかなかったぜ」

川鍋も言う。汐里は綿棒の先を鼻に近づけた。

「匂いもしない。ペンキじゃない。クリーム状のなにか」

これがどこで付着したのか。一体なんなのか。

汐里は綿棒にキャップを装着して、鑑識係員に渡した。

「班長。どうします。撤収、捜査?」

「捜査」

亀有は「係長を説得してくる」と踵《きびす》を返した。


翌朝、汐里は倫太朗を連れて、下地の自宅のある豊洲に向かった。

いまのところ牛込署と機動捜査隊、殺人犯捜査二係の亀有班が動いているのみで、捜査本部が立つ予定はない。島田係長や捜査一課長は自殺の線を支持しているらしかった。

「幾人もの政治家を失脚させている。与党議員ばっかりな」

亀有が解説した。被害者は反体制色の強いマスコミだ。島田係長や捜査一課長は政治家と近い警察幹部に気を使っている。忖度《そんたく》か。

双海は娘の世話で夜中のうちに帰宅している。妻が朝十時まで交番詰めなのだ。それまでは汐里が倫太朗の面倒を見なくてはならない。倫太朗は新人なので、一旦自宅に帰した。

ハンドルを握りながら、今日も桜田通りを赤羽橋へ向けて南下する。昨日、倫太朗とスマホの番号は交換した。「コンドームのコンビニの前で待ってて」とメッセージを入れてある。返事はなかった。倫太朗は律儀にくだんのコンビニの前に立っていた。汐里を見て、変な顔をする。助手席に乗った。

「朝から変なメッセージ入れないでくださいよ」

「ちゃんと伝わった」

「エイトマート赤羽橋店でいいじゃないですか」

「赤羽橋店か、東京タワー前店か調べるの面倒くさかった」

「下地の件ですけど、直前まで調べていた事案を把握する必要がありますよね。自宅に行けば資料があるかもしれません」

「急につまらない話を振らないで」

「捜査をつまらないって」

「仕事はつまらないものでしょ。好きな仕事に就けている人なんて、世の中の一割もいない」

倫太朗は不思議そうに、汐里の横顔を覗き込んできた。

「女性刑事という珍しい立場にいるのに、仕事がつまらないとは。楽しいから、大変な仕事で紅一点でもがんばってらっしゃるのかと」

まさか、と鼻で笑う。

「殺人が楽しいはずない」

「それじゃ、使命感からですか」

汐里は咳払いした。ちょうど、赤信号になった。ねえ、と助手席の青年を上目遣いに見る。

「君さ、私のこと好きでしょ」

はあ？　と倫太朗は仰々しく返事をする。

「だって私に興味津々」

「二階堂さんの方こそ。僕に興味津々。あ」

倫太朗が、顔を覗き込んでくる。

「僕のこと、好きでしょ」

引っぱたいてやった。いってぇ、と倫太朗は頬を押さえて涙目になった。女は便利だ。セクハラやパワハラが問題になりにくい。

下地の自宅に到着した。豊洲駅から近い都営アパートだった。エレベーターに乗り五階で降りる。五一二号室。表札は出ていなかった。倫太朗がインターホンを押す。下地は独身だ。応答はなかった。汐里は手袋の手でキーを出した。下地が所持していた鍵だ。中に入る。異臭はしない。男の匂いはした。間取りは2DK。玄関よりの部屋は寝室だ。廊下の突き当たりのダイニングの横にもう一つ部屋がある。仕事部屋のようだった。洗濯物の影がちらつくベランダを背に、大きなデスクが置かれていた。部屋の殆どを占拠している。壁一面、本棚だった。襖《ふすま》の中も本棚になっている。雑誌やMOOKが多いが、政治家の著書もある。

汐里はデスクの足元へ延びる延長コードを引っ張った。パソコンやプリンターのプラグが入りっぱなしだ。スマホの充電コードもある。

「スマホは確かに持っていたんだろうけど、やっぱり見当たらないね」

鑑識捜査員が徹夜でベンツ内を捜索したが、発見できなかった。

ビジネスバッグが、デスクにしなだれかかるように置かれていた。年季の入った革のカバンだった。横に積み上げられた雑誌や書類は埃をかぶっている。革カバンにはそれがない。中を開けてみる。丸められたティッシュと、チョコレートの包み紙が底の方にへばりついていた。週刊誌もある。クリアファイルが出てきた。中身は空っぽだ。細いペンケースの中にはボールペンと鉛筆しか入っていない。

倫太朗はデスクの一番下の引き出しから、領収書の束を取り出していた。クレジットカード明細もある。

「スマホはないし、パソコンもありませんね」

「プリンターはある。常備紙はデスクの下」

押収して、遺書のものと同じかどうか鑑識に判別してもらう。

「プリンターがあるのにパソコンがないっていうのは不自然よね」

「スマホで文書編集してたんでしょうか。最近はスマホで小説書く作家もいるらしいですよ」

一番上の引き出しには鍵がかかっていた。文房具入れからクリップを二つ拝借する。伸ばしてやわらかくした。二本の針金を順に入れて、上へ下へ、交互に動かす。鍵が外れた。すごい、と倫太朗が口走る。

「組対にいたころ、教えてもらったの」

組織犯罪対策部は、暴力団や半グレを取り締まる部署だ。暴力団担当だった汐里は畑を替え、刑事部捜査一課で殺人事件を追っている。もともと組織犯罪対策部は刑事部捜査四課という名前で、マル暴と呼ばれていた。課だったものが部に昇格した。同じ軒下にあったからか、組対部から刑事部への畑替えは珍しくはない。

引き出しを開けようとして、汐里は倫太朗の顔に釘付けになった。額に玉の汗が浮かんでいた。部屋は暑くない。

「どうしたの」

「え、なにがですか」

汗をかいているのに、顔はみるみる青くなっていく。病気じゃないかと思うほどだった。

「大丈夫なの。低血糖かなにか？」

「別に、普通ですよ。あ、空っぽでしたね」

倫太朗が引き出しを開け、すぐに閉めた。目を合わせず、質問してくる。

「鍵の開け方、ヤクザから教えてもらったんですか？」

汐里は倫太朗の顔色を観察しながら、首を横に振る。

「ヤクザの子飼いの鍵師。ヤクザが敵陣営に乗り込むとき、律儀にインターホン押さないでしょ。昔は窓とか壊してオラオラ侵入していたけど、すぐ通報されるからね。暴対法でヤクザもおとなしくなったもんだよ」

なるほど、と倫太朗は眉を寄せた。なにか尋ねたそうだ。

「二階堂さん、組対にいたんですか、的な質問？」

「いいえ、いいえ。僕、二階堂さんには興味ありませんから」

顎を、鍵付きの引き出しにやる。

「空っぽの引き出しに鍵かけたりしないですよね」

「やっぱり殺人ね。スマホもパソコンも、引き出しの中身も、犯人が奪っていった」

結論づけ、教えた。

「私、二十七で刑事になってからしばらく本部の組対にいたの。刀狩してた」

「刀狩――チャカっすか」

「警察庁《サッチヨウ》がけん銃の押収数を全国都道府県警察に競わせていたときがあったのよ。うちと北海道警がいつもトップを争ってた」

「それでなぜ、捜査一課に？」

「けん銃のありかを教えて貰うために、若頭とヤっちゃったのがバレた」

倫太朗が絶句し、顔を紅潮させる。低血糖ではなかったようだ。

「嘘に決まっててんじゃん」

「今日エイプリルフールじゃないですよ。やめてくださいよ、もう」

立ち上がり、汐里は改めて部屋を見渡した。

部屋の雑然さに比べて、デスクの上は整然としている。下地が追いかけていたネタを、犯人が根こそぎ持って行ってしまったように見えた。卓上カレンダーがデスクの向こうに落ちている。物がごちゃごちゃと入った段ボール箱に、半分身を突っ込んでいる。下地の死体のようだ。拾う。予定が書き込まれている。略号が多い。○の中に漢字を当て込んでいた。倫太朗に見せる。

「㊒は出版社の有界舎かな。ウィークリー有界で下地は結構ネタぶっこんでた」

「㊀は立志書房ですかね。週刊リッシで有名ですよ」

他、都心の地名と思しきものもある。麻布、六本木、渋谷――。㊍もあった。歯医者に通っていたのだろう。そんな中で唯一、わからないものがあった。㊮というものだ。

「果物を買う日とか？」

倫太朗が言った。ボケているとわかる飄々《ひょうひょう》とした顔つきだ。

「場所でしょこれ。数日にわたっていることが多い」

長いときで十日。㊮から左右に手が伸びるように、カレンダーの日付をまたぐ。『果』がつく場所に滞在していたのだろうか。

「最低でも三日またいでいる――ってことは遠方ね。首都圏ではなさそうね」

考えてみた。思いつく都市はない。やっぱり果物かな、と意見してみる。

「この期間、それを食べ続ける、みたいな」

「バナナダイエットみたいなやつですか」

「そうそう。すると一月のこの十日間は、バナナしか食べてないってことね」

ボケたつもりが、倫太朗は突っ込んでくれない。

「それで、どうして組対から捜査一課に？」

「ここでぶっこんで来るかね、それを。君はどうなのよ。どうして捜一に？」

「僕は亀有さんに呼ばれたからですよ」

「私もそれ」

「ずるいなー」

「本当だって」

倫太朗が先に部屋を出た。早く帰りたそうな背中だった。

車に戻り、汐里は亀有に電話で報告を上げた。鑑識課に用紙とプリンターを押収するように手配を頼み、電話を切る。隣の倫太朗の空気が変わっていた。

「着替えを忘れちゃって。一旦、官舎に戻るので、赤羽橋で降ろしてもらえませんか」

倫太朗はひどく緊張している。嘘をついていると直感した。汐里が鍵をクリップで開けてみせてから、様子がおかしい。汐里はアクセルを踏んだ。官舎の前で倫太朗を降ろす。

汐里は路地裏を桜田通り方面へ右折した。適当なところで路上駐車する。パンプスのヒールの音を響かせないようにつま先に力を入れて、来た道を戻った。ブロック塀の陰から、赤羽橋住宅の中を見る。倫太朗はいなかった。路地の先を曲がった背中が、見える。尾行してみることにした。

倫太朗はスマホで道を確認しながら、十五分ほど歩く。着いたのは六本木のドン・キホーテだった。都合がよい。この店は天井まで商品が積み上がっていて死角が多く、尾行しやすい。

倫太朗はバッグ売り場へ直行した。スーツケースやビジネスバッグが並ぶ。アタッシェケースを選んでいるようだった。ダブルロックと四桁のダイヤル付きの、二万九千八百円の代物を購入した。店を出たと思ったら、すぐに引き返してきた。汐里も商品棚の陰に隠れる。今度、倫太朗は極太の頑強そうなチェーンを一メートルと、手のひらの半分ほどはありそうな南京錠を購入していた。

汐里は本部に戻った。

亀有班は倫太朗以外、みな揃っていた。ピザの箱が四つ、広げられている。ピザをつまんでいる川鍋と双海に、㊖の謎について説明した。早速、その日付をホワイトボードに列記していく。今年だけで㊖は三回出てくる。最短で三日間、最長で十日間、記されていた。

十五分後、倫太朗がやってきた。アタッシェケースではなく、昨日と同じリュック型のビジネスバッグを背負っていた。着替えを持っている様子もない。へたくそな嘘を重ね続け、捜査を抜けて意味不明なものを購入した倫太朗に、心の中で首を傾げる。

「で、スマホは見つかったのか」

なかったと答える。川鍋が亀有に投げかける。

「発信履歴は通信会社にあたるしかないですね」

亀有が難しい顔をする。

「令状がないとな」

ホワイトボードの裏側には、記者連中から上がった情報が、箇条書きされていた。

・　財界の大物を追いかけている、という情報あり。

・演技派女優のやばい過去をすっぱ抜く、と飲み屋で豪語していた。
・有名議員の息子の薬物使用疑惑を狙っているという噂。
・日本人大リーガーのシャブセックス疑惑を追って渡米した。
・小遣い稼ぎに現役アイドルの不倫疑惑を追っている、と苦笑いしていた。

汐里は思わずぼやく。

「見事なまでにネタがばらけてる。多岐にわたっているというか」

参ったな、と亀有も頭をかく。

「他殺だという決定的な線も出てこないなぁ」

午後、倫太朗と双海は下地の遺族をあたりに行った。

汐里は川鍋と議員会館所属の記者クラブに探りを入れることになった。三十人以上の記者を捕まえてコーヒーを奢《おご》る。成果はない。下地がここ数年、政治家を取材していた様子もない。新人記者は下地という人物すら知らなかった。汐里はコーヒーを飲みすぎて、クラクラしてきた。記者連中も刑事と同じく、喫煙者が多い。汐里もつい本数が増えた。喉もガラガラだった。

倫太朗から電話がかかってきた。

「二階堂さん。そちらに合流してもいいですか」

双海は保育園から呼び出しを受けたらしい。妻は交番で取り扱い中か、連絡がつかないのだそうだ。

「そう言えば昨日、娘が下痢うんちをしたとか言ってたよね」

「ええ、ノロみたいですよ。げろげろ吐きまくってて、保育園が早く迎えに来いって」

汐里は急に手のひらがむずむずしてきた。昨日、双海とハイタッチした。川鍋に、倫太朗と先に合流しているように伝え、本部に戻った。

手を洗うだけでは気が済まない。自席デスクに消毒用ハンドジェルがある。引き出しの中を探った。「あのー」と背後から声をかけられる。

漆畑未希が立っていた。ケイト・スペードの、グレーと黒のバイカラーのトートバッグを肩から下げている。落ちやしないのに、ぎゅっと持ち手を握っている。

「真弓君と……」

やりたがっていた女、と言いそうになって、口を閉ざす。

「の、元カノです。改めまして」

未希は名刺を出す。壁の掛け時計を見た。

「もう退庁時刻ですよね。お時間あれば、ご飯とかお茶とかできたらなーって」

「ごめんなさい。事件で」

未希は「ですよね、すいません」と唇を噛み締めた。ふっくらとした唇は柔らかそうで、小さな前歯がふかふかと食い込む。垂れ目な感じがまたスケベそうだ。リスケしないと、立ち去らなそうだった。

「なにか、相談事?」

はい、とすがるように未希が汐里を見る。

汐里は一階の喫茶室に未希を誘った。コーヒーを飲みすぎて気持ちが悪いので、リンゴジュースを頼んだ。未希はブラックコーヒーをしとやかに口にする。

「で、相談て?」

「——倫君、私のこと、なんて言っています?」

「なんて、というと」

「昨晩、官舎で私と鉢合わせしたあと、聞かなかったんですか。あの女は誰だと」

逐一会話を再現するのは面倒だ。「いや、聞いてない」と答えた。煙草に火をつける。

びっくりされた。

「あ、ごめん。煙、ダメ?」

「いえ、父もヘビースモーカーなので、大丈夫です。父も警察官なんです」

聞いてもいないし、興味もないので「へえ」とだけ答えた。

「碑文谷《ひもんや》署の署長をやっています。漆畑吉昭《よしあき》。ご存じです?」

「ごめん。全然知らない」

「そうなんですか……。ずっと、刑事畑の人だったんですけど」

「それで? 以上?」

「いえ——あの。ええっと、どこから説明したらいいか」

困ったな、と思う。煙草を吸い、孤独を愛していると、やたら人から相談事を持ちかけられる。人というのは、まともな組織人には本音を話さない。アウトロー風だと足元はぐらぐらだが、なぜか根はしっかりしていると勘違いされる。やたら悩み事を打ち明けられるのだ。

「私と倫君は、警察学校時代からの付き合いで。あ、付き合い始めたのはもちろん、卒配後からです。警察学校の規則違反になるようなことはしていません」

どうでもいい。

「お互い、警官の子というのもあって、すっかり意気投合しました。喧嘩するようなこともなかったし、去年ぐらいから、結婚の話が出るようになったんです」

「え。婚約者だったの？」

未希はこっくり頷いた。過去形で尋ねたが、否定しない。倫太朗が婚約を解消したということだろう。

「倫君、刑事研修を終えて愛宕《あたご》署に配属されてから、様子がおかしくなり始めて」

あまり会いたがらなくなり、デートしていても上の空。未希の両親に会いに行く予定も突然キャンセルしたという。

「刑事になりたてでナーバスになっているだけだろうと思って、催促はしないようにしていたんです。うちの父も待ってくれていたんですよ。それが、去年の暮れに突然、別れたいって」

「理由は？」

「私のことに飽きたと。もう少し遊んで三十代後半ぐらいになったら、二十代後半ぐらいの若い女の子と結婚するのが、理想的だと」

川鍋あたりならわかるが、倫太朗はこういうことを考える性格だろうか。川鍋であっても、婚約までしていた相手にここまで突っ込んだ本音を口にはしない。

「まあ、愛宕署の刑事課にいたときになんかあったんだろうね」

「やっぱり、そう思います？」

「うん。愛宕署で聞いたら？」

え、と未希が顔を上げる。協力してほしい顔がありありと出ている。

「私は真弓君のことなにも知らないよ。昨日会ったばかりだし」

「もちろん、それはわかっています。私はただ……」

口ごもってしまった。汐里はきっぱり意見する。

「未希さん、真弓君が豹変したきっかけを知って、別れに納得したいわけじゃないんだよね。よりを戻したいんでしょ？」

未希は視線を伏せた。小さな声で言う。

「自分の口からこんなことを言うの、おこがましいというか、恥ずかしいんですけど。倫君は絶対、私のことをまだ好きだと思うんです」

汐里は咳払いした。

「よりを戻したいなら、私じゃなくて真弓君に影響力がある人を頼ったら？　うちの班長の亀有とか。婚約してたくらいなら亀有のこと知ってるでしょ」

「勿論、亀有さんのことは警察学校の時から知っています。でも、男性だから話しにくいし、倫君に直訴しても不可解なことばっかりで……」

未希のことなんか嫌いだ、官舎に来るなと言いながら、結局は家に入れる。一緒にご飯を食べて楽しくおしゃべりすることもある。

「そういうときの倫君はこれまで通りで、楽しそうだし、一体どうしたらいいのかわかんなくて」

汐里は二本目の煙草に火をつけた。煙を吐く。

「苦しそうだね」

「はい……辛いです」

「違うよ。真弓君の方が」

汐里は急いで荻窪駅へ向かった。川鍋と倫太朗は環状八号線沿いのラーメン屋にいた。ちょうど店を出たところだった。川鍋が店の前で一服するのを、倫太朗が付き合っている。汐里も煙草を出した。成果を尋ねる。

倫太朗は双海と下地の遺族をあたっていた。とくになにも出なかったようだ。

「双海さんがぼやいていました。何年刑事やってても、遺族に殺人の報告をすんのだけは慣れないって。特に、母親」

　川鍋がぶっと噴き出した。

「たかだか三年くらいしか刑事やってない奴が、なにかっこつけてんだか」

　汐里は母子の仲を尋ねた。下地にきょうだいはなく、父親はすでに他界している。

「あの母親は関係ないと思います。そもそも足が悪い。杖をついて歩いていました」

「歩けないことはないのなら、犯行は不可能じゃない」

　指摘する。倫太朗は黙り込んだ。

「まずは家族を疑え――殺人捜査の鉄則」

　汐里は付け足した。口にくわえた赤マルに火をつける。羽の彫金のジッポの蓋を鳴らす。倫太朗が遠慮がちに目を見張った。川鍋が汐里に反論する。

「エレベーターの防犯カメラに母親は映っていなかったが？」

　そうだった。汐里は頭を掻く。

「防犯カメラのない階段を使った？　カメラに映らないようにするためなら、必死に登りますよね」

　倫太朗が、汐里の意見にすり寄ってきた。

「七十代の老婆に、そこまでの原動力、気力があるか？」

　煙草の煙を吐きながら、川鍋が倫太朗を見る。

「そもそも下地は転落死です。首を絞めるとか、鈍器で殴るとかじゃないから、簡単かと」

　川鍋が目を丸くした。新人だから、と汐里は川鍋の腕を叩いた。倫太朗に尋ねる。

「君、現場の屋上見た？」

「いいえ。見てません」

「見てもねーのに簡単に言うな」

　川鍋が倫太朗の後頭部をぽかっと叩く。煙草を灰皿に投げ捨てた。現場行くぞ、と面パトの鍵を出した。近くのコインパーキングに停めてあるようだ。汐里は吸いかけの煙草を倫太朗に預けた。

「吸いませんよ、俺」

「ちょっと川鍋と二人だけにさせて。三分経ったら車に来ていいから」

　倫太朗は取り残された子どものような顔をする。

「僕だけ仲間外れですか」

「男と女の話」

　倫太朗は、そうすか、と軽く肩をすくめた。

　三人揃ってから、飯田橋の現場に戻った。

　事案認知からそろそろ二十四時間経つ。まだ規制線が張られていた。ロビーでは刑事が管理人から聴取している。牛込署強行犯係の者だ。挨拶して通り過ぎる。エレベーターは二基あった。

「下地はA基の方に乗って、まっすぐ屋上へ向かった」

汐里が上りボタンを押した。降りてきたのはB基だ。川鍋が身を乗り出し、適当に階数ボタンを押した。B基は無人のまま上がっていく。もう一度上りボタンを押す。A基が下りてきた。両隣をスーツの男性に囲まれた美女が現れる。大きなマスクで口と鼻を覆っても、オーラは隠せない。成川莉帆《なるかわりほ》という有名アイドルだ。同じ女を名乗るのが恥ずかしくなるほど顔が小さい。美しいつくりもののようだ。三人で箱の中に入る。川鍋が十五階を押しながら、興奮した様子で言った。

「いまの成川莉帆か、アイドルの。どうしてこんなところにいるんだ」

「芸能事務所がひとつ、ここに入居していましたよね」

倫太朗がスマホで成川莉帆を調べた。ダイヤモンドダストという事務所の所属だという。

「所属の芸能人が出入りしているってこと?」

汐里も事務所のホームページを覗いた。成川莉帆以外に知っているのは、日野祥子《ひのしょうこ》というベテラン女優だけだった。十人ほどが所属する小さな事務所だ。

十五階に着いた。屋上へは階段で上がる。照明は薄暗く、リノリウムの階段はひんやりしている。扉の前では牛込署地域課の警察官が見張りに立っていた。

屋上に出た。空調や給水タンクなどが並ぶ一角は、立ち入りできないようにフェンスが張られている。反対側のがらんどうの空間に、落下地点があった。カラーコーンと規制線で守られている。大人の腰の高さくらいの手すりが設置されている。下を覗き込んだ。目がくらむ高さだ。

汐里は打ち合わせ通りだ、と川鍋に頷く。彼は手をひとつ叩いた。倫太朗に向き直る。

「よし。倫太朗。俺を突き落としてみろ」

構えのポーズを取った。倫太朗の目が点になる。

「お前、ラーメン屋で言ったろ。転落なら簡単に人を殺せると」

「言いましたけど、そんなふうに構えられていたら、手こずりますよ。不意打ちじゃないと」

汐里は傍観者の立ち位置で意見する。

「下地が用もないビルの屋上に呼びだされたのだとしたら、警戒しないはずがない。不意打ちを食らうと思う？」

さあ突き落とせ、と川鍋は生真面目な顔で仕向ける。倫太朗は断り続ける。

「来い倫太朗！　俺、三鷹に寄って未希ちゃんと会ってきたんだぜ」

変化球だったはずだ。倫太朗は目を白黒させる。

「み、未希って――」

倫太朗が汐里を見る。咎める色があった。

「私に泣きついてきたのよ、倫君に振り回されてますーって。面倒くさいから、川鍋に振ったの」

汐里は再び、赤マルに火をつけた。ジッポの蓋の音が、都心の空にキーンと響く。

「君さ、ちゃんとしなよ。碑文谷署長の娘でしょ？　一歩間違うと刑事人生やばいし、ぼやぼやしているとあっという間に他の男に取られるよ」

川鍋はうまく演技している。ニヤニヤとスケベな笑みを浮かべ、倫太朗を挑発する。

「俺の手にかかれば簡単に落ちるわな」

倫太朗が重心を落とし、川鍋の体にタックルした。若さとは素直さだなと汐里は感心する。未希に対する情も感じた。彼を追い詰めているものの正体はなんだろう。

川鍋は全身で倫太朗を受け止めた。革靴が後ろに滑る。四つに組む形になった。成熟しつつある倫太朗の筋肉と、川鍋の脂肪に成り下がりつつある筋肉とがぶつかり合う。スーツで隠れてはいても、体の稜線にそれが現れる。

倫太朗の革靴の先に力が入る。重心は安定していた。倫太朗がいっきに上半身に力を込めた。川鍋が歯を食いしばる。額に青筋が浮かんだ。その革靴が後ろへ滑っていく。川鍋は下半身に気を取られ、上半身から意識が飛んでいる。

倫太朗が顎の下に手を入れて、突き上げた。海老ぞりになった川鍋が、体勢を崩して一歩、二歩と後ろに下がった。手すりに背中を打つ。

倫太朗は川鍋の右太腿の下に腕を回し、抱え上げようとした。川鍋の背中と手すりの接触部位を支点に持ち上げれば、頭から落下させられる。そろそろ止めるべきか。もがく川鍋の革靴の足が倫太朗の右耳を直撃した。倫太朗はぎゅっと目を閉じ、音を求めるように首を振る。耳鳴りがしているのだろう。倫太朗の腕から力が抜ける。足をばたつかせ続ける川鍋の革靴が、何度も倫太朗の顔を直撃する。倫太朗は一旦飛びのいた。男二人が肩で息をしながら距離を置く。

「ほらな」

川鍋は咳き込みながら、言った。スーツとネクタイを直す。倫太朗の息は上がっていない。目がまだ挑もうとしている。よほど未希に触れてほしくないらしい。汐里は止めて、間に入った。

「ストップストップ、もう終わり」

倫太朗がふうとため息を漏らし、背筋を伸ばす。

「言った通り。簡単に突き落とせない。人は抵抗する。猛烈に抵抗するでしょ」

倫太朗は素直に納得した。川鍋には抗議する。

「それで、未希と本当に今後も会うんですか」

川鍋は困ったように、汐里を見た。汐里は川鍋を先に帰らせた。気が付けば指に挟んだ煙草が灰になっていた。携帯用灰皿に捨て、二本目に火をつけた。

「私のところに、彼女が相談にきたところまでは本当だよ」

倫太朗は目を眇《すが》めた。

「じゃ、なんで川鍋さんに――」

「君がどこまで未希ちゃんを思っているのか、確認したかったから」

「余計なお世話ですよ」

「本当に。どうでもいい。迷惑。彼女に伝えておいて。そっちのゴタゴタに私を巻き込むなと」

倫太朗ははっとした顔だ。呼吸を整え、頭を下げた。

「すいません。ご迷惑をおかけしているのは僕の方でした」


汐里は川鍋、倫太朗と共に警視庁本部庁舎に戻った。

亀有は会議で席を外していた。亀有班のシマにひとりぽつねんと、双海がいる。

「夕方から奥さんが休みを取れたんで――」

川鍋が咎めた。

「お前、ノロだろ！　部内に広がったらどうすんだよ」

「僕には感染《うつ》ってませんよ。ちゃんと手洗いしてますし。ていうか待ち構えてたんですよ、ついさっき、鑑識からネタ入りました。大と小」

「大ネタと小ネタってことか？　なんだ、どんなのだ」

「小ネタは二階堂さんたちが押収を依頼した下地の家のプリンターと用紙ですよ」

インクの成分も用紙の材質も遺書のものとは一致しなかった。用紙についてはどちらも大量生産品だった。

「インクも同様で、ここからなにかを絞り込むことは不可能だと」

川鍋が「で、もうひとつは」と尋ねる。

「ガイシャの革靴の先っちょについてた謎の塗料」

汐里は思わず前のめりになる。双海がファックス用紙を捲《めく》った。眼鏡を押し上げ、勿体ぶった様子で成分を読み上げる。カオリン、酸化亜鉛、酸化チタン、赤202、橙204——。

「ドーランです」

川鍋が高い声で「ドーラン？」と復唱した。双海が立ち上がり、ホワイトボードの前に立つ。

「役者とかが塗る舞台用のファンデーションですね。この結論から、下地が追っかけてたネタ、つまり犯人は、芸能関係者に絞れるんじゃないですかね」

財界人、政治家やアスリートはドーランを日常使用しないだろう。ホワイトボードに箇条書きされたネタを、双海が消していく。残ったのは、『演技派女優のやばい過去』と『現役アイドルの不倫』だった。

汐里は呟いた。

「ダイヤモンドダスト」

下地が死亡した建物内に入る、芸能事務所だ。演技派女優と現役アイドルが所属している。

翌日の夜、十九時になろうとしていた。

汐里は喫茶店のテーブルにひとり座る。全席禁煙だった。いつもは後ろに束ねている髪を、いまは下ろしている。髪を弄《もてあそ》ぶふりで匂いを確かめる。煙草の匂いは残っていない。香りの強いトリートメントをつけてきた。

川鍋と双海、倫太朗の三人は、後ろのテーブルを囲んでいる。

汐里は聴取の相手を待っていた。

藤倉《ふじくら》ナガセ、二十六歳。自称俳優。ファースト写真集がもうすぐ発売されるらしい。自費出版だった。彼はダイヤモンドダストから独立したばかりだ。いまは所属していないタレントの方が、事務所の内情をしゃべってくれる。汐里は一日かけてSNSを調べ見つけ出した。今日のうちに会う約束を取り付けた。

亀有は捜査本部設置に慎重な島田係長を翻意させた。いまは捜査一課長の説得にあたっている。明日にも牛込警察署に捜査本部が立つと見込んで、汐里たちは動いていた。

藤倉との待ち合わせ場所は、お台場のテレビ局近くの喫茶店だった。藤倉が指定した。汐里がひとりで対応する。川鍋らは後ろで盗み聞きだ。各自、ワイヤレスイヤホンを耳に入れている。汐里のブラウスの袖口にイヤホンマイクが仕込まれているから、会話は筒抜けだった。

藤倉が自動扉の向こうに現れた。汐里はすぐさま手を上げた。はにかむ。いかにも芸能人相手にドギマギしている様子を演じた。

「すみません、ちょっとスタジオでの打ち合わせが長引いちゃって」

藤倉が席に着いた。ずいぶん大きな声だった。業界人アピールか。ブレンドコーヒーを頼み、汐里と向かい合う。ちょっと照れたふうに笑ってみたら、相手も同じ反応をした。

「改めまして。私、こういうものです」

汐里は名刺を出した。藤倉はあまり名刺に興味を持たず、汐里の顔をいつまでも眺める。

「すごいな。リアル女刑事さん。いまドラマも映画も、女刑事流行っているでしょう。やっぱりリアルは違うわ。なんていうの。リアルなのに、お美しい」

藤倉はやっと汐里の名刺を見た。肩書の『殺人犯捜査二係』に興味津々で、下心すら見える。汐里は敷居を下げることにした。女を出す。甘えるように、上目遣いで尋ねる。

「記者の下地修って男、ご存じですか」

「知ってる知ってる。ちょっと日に焼けてて、顔がてかってる記者でしょ？」

前事務所の仲間から要注意人物として、顔写真を見せられていたという。前事務所――と汐里は知らないふりをする。

「ダイヤモンドダスト。日野祥子と成川莉帆ぐらいしか有名どころがいない小さな事務所だけど」

そのダイヤモンドダストの入る建物で下地は死んだ。藤倉はそれを知らない様子だ。

「下地は一年前くらいに、成川莉帆と事務所スタッフの不倫を暴こうとしつこく追っかけ回してたんですよ。俳優仲間がビビって、下地の顔写真をこっそり撮影して、俺らに回した」

「その不倫は事実なんですか」

藤倉はあっさり内情をばらした。

「ガチだよ。成川莉帆は清純派で売り出してるけど、実際はぜーんぜんだよ。十五のころから酒も煙草もスパスパ。元ヤンだから」

「その、事務所スタッフとはいまでも続いてるんですか?」

「いやいや、社長が火消しに走ってね。そのスタッフは即解雇」

莉帆にペナルティはなかったようだ。

「下地はネタを書かず、納得したんですか」

「それ相応の金を事務所は払ったって話だよ」

その額、一千万円と言われているらしい。下地はそれで記事を引っ込めた。マスコミとしての使命感に欠ける行為だが、下地が本当に追いたかったのは政治家や財界人などのネタのはずだ。アイドルの不倫ネタは資金源ぐらいにしか思っていなかったのかもしれない。

「普通にそれ、恐喝事件ですねぇ……」

「被害届なんか出せませんよ。清純派の不倫が外部に漏れたらどうなるか」

契約しているCMは当時五本、その違約金だけで億を簡単に超えるという。

「あ、そうだ。俺の名刺、あげてなかったよね」

名刺を受け取った。後ろの刑事たちに見えるよう、汐里は名刺を高々と掲げた。

「へー。独立してるんですね。すごい。社長兼役者」

藤倉が営業を始めた。

「警察って、芸能人を啓発ポスターに起用しているよね。俺とかどう。暴力団追放！とか。薬物ダメ、とか。一日署長とか。交通安全週間のパレードとかさ」

藤倉程度の知名度では、無理な話だ。

「教育用ビデオとかはどうです？　昇任試験に備えたシミュレーションDVDとかで、犯人役を役者さんに頼んでいますし」

藤倉は引きつったように笑った。背に腹は代えられなかったのか、真剣に交渉し始めた。

「ギャラ、いくらくらいっすかね」

「広報に聞いてみないと。その、成川莉帆と不倫して解雇されたスタッフの名前、知ってます？」

藤倉は勿体ぶりはじめた。その視線が汐里の左手の薬指に飛ぶ。独身かどうか、初対面の相手に聞く勇気がないらしい。

この場所に指輪をはめたことはない。買う予定だった日に彼は新宿御苑で殺された。

意識があの日に飛んでいた。藤倉が前のめりに汐里を口説いている。

「このあと一杯、どう。俺、こんなヤクザな仕事してるけどさ、公務員とか堅い仕事してる女性、ホント尊敬する。同業の女だけは勘弁。プライド高くて奔放すぎてさ」

藤倉の汐里を見つめる瞳に、銭のマークが見えた。生活の安定が欲しいのだ。手あたり次第を感じる、非常に雑な口説き方だった。

「解雇されたスタッフの名前、教えてもらえます？」

それなら酒に付き合ってやってもいいという空気を出した。藤倉が汐里の耳元で名前を囁く。背後からやかましく椅子を引く音がした。川鍋が一目散にトイレへ駆け込んでいった。双海と倫太朗が困惑し、腰を浮かせている。

藤倉は他のテーブル客に注意を払わない。汐里の手を掴んだ。

「行こう。いい店知ってるんだ」

連れていかれたのは、雑居ビル三階の狭く薄暗い店だった。ハイチェアのカウンター席しかない。藤倉はずっとしゃべっている。有名な役者や監督の名前を出し、共演したとか認められたとか。虎の威を借りまくる武勇伝を披露する。中身が空っぽだということがよくわかった。

酒が進んできたころ、ふいに藤倉が身を寄せてきた。

「ところで――汐里さんって、いまいくつ？」

「三十七」

「またまた。御冗談を」

本当よ、と免許証の生年月日を見せた。藤倉が完全に引いたのがわかった。それから十分もしないで藤倉と別れた。藤倉はまだ二十六歳だったといまさら思い出した。倫太朗と同い年だ。

島田係長から電話がかかってきた。誰も電話に出ない、と憤慨している。

「すいません、関係者と接触中でした」

倫太朗たちはどうしたのだろう。川鍋はトイレに駆け込んでいたが――。

「とにかく、一旦引き上げて来い。亀有がノロでぶっ倒れた」

二日前、双海とハイタッチした手のひらがまた、むずむずとしてきた。

「双海から感染ったに違いないから、とにかく双海を自宅待機させる。お前らも気をつけろ、他の部員にも蔓延したらシャレにならん――」

もう遅い。

汐里は本部庁舎へ戻った。倫太朗がひとりぽつねんと自席に座っている。

時計を見た。まだ二十時前だった。藤倉とのデートの時間がいかに短かったか。笑ってしまう。双海は島田係長から、一週間の自宅待機を命じられたらしい。

「都内でテロが起こっても絶対に出勤してくるなって、釘を刺されていましたよ」

「川鍋さんは?」

「あ、救急病院に連れていきました。ノロでしょうってことで。タクシーで自宅まで送りました。藤倉はどうしたんです?」

「実年齢教えたら、逃げた」

倫太朗は視線を外した。汐里に気を使っている。島田が歩み寄ってきた。

「お前ら、自宅待機だ。しばらく本部に来るな」

汐里は嚙みついた。

「私と新人君は症状出てませんよ」

「潜伏期間かもしれないだろ」

「いやです。いま捜査は次の段階に来ています」

下地の不審死に次の展開が見えてきたのだ。島田はつれない。

「捜査本部は立っていないし、立つ予定もない」

倫太朗が目を丸くする。

「そんな——明日にも牛込署に捜本が立つという話では?」

島田は手に持った書類をデスクに叩きつける。

「これのどこが他殺の証拠なんだ、と。捜査一課長は書類を読みもしなかった」

ドーランは舞台用のメイク道具で、汗や水では落ちにくい。専用のメイク落としを使わないと完全に除去できない。事件前からずっと下地の靴に付着していた可能性もあるのだ。

「これが事件の際についたものだという証明が必要だ、と一課長は指摘した。下地がこの数か月、芸能関係者をあたっていたのだとしたら、楽屋などで取材した拍子にドーランがついた可能性があるだろ」

倫太朗が肩を落とす。

「ドーランの付着が事件によるものと証明しろなんて、無理な話ですよ」

捜査本部は簡単には立たない。かなり慎重な判断があるのだ。

「警視庁管内で毎日見つかる変死体は百体以上だ。遺書があったり事故の気配があったりするものはどんどん抜いていかないと、何人捜査員がいても足りない」

島田が倫太朗を諭す。汐里は揚げ足を取った。

「その通り、何人捜査員がいても足りない、だから症状が出てない捜査員が休んでいる暇なんかない。私はひとりでも捜査、続けますので」

島田はやれやれとため息をついた。腰に手を当て、汐里に命令した。

「真弓の面倒はお前が見ろよ」

井久保《いくぼ》直樹《なおき》、四十六歳。現住所、東京都練馬区大泉学園町。

成川莉帆とのスキャンダルで事務所を追われた男の素性だ。

翌朝、倫太朗と共に捜査車両で大泉学園町へ向かう。今日は倫太朗がハンドルを握った。

「本部から車で三十分ほどですけど、どうします。七時には着いちゃいます」

まだ六時二十分だった。

「行っちゃっていい。二時間ほど張ろう。もう新しい仕事就いていたら、通勤時間でしょ。そこでちょいちょいからかって感触見よう」

「出てこなかったら？」

「九時になったらピンポン」

了解、と倫太朗が北西へ車を走らせる。車の運転に癖がない。紳士で模範的な運転だった。東映撮影所の広大な敷地が見えてきた。路地を曲がった突き当たりに、モルタル二階建てのアパートがある。井久保が住むハイム大泉学園だ。築二、三十年くらいか。一〇五号室に住む。玄関扉の脇に洗濯機があった。

「事務所解雇されて、安いトコに移ったのかな。免許証の住所を三か月前に変更してる」

前は渋谷区に住んでいた。妻子もいたが、不倫・解雇を機に離婚している。

「いま、なんの仕事してるんですかね」

「そこまでは調べがつかなかった」

二時間ほど張り込む。アパートから三人しか出てこなかった。井久保の部屋は九時を過ぎても開かない。汐里はグローブボックスから双眼鏡を出す。玄関扉の方を覗いた。

「――嫌な予感。新聞が溜まりまくってる」

ドアポストに入りきらず、ドアの脇に積み上がっていた。

「君、ちょっとベランダの様子を見てきてくれない」

「ベランダの窓から中を確認ですか」

「違う。換気口があるはずだから、そこよく見てきて」

まだ敷地には入らないように釘を刺し、双眼鏡を渡す。

「換気口のなにを確かめればいいんですか？」

「ハエの出入り」

倫太朗が車を降りる。十分で戻ってきた。

「腐臭が若干ありました。ベランダ側は隣のマンションの駐車場と隣接しているんですが、軽く住人に聞いてみたところ、三月の第三土曜日にはすでに臭いはじめていたようです」

「すごいピンポイント」

「話を聞いた男性の息子さんが、覚えていたんです。家族で息子の卒園式に出かけるとき、息子が臭いと騒いでいたと」

「なるほどね。ハエは？」

「二匹」

倫太朗が大きく頷く。

「二匹、換気口から出てきたのが見えました」

入っていったのではなく、出て行った。

「もう腐乱してるね、きっと」

ハエは生物の中で最も死臭に敏感な生き物だ。動物の死の直後にどこからともなくやってきて死肉に卵を産み付ける。卵の孵化まで半日から三日ほどだ。死体を食べて成長し蛹《さなぎ》になるまで四日から十日、蛹がかえって成虫になるまで同じくらいかかる。一度に産み付ける卵の数は五十から百個。汐里は井久保の部屋の惨状を想像し、気が萎《な》えた。

車を降りる。倫太朗もついてきた。ハイム大泉学園の表玄関に入り、集合ポストの前に立つ。管理会社の看板を見つけた。連絡をするように倫太朗に指示する。集合ポストをのぞいた。令状はないから勝手に取れない。隙間から中を見た。郵便物だけでなく、チラシがぎゅうぎゅうに押し込まれていた。

手袋をして、ドアポストの脇に積み上げられた新聞の日付を確認した。倫太朗が電話を切り、汐里に報告する。

「二十分ほどで鍵を持ってくるそうです」

「玄関に溜まってる新聞は、三週間前からね」

立ち上がる。倫太朗が困ったように、こめかみを搔く。

「もう死んでますよね、たぶん」

頷き、汐里は懐からビニール袋を出す。倫太朗自らビニール袋を取った。俺が行きます、という顔だ。

「がんばりやさんね」

「この腐臭なら大丈夫です」

「下地のときより、こっちの方がひどいよ」

「死の匂いなら、卒配時代から経験済みですよ。下地のは、生の匂いが強すぎたので――」

わかる気がした。魂が去ったばかりの肉体を見る方が、ダメージが大きい。日常の営みが突然途絶えてしまった悲劇が、遺体に宿っているからだ。

管理会社の女性がやってきた。慌てていたのか、制服のリボンは曲がり、ブラウスの裾がはみ出ていた。ブルームハウジングの山原絵里子《やまはらえりこ》ですと名乗り、鍵を汐里に渡した。

「一〇五号室の鍵です」

「いえ。管理人の方が先に入っていただけないかと」

通報を受けたわけではない。こういう場合、捜査一課刑事は勝手に入れない。

「死体があると確認できたら、管理会社から通報を受けたということで、我々、入れますんで」

絵里子は「もう最悪」とうなだれた。インターホンを三回連続で押す。井久保の名を呼びながら、扉を乱暴に叩いた。

「井久保さん、入りますよ！」

鍵を開けた。絵里子は大きく息を吸う。鼻をつまんで、扉を開けた。ハエが何十匹と襲いかかってきた。やり過ごす。

　キッチンと居間を隔てる梁に、ロープをかけてぶら下がる人型のものが見える。絵里子は口を両手でふさぎ、悲鳴を押し殺した。肩が制御不能な様子で不自然に上下する。いまにも嘔吐しそうだ。フォローする間もなく、玄関脇の洗面所に駆け込んだ。

「あ、ちょっと！」

　倫太朗が室内に踏み込んだ。まだシューカバーすらつけていない。汐里は三和土《たたき》のすぐ手前に立ち、中を覗き込んだ。絵里子が洗面所で嘔吐する音が聞こえる。

　やらかした。現場汚染。

　倫太朗は彼女の背後でビニール袋を意味もなく差し出している。自分も現場汚染していることにまだ気が付いていない。

　汐里は大きく咳払いした。倫太朗の足を顎で差す。あ、と倫太朗が片足をひょいと上げた。

「どっ、どうしましょう……」

　引き返しても、先へ進んでも、現場汚染を広げるだけだ。絵里子はまだえずいている。水の音もする。蛇口を回して、吐しゃ物を流しているようだった。

「とりあえず彼女が戻れるまで、ここに立っています」

　汐里はビニールキャップの中にシューカバーとマスクを入れて、倫太朗の方に投げた。汐里も身につけながら、素早く室内に視線を走らせる。

死体はワイシャツにスラックス姿だった。ワイシャツは茶色に変色している。肩がずいぶん低い位置にあった。体の重さに耐えきれず、首が伸びてしまっていた。膝はくの字に曲がる。つま先が床に触れて、微妙な体勢でぶら下がっている。

居室のちゃぶ台の上に、白い紙が見える。なにか書いてある。

「君、その長い脚で、居間のテーブルまで何歩で行ける？」

倫太朗に尋ねた。

「さあ……がんばれば三歩ぐらいかな。でも無理です。遺体が居間の入口をふさいでます。すり抜けるのに歩数を稼いじゃいそうで」

「居間のちゃぶ台の上に、白い紙が見えない？」

倫太朗は息を止め、大股に移動した。首吊り死体の横をすり抜ける。腐乱した頭は倫太朗の顔と同じ高さにあった。正面から死体を見た倫太朗が、あっさり言う。

「顔がないっすね」

ぶら下がっているものがあまりに人間の姿からかけ離れているからだろうか。倫太朗は却って冷静になった様子だ。

「顔面が抉《えぐ》られているということ？」

「いや、蛆虫が食べつくしたんでしょう。いまは胸のあたりをむしゃむしゃと、何千匹が蠢《うごめ》いています。蛹の殻がどっさり足元に落ちてます」

倫太朗が足を一歩大きく出し、腕を伸ばして紙を取った。死体の横をすり抜ける。汐里に紙を渡した。汐里は玄関の外に出て、紙を読んだ。

〈もう疲れました　井久保直樹〉

ひどく乱雑で、震えた走り書きだった。これでは筆跡鑑定できない。下地の死との因果関係も見えない。アパートの住人が部屋から出てきた。

「なにがあったのよ。わ、くせぇ……」

ステテコ姿の老人が鼻を腕で押さえた。住人を追い払い、汐里はスマホで一一〇番通報した。本官であることを名乗り、現住所を知らせる。

倫太朗に肩を抱かれた絵里子が出てきた。外玄関脇の段差に座り込む。二階堂さん、と倫太朗が手招きする。中へ引き返そうとしていた。

「下地の自宅のカレンダーの謎、覚えてます？」

「何日にもわたって果物食べる、ってやつ？」

㊇というマークが卓上カレンダーのあちこちに記されていた。

「あれのことかもしれません」

汐里はシューカバーを付けなおし、中に入った。倫太朗が洗面所の横に立つ。洗面台の鏡を指していた。お湯が出しっぱなしになっている。洗面台から湯気が上っていた。鏡が曇る。文字が浮かび上がっていた。

果無——。

第二章　果無

奈良県吉野郡十津川《とつかわ》村。

果無《はてなし》山脈、果無峠、果無集落と名付けられた土地が村の南外れにある。和歌山県との県境近くの山深い場所だ。正式な住所は十津川村大字桑畑《おおあざくわはた》という。

自宅から押収した下地のクレジットカード明細書を確認したところ、ＪＲ東日本で一万三千八十円の支払いがたびたび出てくることがわかった。カレンダーに㊋と記された当日か数日前に決済している。品川駅―京都駅間の新幹線料金と一致する。奈良県には空港や新幹線の駅がない。東京からなら、新幹線で京都駅に出るのが最短ルートだろう。他、関西圏に「果」のつく地名はない。下地はこの奈良県十津川村の果無という場所に足しげく通っていたとみて間違いないだろう。

ここに、下地が死の直前まで追っていたネタがあるはずだ。

だが、下地が他殺だという根拠は、ないままだ。

頼みの井久保は、下地が死ぬずっと前に死亡していた。死体の腐敗が激しい。検死解剖報告書は『不明』のオンパレードだ。郵便受けに溜まった新聞や異臭の証言から、死後三週間以上は経過していると思われた。蛆虫が孵化し再び卵を産み付け、第二、第三世代が新たに死体を食い荒らしていた。もう少し蛆虫の分析に時間をかけないと、正確な死亡日時を割り出せない。

死因も『不明』だった。状況的に縊死《いし》による窒息死だが、後から首つりを偽装した可能性もある。窒息死の所見である眼球の点状うっ血や肺の膨脹も、実物がないので調べられない。蛆虫が食べてしまった。

汐里は倫太朗と近隣を聞き込みしたが、目撃証言はない。不審な物音を聞いた人物も皆無だった。そもそも、井久保を知る住民がひとりもいない。部屋から第三者のゲソ痕――足跡も発見されなかった。現場に靴を脱いで上がれば残らない。第三者がいなかった証明にはならない。

自殺か事件か、判別できない。

四月一日の下地修の転落死から、十日が経とうとしていた。

いま亀有班は汐里と倫太朗しかいない。この状況でたったの二人、動きようがなかった。捜査一課長は井久保の死も自殺で片付けようとしていた。係長の島田が待ったをかけたが、「女と新人じゃどうしようもねぇな」とため息ばかりだ。

倫太朗が汐里に提案した。

「ナシ割からはこれ以上、なにも出てこなそうですよね。地取りをやりますか？　ハイム大泉学園周辺の監視カメラを確認していくか――」

ナシ割は遺留品から展開する捜査のことだ。地取りは事件現場周辺の聞き込み、防犯・監視カメラの回収などの捜査活動のことを言う。

「何台、何週間分あると思ってんの。二人で虱潰しにやり始めたら一歳、年食うわよ」

「ナシ割ダメ、地取りも無理なら、鑑取りを押さえるしかないですね」

被害者の人間関係を洗う捜査だ。

「まずはダイヤモンドダストへ聴取に行きます？　社長に直あたりもアリかと思いますが」

「アホなこと言わない。芸能事務所はスキャンダルの煙が立つだけで会社存亡の危機だよ。刑事が横を通っただけで貝になる」

タレントへの接触も更に厳しくなる――と続きを言おうとして、汐里ははたと口を閉ざした。妙案が浮かんだ。倫太朗の実直そうな顔を見て、口をつぐんだ。

「なにか、ひらめきましたよね、いま。絶対に」

「いや。なにも」

「嘘だ。なにかいいことを思いついたけど、自分に都合が悪いことだから咄嗟に隠した、みたいな顔してますよ」

汐里は白い目で倫太朗を見た。

「君、なかなか鋭く突っ込むねぇ、先輩刑事に」

「君って呼び方やめてくださいよ。僕には真弓倫太朗という――」

「じゃ、倫ちゃん」

いきなりその呼び方、と倫太朗が目を丸くした。汐里は立ち上がる。

「ついてきて」

捜査車両のキーを取る。


汐里が捜査車両のハンドルを握った。クイズを出題する。

「倫ちゃん、芸能界の始まりってそもそもなんだと思う。テレビ放送が始まる前から芸能界はあった。それはわかるでしょ」

「もちろん。映画とか。活劇、トーキーとかですか」

「そう。舞台や興行。戦前、それを取り仕切っていたのはどんな輩《やから》？」

ヤクザだ――倫太朗が断言した。

「正解。暴対法以降、芸能界もマルBと距離を置くようになったけど、いまだずぶずぶのトコはある。マルBのフロント企業と噂されているところもね」

「ダイヤモンドダストも、そうだと言うんですか」

「わからない。比較的新しい事務所みたいだし。ただ、組対がとある暴力団の親分のガサ入れ仕掛けたら、ベッドで超大物演歌歌手が裸で寝てた、なんて話は最近でも耳にする」

事務所の脱税疑惑を捜査していたマルサが、暴力団に差し出す愛人リストを発見、そこに人気アイドルの名前がずらりと並んでいたという話だってある。

「いまの段階で正面玄関からダイヤモンドダストをつつくのは危険。なら、勝手口から行こう」

「まさか、マルB事務所に向かってるんすか」

汐里は赤マルをくわえ、ジッポで火をつけた。ジッポの蓋を鳴らす。倫太朗は頭を掻く。

「そうでした。二階堂さん、元マル暴ですからね」

倫太朗がジッポに目を向ける。

「ずいぶん男っぽいジッポ、使ってますよね。羽の彫金ですか」

「三万もした」

「自分で買ったんですか」

「そう。最近は男ですら禁煙でしょう。私は絶対にやめてやんないという決意の表れとして、高いジッポを買ってやったの」

「誰に対する決意ですか、それ」

倫太朗が呆れたように言った。

「ショーケース指して、店員にこれ下さいって言ったら、その店員はなんて言ったと思う?」

汐里は煙を吐いて、続けた。

「プレゼント包装しますか、だってさ」

「女性のご自宅用とは思わないですよ。こんなきれいな女性がこんなごついジッポ使うとは思わないでしょう」

こんなきれいな女性、とオウム返しにする。

「いや、お世辞じゃないですよ」

口説いてもいませんけどね、と倫太朗はつけ足した。

JR信濃町駅近くの路地を入った、新宿区の住宅街に入る。この界隈に来るのは三年ぶりだった。

汐里は三階建てのタイル張りのマンションやアパート、昔ながらの一軒家が密集する一帯だ。汐里は三階建てのマンション前に横づけした。ついてこいと目で倫太朗を促し、階段を上がる。インターホンを押した。「はい」と男の声で返答がある。私、と汐里は短く答えた。

「はあ? 誰」

「二階堂汐里」

インターホンが切れる。扉が開いた。金髪のボサボサ頭が覗く。園田《そのだ》誠一《せいいち》だ。今年で三十四歳になる。男は単純な生き物だというが、汐里を三年ぶりに見る目は複雑極まりない。親しみ、憎しみ、負い目、哀れみ——。園田は背後に立つ倫太朗の存在に反応した。

「え、なんで男連れ」

「お金返してもらいに来た。彼、ボディガード」

「勘弁してよ。アポなしで来るか、普通」

「会社に電話して確かめた、今日非番だから家だろうって」

園田は舌打ちして、二人を中に入れた。スウェットを腰で穿いている。ポール・スミスの派手なボクサーパンツがちらりと見え隠れする。ああいう柄を選ぶタイプではなかった。妻の選定だろう。

ここは仕事用の仮住まいだ。物が少なく生活感がない。仕事柄、自宅には殆ど帰らない。リビングのソファに客を促し、園田は冷蔵庫を開けた。

「茶がねぇや。プロテインドリンクと炭酸、どっちがいい」

プロテインドリンク、と汐里は即答した。同じ物を、と倫太朗が答え、すぐに口ごもる。流れで言ってしまったようだ。

「この子は炭酸」

汐里が代わりに答えてやった。園田が嫌味を言う。

「汐里様は高価な方ね」

「あんたが私になすりつけた借金三百万、やっと百万返したところですけど」

倫太朗が隣で固まっている。

「地道にコツコツ、だね」

「なにがだよ、ばかたれ」

汐里は飲み物を持ってきた金髪頭をぺしっと叩いた。灰皿、と金髪頭に顎で命令した。

「だから、俺だってカツカツで金ないんだよ。文句があるなら給料あげない上に言ってよ」

園田が灰皿をテーブルに置く。立て膝をついて火まで差し出してきた。断る。汐里はプロテインドリンクを飲んだ。まずい。

「で、この若いツバメは新しい男なの」

「いえ、僕は後輩で……」

倫太朗に迷うそぶりが見えた。園田がヤクザだと勘違いしている。汐里がヤクザに金を貸していると思ってしまっているようだ。名刺を出すよう、倫太朗に促した。受け取った園田が「なんだ同業か」とつまらなそうに言う。倫太朗が目を丸くした。

園田が隣室から金髪には似合わないビジネスバッグを持ってきて名刺を差し出した。

『警視庁新宿警察署　組織犯罪対策課　銃器・薬物対策係　係長　園田誠一　警部補』

新宿署は警視庁管内でも屈指の巨大所轄署だ。署員数は六百人を超える。一般的な所轄署だと刑事組織犯罪対策課となっているが、新宿署は刑事と組対が本部のように軒を分けている。それだけ規模が大きいからだ。薬物対策係の園田は、潜入してなんぼの捜査をする。係長でも、髪の色を派手にする必要がある。

係長——と改めて気が付いて、汐里は名刺の肩書を二度見した。

「うっそぉ、いつ警部補に昇任したの」

やべ、と口走って園田は名刺をひったくった。

「まあまあ堅いこと言わず、あ、昇任祝いしてもらってなかったからさ、それと相殺ってことで」

「相殺？　は？　馬鹿なの」

「で、なにしに来たのよ。本当は金をせびりに来たんじゃないことはわかってるよ。普通、給料日前に来ないだろ」

にやつく。汐里は容赦なく金髪頭をはたいた。

「せびりってなによ。返済って言いなさいよ」

倫太朗が不安そうな顔で尋ねる。

「あの——どうして三百万も借金なんか」

「薬対で潜入とかしてるととにかく金がかかるのよ〜。上は捜査費全然おろしてくれないし。でもあと十万あれば、大物シャブ売人に近づける、みたいなシチュエーションがちょいちょいあってね」

汐里は若手歌手の名を出した。五年ほど前にシャブでワッパをかけられ芸能界から消えた。園田が挙げた大金星だ。三百万円使い込まれたが、その価値はあったと汐里は思っている。だが、そんな甘い顔を園田の前でしたら返済が滞る。会うたびに厳しく接するようにしている。

「売人のガードを下げるのにね、バカラやるしかなかったのよ。目の前で数百万円も負けてる俺を見てさ、こりゃ公務員の潜入なわけねぇって売人が胸襟を開いてくれて、それでやっとホシに辿り着けた」

「あんときの褒賞金で、私名義の借金返すとか言ってなかった？」

「しょうがないじゃん、確かに警視総監賞もらったけどさ、褒賞金の封筒開けて目が点になったよ、五円玉入ってるだけなんだもん」

「そう。あの五円は確かにもらった」

「そしてまた俺とご縁があったわけだ～」

いびるのに飽きて無視した。倫太朗が生真面目に身を乗り出す。

「園田さんは芸能界の薬物ネットワークに詳しいんですか」

園田はへらへら笑うだけだ。汐里が答えた。

「芸能関係の裏話だったら、警視庁で彼以上に詳しい人間はいない」

園田はメビウスに火をつけた。ちらりと倫太朗を見る。

「なるほど。お二人さん、その件で来たのね」

察しが早い、と汐里は頷く。

「そりゃ、新聞見て俺もおかしいと思ったよ。下地が転落死、井久保は三週間以上前に首括《くく》ってたとなりゃね」

二人のことを知っている。

「下地は政治ネタで食ってた硬派記者だろ。俺の庭で知ったわけじゃない。でも井久保は驚いた。奴の敏腕ぶりを芸能界で知らない奴はいないよ」

「どこが敏腕。若いアイドルに手ぇ出して首切られてる」

「それくらい入れ込んで愛情持ってるから、土下座営業とか、どぶ板で若い子売り出すのよ」

薬物も暴力団との付き合いもない、と園田は断言した。

「社長は堀川雄二《ほりかわゆうじ》、六十五歳。もともと中堅プロにいた人物だけど、いまいちぱっとしないね。有名どころは日野祥子と成川莉帆だけでしょ。業界で有名なのは社長の堀川よりむしろ、井久保直樹の方だよ。日野祥子をスターダムにのし上げた」

他の従業員は、経理に堀川の後妻の愛子《あいこ》、五十五歳がいる。営業部長は堀川の長男・真昭《まさあき》、四十歳。一年前まで、マネージメント部長は井久保のポジションだった。

「井久保は一年ほど前に成川莉帆とのスキャンダルで事務所を追い出されているんです」

倫太朗が説明した。園田は鼻で笑う。

「あの中途半端なヤンキー少女と?」

成川莉帆の裏の顔を知っている言い方だ。

「井久保は脇が甘いな、堀川の策略にはまったんじゃないの」

井久保の後釜——と園田が意味ありげに囁く。

「堀川ンとこの娘婿が就いたの。増尾《ますお》隆之《たかゆき》、四十一歳」

本名もマスオか。残るスタッフはみなアルバイトらしい。絵にかいたような同族企業だ。

「成川莉帆もアイドルで二十五歳じゃもう落ち目だ。実際のところは、日野祥子ひとりで持っているような事務所だよ。日野祥子の高額なギャラを堀川一族がしゃぶりつくしている。井久保はそれが面白くなくて、増尾の就職を阻止しようとしていたから」

堀川は井久保を追い出そうと、成川莉帆を美人局《つつもたせ》に使い、下地に写真を撮らせた。だから成川莉帆はスキャンダルを起こしたのに、お咎めナシだったのだ。二つの事案は、事務所内の権力闘争から派生した、口封じ目的の殺人か。手を下したのは堀川一族のうちの誰かだろう。

果無、と倫太朗が呟く。

「堀川が事務所から井久保を追い出す策略を実行し、その口封じに下地もろとも殺害したとして——果無とどう結びつくんでしょうか」

ハイム大泉学園の鑑識作業は全て終わっていた。

規制線は残り、石神井《しゃくじい》署地域課の警察官が立番している。先客がいた。石神井署強行犯係の丸山《まるやま》という刑事だった。ごみ箱をあさっている。お邪魔します、と汐里は声をかけた。丸山が立ち上がる。

「またいらした――やはり事件化するんですか」

「まだまだ。そちらは？」

丸山は部屋中にあったごみ箱をキッチンの空きスペースに並べて、中身を確認していた。

「実は、風邪薬の空容器、探してまして」

丸山が中へ入るよう促す。鑑識作業は済んでいるので土足で入っても問題ないが、気分的にシューカバーをつけたい。井久保がぶら下がっていた場所に、黒いシミができている。腐臭が壁や床に染みついている。丸山もマスクをしていた。

「さっき、監察医務院の方から追加報告がありましてね。咽喉部にほんのちょっとらしいんですけど、風邪薬の成分が出てきたと」

「服薬量はわかってるんですか」

「それが、胃の内容物は全部、蛆虫が食べつくしちゃって」

倫太朗が尋ねる。

「喉に残るくらいだから、死ぬ直前に飲んだはずですよね。でもこれから死のうとする人間が風邪を治そうと思いますか」

吐き出したか、と汐里は指摘する。

「誰かの意図で期せずして風邪薬を飲んでしまった。それで、吐き出した――」

言いながらも、汐里は首を傾げた。

「自殺だとしても、ありうるね」

丸山も頷く。風邪薬を大量に飲んで死のうとしたけれど、吐き出してしまった、というのはよく聞く話だ。丸山が指を鳴らした。

「その線だと、室内に風邪薬の空き箱が残っていないとおかしい。というわけで、私はここでごみをあさっているんですが――」

ありません、と丸山が立ち上がった。倫太朗が言う。

「第三者が空き箱を持ち去った。自分がいた痕跡を消すため？」

もしくは、と汐里は男二人を見た。

「そもそも、ここに空き箱がなかった。井久保を殺害したい第三者が、大量の風邪薬が溶けた飲食物を持ってきて、井久保に飲ませた」

だが嘔吐した。それで首を絞めて殺し、首つり自殺に偽装した。

丸山が困ったように、ごま塩頭をこすった。

「でもなぁ～。女が男を絞殺って難しいのよ、本当に」

「女？」

汐里は鋭く切り返す。丸山がはっと口をつぐんだ。口が滑ったか。

「丸山さん、情報は報告、共有してもらわないと困ります」

「いやいや、捜査本部だって立ってないんだよ。オタクら、この件の担当なの」

「第一発見者は我々ですよ」

「いま捜査権があるのは我々ですよ」

井久保と堀川の事務所内の対立ではないが、いつの時代も、組織は内部で割れて手柄を奪い合い、張り合うものだ。

汐里はカードを切った。

「井久保が美人局にはまって事務所を追い出された件は、知ってます？」

丸山の目の色が変わった。ため息をつく。

「いいでしょう。石神井署にいらしてください。現物をお見せします」


警視庁本部に戻ったのは夕方過ぎだった。

亀有が出勤している。寒そうだ。痩せたのか、スーツがぶかぶかに見える。

「症状は治まっても、体力がすぐには戻らなそうだ。で、なにかわかったか？」

汐里はトートバッグの中からクリアファイルを出した。キャビネサイズの写真が一枚、入っている。亀有が手袋をして、写真を出した。妊婦が写っている。

「この写真の妊婦、日野祥子と思われます」

「あの女優のか？　妊娠中じゃないか。しかも臨月くらいだろ、コレ」

「出産直前のように見えます。分娩室のようですし」

背後に清潔そうな白い壁と分娩台が写っている。医師らしき人物の姿もある。瞳が青くへアキャップから金髪が透けて見える。亀有はしげしげと、写真を眺めた。

「大物女優、海外で極秘出産、といったところか。この写真の出処は？」

「石神井署が鑑識作業中に発見したようです。井久保の自宅の本棚の後ろに、落ちていたと」

他に写真はなかった。本棚の後ろに隠し持っていたのか。もしくは、本棚に飾ってあったのが後ろに落ちてしまい、忘れ去られたのか——。

汐里は意見する。

「咄嗟に隠したんじゃないかと思います。本棚の後ろはコード類が何本も通っていました。静電気で埃まみれ。けれど写真にはそれほど埃がついていませんでした」

「ということは、井久保は彼女の秘密を隠そうとしたのか。もしくは、強請《ゆす》りのネタにもなりうる写真を当事者から奪われたくなかったのか」

苦楽を共にしたタレントを守ろうとしていたのか。解雇された逆恨みで、タレントのスキャンダルを売ろうとしていたのか。井久保の立ち位置が読めなかった。

亀有は写真を裏返したり、目の前に近づけたりした。諦めたように言う。

「この写真一枚じゃ、日付どころか年すらわからんな。しかも分娩室が海外か。本人に直あたりは？」

汐里は難しい、と答えた。昼間、日野祥子に接触するべく、公演中の劇場出入口で出待ちをした。ボディガードやスタッフ十数人に囲まれ、祥子の頭が見えただけだった。

「警察です、なんて言えませんし。行く先々、出待ちのファンや野次馬でごった返してます。騒ぎを大きくするだけ」

よし、と亀有は捜査資料を捲った。電話をかける。ダイヤモンドダストの代表番号だった。スピーカーにして、汐里や倫太朗に聞かせる。

はいダイヤモンドダストです、と女性の声で応答があった。経理を担当している堀川の後妻だろう。汐里は人間関係を示したホワイトボードを振り返った。堀川愛子、五十五歳。免許証の顔写真もついている。元タレントという彼女は、唇の下の大きなほくろが色っぽい。

「恐れ入ります。こちら警視庁の者ですが」

ああ、とため息交じりの声が聞こえた。いつか警察が来るとわかっていたはずだ。

「実はいくつかお聞きしたいことがございまして、そちらの日野祥子さんとお会いすることは可能でしょうか」

「いきなり――うちの日野祥子ですか」

ええ、と亀有はよどみなく答える。女優なんかどうってことないと思っている。愛子は電話を保留にした。社長に相談か。本人がそばにいるか。やがて保留音が途切れた。

「お待たせしました。祥子は秒刻みのスケジュールをこなしております。対応は無理です。ご用件は？」

「それは日野祥子さんご本人ではないと、お話しできません」

「では、令状をお持ちになって、改めて事務所に来ていただけます？」

捜査本部は立っていない。令状も出ない。白旗だ。

「承知しました。では、近いうちにお伺いします」

亀有の言い方は、あたかも令状を携えて訪ねるといったふうだ。相手にたじろいだような沈黙がある。亀有は電話を切った。令状が出るのか、倫太朗が期待を込めて尋ねた。

「出ないだろうな。だが事務所に揺さぶりをかけた。さあ次はどうする」

亀有は面白そうだ。

「この写真の出処を確かめるより他ないです。芸能関係に詳しい刑事、あたりますね」

汐里は写真を取った。亀有は気だるそうにスポーツドリンクを口にして、言う。

「気をつけろよ。下手うつとまた借金背負わされる」

園田と汐里の関係だけでなく、金銭トラブルまで知っているような口調だ。汐里は倫太朗の腕に自分の腕を絡みつかせた。

「大丈夫。新しい彼氏、連れていくので」

汐里は倫太朗を引っ張り、大部屋を出た。

園田は現場に入ってしまっていた。

新宿区内のどこかのクラブにいるらしい。薬物売買の現場を張っている。邪魔されたくないからか、居場所を教えてくれなかった。汐里は倫太朗と共に深夜近くまで新宿駅界隈の喫茶店やファミレスをはしごした。いまは歌舞伎町内にあるタワーホテルのカフェに入り、窓辺の席で人の流れを見ている。

待つ間、倫太朗がスマホで十津川村の果無集落を検索した。自給自足の生活を送る集落とか、天空の郷とか呼ばれているらしい。熊野古道小辺路《こへち》にある。『世界遺産』と彫られた大きな石碑が、山の絶景を背後に佇んでいる。

「熊野古道ってそもそも和歌山県だと思っていました。奈良県にまでまたがっているんですね」

「奈良だけじゃなくて、三重や大阪にも通じてるよ」

汐里は一度、参詣したことがあった。倫太朗はかなり驚いた様子だ。

「神様になんか背を向けるタイプかと……。いつの話ですか？」

神頼みだった。恋人を殺した男に、どうしてもワッパをかけたかった。そこまでは話さない。

「三年前。私が行ったのは伊勢路ね。熊野古道は主に六つの道があんの。紀伊路《きいじ》、小辺路、中辺路《なかへち》、大辺路《おおへち》、伊勢路《いせじ》、大峯奥駈道《おおみねおくがけみち》」

最も有名な中辺路は歩きやすく整備されている。宿泊施設も豊富だ。一方、小辺路や大峯奥駈道は難所が多い。宿泊施設も少ない。本格的な山伏姿の修験者が黙々と歩く。

倫太朗が熊野古道の全体図を見つける。汐里が行った伊勢路だけが長く東へ延びている。三重県の伊勢神宮と熊野三山——熊野速玉《はやたま》大社、熊野本宮大社、熊野那智大社を繋ぐルートだ。おおよそ百七十キロもある。

「すごい長さですね。途中、車とか電車とか使ったんですか」

「まさか。百七十キロを踏破しないと意味ない。十二日かけて歩いた」

まだ犯人を豚箱にぶち込めていない。二年目の春を最後に、組織に頼るのをやめた。ひとりの力はもっと無力だった。三年目、復讐に失敗した。神様を回るようになった。御朱印を集めたり、パワースポットと呼ばれるところを回ったりした。日頃の行いにも気を付けた。いまはもう全部やめた。

倫太朗の背後の席で背を向けて座っていた男が、立ち上がる。青いネルシャツにジーンズという姿だ。若々しい恰好で髪の色も明るい。額や頬に深いしわが刻まれ、皮膚に年輪を感じた。「張り込みご苦労様」と声を掛けてくる。汐里はげんなりした。

「大塚《おおつか》さん、いたの」

「新しい彼氏さん？」

「後輩。この春入ったばかりの新人君」

戸惑う倫太朗に「どうも〜、大塚です」と男が名刺を出した。週刊毎朝編集部、統括係長、大塚隆《たかし》。隣の椅子を引っ張ってきて、二人席を三人席に変えた。

「いやあ、汐里ちゃん。今度はどんな年下男子を引っ掛けたのかと思ったら、新人さんだったのか。よろしくね」

倫太朗に大塚を紹介した。

「昔うちの記者クラブにいたの」

大塚が無駄口を叩く。

「今年ちょうど五年だよね。汐里ちゃん、マニラには行かなかったの」

倫太朗が二人を交互に見る。汐里は質問を質問で返した。

「大塚さんはなぜここにいるんです」

大塚が目を丸くして笑った。

「記者にその質問しちゃだめでしょ。どうして田んぼに苗を植えるのって聞いているようなもんだ」

「係長か班長ンとこ行ったらいいじゃないですか」

「だって捜査本部立ってないじゃない。亀有班が動いているだけなんでしょ」

大塚も下地や井久保の件を追っているようだ。

「亀有さんのところに夜討ち朝駆けしたくてもさ、ノロなんでしょ？　家で待ってたら、きれいな奥さんが出てきてさ。うちの人にいま接触するとノロが感染りますよって。逃げてきちゃったよ」

あははと笑ったところで、「あ！　お二人は大丈夫なの」と大塚は真顔になった。

「若いので」

「若いのはこっちだけでしょ」

大塚が倫太朗の肩を叩いた。汐里はジャケットの内ポケットを無意識に探った。煙草を吸いたいが、全席禁煙だ。

「あの――マニラって、なんの話です」

倫太朗の言葉に、大塚がはたと口を閉ざした。汐里の顔色を窺う。汐里は冗談を装って答える。

「マニラにおいしいパンケーキ屋があるの」

倫太朗はちょっとだけ、唇を噛み締めた。バカにされていると気を悪くしたようだった。大塚が話を軌道に戻す。

「それで、なにがどうなって歌舞伎町で伊勢路参りの話になったの。なんで園田ちゃんを待っているの」

話を盗み聞きしていたようだ。汐里はつんとそっぽを向いた。

「言うわけない。班長か係長に聞いて」

「あれー。そんな態度でいいの。餅は餅屋ということわざを忘れちゃいけないよ」

なにか情報を持っているような口ぶりだ。すぐには食いつかない。大塚がなにをどこまで摑んでいるのか、探る。

「それにしても、下っちゃんがあんな死に方するとはね」

大塚も下地と知り合いだったようだ。議員会館の記者クラブ時代によく見かけたという。

「うちはぶら下がりばっかりで、議員先生の機嫌損ねると締め出されちゃうからさ、遠慮しいしいなのに。フリーランスは怖いものなし。彼は強かったし、面白かった」

下地の最期に思いを馳せたのか、大塚はため息を漏らす。

「ま、あいつは自分でろくな死に方はしないって言ってたけどね。政治家相手にしてるんだもの。下手こいたら消されるって、覚悟はしてたと思う。アンナ・ポリトコフスカヤとかね」

「プーチンの誕生日に暗殺された？」

何度も聞いた話だ、と汐里は受け流した。

「だからこそさ、硬派な下地が死の直前に芸能ネタ追ってたなんて思いたくないのよ」

汐里は一考したのち、思い切って言う。

「でも、下地は金に困っている様子だった。金欲しさに、ダイヤモンドダストの内部抗争に巻き込まれたようにも見える」

大塚はため息をついた。試すような目で言う。

「そうか。信じたくないけど、やっぱり大女優の極秘出産ネタ追ってたのは確かか」

思い切ったな、と汐里は大塚を見返す。大塚は汐里をしみじみと眺めた。

「なるほど。もう日野祥子にはたどり着いているわけね。彼女がキーパーソンだと」

身を乗り出す。接触できないだろう、と嬉しそうに。

「なにせスケジュールは秒刻み、移動中は事務所スタッフ以外にも取り巻き五名、ボデイガードが三名もいる。マスコミだってシャットアウトだよ。女優らしいこんなつば広帽子をかぶって、サングラスにマスク。ちょっとした表情すら捉えられない」

それで園田頼みか、と大塚はひとり合点がいった様子だ。ニタリと笑う。

「でも彼が詳しいのは芸能界薬物汚染ルートだろ。極秘出産ルートまではわかんないと思うよ」

日野祥子の妊娠を知っている――。汐里は目の色を変えて大塚を見た。大塚も汐里を見据えている。情報は欲しい。できるだけ自分のカードは出したくない。汐里は決断した。

「わかった。大塚さん。私、いい写真一枚、持ってるんだー」

「奇遇だねぇ。俺も超いい写真を一枚、持ってる」

「いっせーのせ、で出す?」

「いいの、本当にいいの? もうそっちで摑んでるネタかもよ」

「そん時はそん時」

「いいね。女は度胸!」

汐里は倫太朗に合図した。日野祥子の妊婦写真は、採証袋に入れられ倫太朗のジャケットの内ポケットに収まっている。大塚も、ネルシャツのポケットに手を入れた。

週が明けた。双海と川鍋が相次いで復帰した。久しぶりに亀有班全員が揃う。

汐里はホワイトボードを引っ張り出す。奈良県十津川村の大判地図が貼られている。昨日復帰した双海にはすでに話した。川鍋だけが眉をひそめる。

「十津川村？　ここは奈良県警かよ」

汐里はホワイトボードをひっくり返した。『日野祥子』の詳しい経歴が記されている。『鈴木《すずき》大輔《だいすけ》』という新たな登場人物の名前も加わった。

「彼は会社社長です。日野祥子の恋人と目されています」

倫太朗が川鍋に資料を回した。祥子の妊婦写真の他、赤ん坊を抱く鈴木大輔の写真もある。週刊毎朝の大塚から預かったものだ。

「日野祥子は海外で極秘出産している可能性があります。いま、赤ん坊を育てているのは鈴木らしい。父親は彼かと」

川鍋が唸り声をあげた。汐里はホワイトボードの横に立ち、二人の詳しい経歴を説明した。

日野祥子。本名同じ。一九八四年四月六日生まれ、満三十五歳。本籍地は東京都江戸川区篠塚。現住所は渋谷区代官山のタワーマンション。一九九七年、十三歳の時に原宿でスカウトされ、ビーラブドというアイドルグループの追加メンバーとして芸能界デビューした。当時はダンスミュージック全盛期だ。ビーラブドも、プロ級に踊れて歌えるアイドルとして売り出した。十名まで人数が膨らんだが、ブレイクには至らず。活動は三年で尻すぼみになり、解散した。

「祥子はこのビーラブド内ですらメインを張ることはなく、知名度はなし」

川鍋がスマホで画像検索を始めた。双海が覗き込み、わっと声を上げた。

「こりゃまた。刺激的な写真が出てきたよ」

日野祥子は十八歳でダイヤモンドダストに移籍。かなりきわどい仕事も受けていた。いま川鍋が見ているのはそのころの画像だろう。二十五歳で「星崎雪乃《ほしざきゆきの》」という芸名に改名している。グラビア、セミヌード写真集、Vシネ、パチンコ営業、地方ショッピングモールのイベント出演、なんでもやっていた。移籍後から去年まで、井久保直樹がマネージャーを担当していた。井久保解雇後は社長の堀川が祥子を担当している。

「井久保とは苦楽を共にしてきた仲だったと言えるかと。ブレイクのきっかけは『雨と無智』という映画です」

原作は芥川龍之介の『藪の中』だ。メガホンを取ったのはカザフスタンの巨匠、ヌルリー・ヌルベルドイエウァ。何度口にしても舌を噛みそうになる。川鍋が尋ねた。

「藪の中――どんな話だっけ？」

「黒澤明の『羅生門』って言った方が早いかな。それの真砂《まさご》の役をやった」

汐里が『雨と無智』のＤＶＤを川鍋に渡した。「京マチ子の役だ」と亀有が補足したが、誰もぴんと来なかった。

「そのカザフスタンの巨匠によって、祥子は見出されたと言われています」

迫真の強姦シーン、盗人に愛を乞う大胆な濡れ場を体当たりで演じ、その年の国内外の映画賞を総なめにした。DVDのパッケージを見ていた川鍋が「あれ」と目を細めた。演者のクレジットを見ている。

「真砂役、星崎雪乃になっている。いつ芸名を日野祥子に戻したんだっけ？」

「『雨と無智』が公開された次の年の二〇一七年です」

「星崎雪乃名で出演して、この名で国際的評価を受けたんだろ？　妙なタイミングだな」

　理由は、「名が売れたいまこそ、ありのままの自分を表現できる女優でいたい」だった。双海が、わかるようなわからないような、と眼鏡を押し上げた。川鍋が言う。

「星崎雪乃は安っぽいもんな。グラビアにはいいけど、演技派女優っぽくはない」

　汐里は続ける。

「大事なのは去年の秋の、空白の四か月」

　祥子は日仏合作の大作映画で主演を務めるため、去年の八月のクランクインに合わせて渡仏、十一月にクランクアップ予定だった。ところがフランス人監督と演出を巡り揉め、直前に降板した。双海が思い出した様子で、宙を見る。

「あの時はバッシングされましたよね。わがまま女優とか、ブレイクしてから周囲の言うことに耳を貸さなくなったとか」

「事務所側が、わがまま女優にお灸をすえるみたいな名目で、四か月間は仕事を干したとするような報道が、ちらほらとありました」

そして、十一月に復帰。主演ドラマの撮影がクランクインしている。

「この八月から十一月までの空白の四か月で、ひっそりと海外渡航して極秘出産したと一部マスコミは嗅ぎつけています。下地はこのネタを追っていたのではないかと思ったんですけど……」

どうかな、と亀有が首を傾げる。

「それなら、下地は裏取りのため海外渡航しているはずだ。だが下地が通い詰めていたのは奈良県十津川村なんだろ」

果無——と誰ともなく言う。奈良県十津川村は日本一面積が広い村と言われている。行政上は北方領土にある村が上位を独占しているが、日本は実効支配していない。事実上、十津川村が一位と言っていいだろう。村の面積は六百七十二平方キロで、香川県の約三分の一の面積がある。人口は三千人強、人口密度は一平方キロあたり約五人という、秘境だ。

「極秘出産に適している場所っちゃあ場所だな」

川鍋の意見を、汐里は却下した。

「十津川村には小さな診療所がひとつあるだけ。出産設備のある病院はない」

村の妊婦は近隣の五條市や、和歌山県の橋本市などで出産している。破水などのトラブルがあれば、ドクターヘリを利用する。村のあちこちにヘリポートが整備されていた。

「万が一ドクターヘリなんかで搬送されたら、すぐ出産がマスコミに漏れるなぁ」

「村の助産師さんとかの元でひっそりと産んだとか。もしくは自力で」

双海の意見を、倫太朗が否定した。

「すると、この臨月写真と矛盾します」

これはどう見ても海外の分娩室の写真だ。しかもお腹の位置がかなり下がっている。出産直前だろう。ここまで下がっていると、飛行機や電車での移動は危険だ。

「となると、やっぱり海外で産んだのか。すると下地はなにしに果無へ行ったんだ」

答えられる者はいない。亀有が倫太朗に問う。

「十津川村の方には確認の電話の一本くらいは入れているんだろう？」

「観光協会には、下地という人が果無を訪れていないか尋ねました」

顔写真も送ったが、めぼしい情報はなかった。果無は世界遺産となり訪れる人が増えている。いちいち把握できないだろう。十津川村を管轄する、奈良県警五條警察署十津川分署にも確認したが、下地に関する記録はなかった。亀有は老眼鏡を外し、疲れたように目頭を押さえた。

「わかった。いったん十津川村は忘れよう。果無の件はもう現地に行くより他、情報を取る手段がない」

川鍋がじれったそうに話に入った。

「で、ずーっと気になってるんだけど、鈴木大輔てのは、何者なの？」

「防災本舗ドットコムというベンチャー企業の社長です」

倫太朗が会社のホームページに掲載された鈴木の略歴を説明した。現在四十一歳、高卒でいくつか仕事を転々としたのち、防災グッズを訪問販売する会社を二十七歳の時に起こしている。当時の拠点は名古屋だった。徐々に東海地方に支店を広げ、起業から五年後に東京に進出した。現在は東京都新宿区西新宿の六角ビル五十階から五十二階に本社を構えている。年商百億を下らない大企業になりつつあり、三年以内の上場を目指していた。以上は会社のホームページ上の情報だ。祥子との接点を川鍋が尋ねる。

「十年前にさかのぼります。まだ防災本舗ドットコムが、名古屋に本店を置いていたころ、東海地方限定でCMを打っています。日野祥子が出演しているんです」

スマホで動画検索したら出てくる。きつくアイラインを引いた目にラメの入った青いアイシャドーをまぶたに乗せた祥子が、画面奥から走ってくる。ミニスカートにレギンスという恰好だ。祥子は画面にアップになると、口元に手を当てて囁きかける。

〈ねえ、台所の消火器の使用期限、知ってる?〉

消火器がアップになり、使用期限の印字部分が表示される。祥子が早口に説明する。

〈一般的な消火器は耐用年数が五年から十年。それを過ぎるといざというときに――〉

火事の写真が何枚か、フラッシュで入る。また祥子のアップになる。

〈買い替え、交換は防災本舗にお任せ! フリーダイヤル一本で、新品交換、定期メンテナンス、買い替え時期をお知らせしまーす!〉

祥子が黒電話の受話器を持ち上げる絵に変わる。画面いっぱいにフリーダイヤル番号が表示された。十五秒のCMは終わった。

「鈴木大輔はまだこのとき一地方企業のトップ。日野祥子は、ビーラブド解散から九年後、ドサ回りしていたころです。祥子が星崎雪乃という芸名に変えたのはこのころです」

すでに交際していたかは、定かではない。

「ごく一部のマスコミが、去年の二月、二人の妊娠・入籍情報をキャッチしています。ダイヤモンドダスト側も問い合わせを受けて、近々、日野祥子に関してなにか発表があるようなことを匂わせていた」

だがなんの発表もないまま春になり、夏が来て、降板騒動が起こる。日野祥子は四か月も表舞台から消えた。

「そりゃ、どこかで極秘出産したか、って話になるわな」

「ええ。それで日野祥子が表舞台に戻ってきてから、ずーっとマスコミが張り付いているんですが、赤ん坊の姿は皆無です」

汐里は倫太朗から続きを請け負った。

「週刊毎朝だけがお相手の鈴木大輔をマークし続け、やっと撮影できたのが、その一枚」

鈴木大輔が赤ん坊を片手に抱き、愛用のベンツに乗り込む写真だった。大塚から手に入れたものだ。これが本当に二人の子と仮定して、汐里はみなに問う。

「祥子は三十五歳の演技派女優です。なぜ結婚や出産を隠す必要があるのか」

契約しているCMの問題だろうか。妊娠や出産が影響するCMなど、煙草や酒ぐらいだろう。祥子はそういった類のCMには出ていない。本人と直接話すべく、汐里と倫太朗は事務所や仕事先で張り込みを続けている。接触を図っているが目も合わせてもらえない。川鍋が尋ねる。

「それじゃただの出待ち、入待ちじゃねーか。コンサートでもやってんの？」

「舞台です。国際芸術劇場で来月末、千秋楽を迎えます」

祥子は三月から、『パレード』というミュージカルに出演している。二十世紀初頭のアメリカを舞台に、実際にあった冤罪事件を題材にした人間ドラマらしい。本場アメリカでトニー賞の作詞作曲賞、脚本賞を受賞した作品だ。

「冤罪事件……こりゃまた、耳の痛い演目をしてやがるね。お前ら、見たのか？」

「いや。チケットは全公演完売、楽屋もシャットアウトです。女優の集中力がそがれる、これ以上は営業妨害で訴えると事務所は強気で、近づけません」

倫太朗が説明した。双海も頷く。

「相手は女優ですよ。運よく聴取できたとしても、こっちが翻弄されるだけかも」

「なら。素人の方をつついてみるか？」

亀有の視線が、ホワイトボードの『鈴木大輔』を捉えた。

汐里と倫太朗は防災本舗ドットコムが入る西新宿の六角ビルへ向かった。

正式名称は新宿中央ビルディングという。新宿副都心の超高層ビル群のひとつだ。通称の通り、六角形の吹き抜けが地上から五十二階まで貫く。

三十分も待たされた。ようやく通される。社長室はオフィスの南東側にあった。ノックする。張りのある声で「どうぞ」と促された。中に入ったが大きな窓から日が差し込み、鈴木の顔がよく見えない。シルエットが光に侵食されて小さく見えた。鈴木はリモコンで窓辺のブラインドを操作した。

「まぶしかったですね。いま戻ったところで。どうぞ、お座りください」

応接ソファを勧められる。窓を背にした大きなデスクの脇に、スーツケースが二つ、並んでいた。秘書が「ロスさんが来ています」と鈴木に声をかける。取りに来てもらっていいよ、と指示し、鈴木は刑事二人に向き直った。中肉中背で平凡な顔つきの男だ。目は実直に光る。口元の微笑みを絶やさないので親近感があった。

「海外出張にでも行かれるんですか」

汐里はスーツケースに目を留め、尋ねた。

「いえ、今朝戻ってきたところで。メキシコから」

ノック音がした。秘書がつなぎ姿の男を連れてきた。ハンガーパイプのついた細長い箱を担いでいる。クリーニング屋だった。スーツやワイシャツを入れていく。出張の間の洗濯物か、砂ぼこりや汗でワイシャツの襟元がひどく汚れている。排気ガスの臭いもする。無意識に鼻をひん曲げていると、鈴木が察したように笑った。

「メキシコはディーゼル規制がされてないので、町中排気ガス臭いんです。砂ぼこりもひどいですし、暑かった。一日歩き回るだけで、もうベトベトになりましたよ」

「次の事業展開はメキシコですか。まだ日本を制覇していませんよね」

関西が手付かずでしょう、と汐里は尋ねる。

「近畿から西はそうですね。来年は上場予定で、本来ならニューヨークとかロンドンとかに出せたら存在感をアピールできるんでしょうけど、初心を忘れているようで……お二人は一昨年メキシコを二度襲った大規模地震ご存知ですか」

汐里も倫太朗も首を横に振る。鈴木は熱心に続けた。九月八日にチアパス地震で死者が百名弱出た。十九日にはメキシコ中部地震が発生し、死者は三百六十人以上だった。メキシコも日本同様、災害大国だ。活断層だらけで、ハリケーンも襲来する。麻薬絡みの犯罪も多い。

「防犯・防災を通じてメキシコの方々を笑顔にしたい――それで、上場後の世界進出第一歩をあの国でと思いまして。今回は四度目の視察でした」

「そういえばこの会社、二〇一一年にかなりの儲けを出してますよね」

汐里は挑発した。東日本大震災があった年だ。

「西の方に支店はないとおっしゃいましたけど、熊本にだけはある。二〇一六年に支社作ったんでしたっけ」

意地悪な言い方をすれば、災害を踏み台にしてのし上がった会社ということになる。鈴木は苦笑いしただけだった。成功者らしい余裕がある。女刑事を珍しがることもない。汐里には新鮮だった。現代的な感覚を持つ、バランス感覚に優れた創業者だ。モテるだろう。女優の方からすり寄ってくる。

「一代でここまでとはすばらしいです。窓の向こうに見下ろせるのは東京都庁ですか。日本の首都の行政機関を見下ろすって、羨ましい」

「警視庁もすばらしいじゃないですか。桜田門。皇居のすぐそばですよね」

「ここに比べたらちっぽけですよ。十八階建てです」

「僕は地方の出なんで、都心の高いところをというかっこつけがあったんですよね」

鈴木は大阪出身だという。十分都会だ。鈴木は首を横に振る。

「いや、海のすぐ近くでしたから。海風の気持ちいい田舎町で育ったんです」

「起業は二十七歳の時とか」

汐里はちらりと倫太朗を見た。倫太朗が空気を察して、鈴木を褒め称えた。

「すごいですね。自分は今年二十六ですが、なにか事業を起こそうとか、そういう意識や向上心が、全くないので」

鈴木は苦笑いした。「宮仕えと金儲けは全然違いますよ」と。

「なにかきっかけがあったんですか。関西出身なら、阪神・淡路大震災とか」

「あの震災は十七歳の時でしたね。そもそもは消火器販売から始めた会社なんです。東日本大震災をきっかけに、防災の方にも手を伸ばした」

「そういえば、消火器のCMやってましたね」

倫太朗が言った。汐里は鈴木に見えぬように、倫太朗の革靴の足をパンプスのヒールでぎゅうっと踏んだ。倫太朗の右眉が上がる。鈴木が身を乗り出し、倫太朗を見た。

「地方CMでしたが、ご覧になっていましたか」

汐里は強引に話を変えた。

「そもそも、消火器を販売しようと思ったのはどうしてなんです？」

「単に子どものころから、消火器が好きで」

小学生の時、通学路で消火器を見つける遊びが流行っていたのだと言う。

「数えながら学校に行くんです。消火器を見つける。ほら、ビルやマンションのエントランスにはたいていあるし、自治体が街角に括り付けているのもあるでしょう」

「確かにありますね。消火器なんて、あまり意識したことないですけど」

「意識してみると、面白いですよ。あちこちにある。三十分の間に、十個くらい見つけられる。極めつけが、ガソリンスタンド」

鈴木は屈託なく笑った。少年のようだ。

「各給油場所に何本も並んでるんです。そのうち回り道して帰るようになって、新たな場所でまた見つける。一日で百個見つけた日はそれだけでいい気分になったりね。子どもは単純ですよ」

起業を生まれ育った大阪ではなく、名古屋にしたのは、嫁入り道具が豪華だという土地柄に目をつけてのことらしい。品揃えに消火器をくわえられないか、婚礼家具店を回った。高級感のある金色の消火器を営業したのが最初だという。鈴木の会社で消火器を購入すれば、その後のメンテナンスを定期的に訪問して行う上、使用期限が来れば正規の八割の値段で交換を行う。

「ミソは、販売する消火器の耐用年数を短いものにすることでした」

回転率を上げるためだろう。ここだけの話ですよ、と鈴木は笑みを浮かべ囁く。自社ブランドの消火器を製造、耐用年数を短く設定し値段も格安にして回転率を上げて利益を得る。いまでも流行りのメゾネットタイプの賃貸物件を中心に、安定した売り上げがあるという。

「通常、賃貸物件は管理会社に消火器設置義務があるため、入居者には消火器設置の義務がない。ところが賃貸の中でもメゾネットタイプは戸建てと見なされ、管理会社には設置義務が生じないんです」

それを知らないメゾネット住民は多い。慌てて契約してしまう。マンション内のメゾネット物件全戸、半日で契約が取れたこともあったという。

汐里は途中で相槌を打つのをやめて、茶をすすった。この男なら察するだろう。すぐさま鈴木は身を起こした。

「すいません、商売の話に熱が入ってしまって」

「いいえ、貴重なお話、ありがとうございます。それで我々は、四月一日に発生した飯田橋の転落死事件について調べております」

鈴木はキーワードをひとつひとつ口に出し、記憶をたどっているような顔をした。

「それが、私となにか関係が」

「いいえ、鈴木さんは直接の関係者ではないんですが。鈴木さんのご家族が、関係者になるかと」

「私は独り身ですが」

両親とも他界しているという。

「お子さんは？　生まれたばかりでしょう」

鈴木は眉をひそめたが、目にはまだ微笑みが残っている。

「私には子どもはいませんが」

汐里は懐から写真を出す。鈴木が子どもを抱いてベンツに乗り込む写真だ。

「これは、知人の赤ちゃんですよ」

「どちらのご友人です？」

「知人のプライバシーに関わることです。ペラペラとはしゃべれません」

「起業プロセスはあんなに詳しく話してくださったのに？」

「自分のことですし、自慢話ですから」

鈴木は屈託なく笑う。汐里も一応、笑ってやった。

「近々、ベビーシッター業にも手を出そうと思っていましてね。私自身が赤ん坊を知りませんから、時々こうして、知人の赤ん坊を借りているんですよ」

「なるほど。ちなみにこの赤ん坊の母親、この方じゃ？」

汐里は、日野祥子の妊婦写真を出した。鈴木は見たが、すぐに写真を返した。常に顔のどこかに残っていた笑みが、消えていた。饒舌な口と同じくらいよく動いていた指先が、かすかに震えている。動揺していた。

「鈴木さん」

汐里は静かに呼びかけた。声音に、覚悟を求める意図を入れた。わかってます、と鈴木は言わんばかりに手を振る。また黙り込んだ。背中を押してやる。

「お二人は、入籍と妊娠発表の直前だったと聞いていますが」

「私の子ではなかったんです」

予想外の答えに、汐里は口を閉ざした。倫太朗も硬直している。これ以上に同情を禁じ得ない女からの仕打ちはない。汐里は女だ。鈍感を装い、尋ねてみた。

「一体、どうして真実を知ることになったんです？」

「初めて妊娠を聞かされたときから、計算が合わないなとは思っていたんです。あちらは多忙ですし、私も最近は海外視察も多く、年に数回しか会えませんでしたから……」

「鈴木さんの子ではないと、祥子さんは認めているんですか」

ええ、と鈴木は短く答えた。他の男の子種を押し付けられそうになった怒りはいかほどか。マスコミにバラしてしまえば、日野祥子は女優として致命傷を負う。だがそれは男として、鈴木の恥を晒す行為でもある。沈黙するより他なかったのだろう。相当な修羅場があったはずだ。

「ちなみに――誰の子なのか、というのは」

「知りません」

「それは、お子さんが生まれる前のことですか」

鈴木は肯定し、一方的に言った。

「祥子とは縁を切っています。これ以上はノーコメントでよろしいでしょうか」

亀有はとうとう、ダイヤモンドダスト本体にメスを入れると決断した。

スタッフ全員を聴取する。まずは元タレントで経理係の堀川愛子だ。休日、自宅で過ごしているところを、汐里と倫太朗が急襲する。

堀川夫婦は目黒区自由が丘にある三階建ての戸建てに住んでいた。インターホン越しに汐里の顔を見た愛子は「保険セールスはお断りしています～」と通信を切った。汐里はインターホンを連打した。警察手帳をレンズに向ける。

無言のままインターホンは切れた。門扉の鍵が自動で開く。汐里は玄関の扉を引いた。

堀川雄二が立ちふさがっていた。

彼は本丸だ。全ての従業員の聴取が終わった後、亀有が聴取をする段取りになっていた。斜め後ろに立つ倫太朗が息を呑む音がする。汐里は男ウケする笑顔を作った。

「ご主人がおいでだったんですね。二度手間を省《はぶ》けました。奥様と一緒にお話を伺っても？」

堀川は上下アディダスのジャージ姿だった。「これからジムに行く予定だったのにな」とぼやく。不躾な視線を汐里にやった。頭のてっぺんからパンプスの先まで。堀川世代の男たちは、まだ女性刑事が珍しい。

「女刑事さん相手なら時間作ってやってもいいよ。おっさん二人組だったら追い返していたところだけどね」

「恐縮です！」

汐里は愛想よく答えた。

妻の愛子もやってきた。黒いロングヘアを巻き、五十代にしては艶やかな空気だ。夫の堀川とお揃いのアディダスのジャージを着ている。ジッパーをかなり開けていた。胸の谷間がよく見える。ニセモノとすぐわかる。顔はおばさんなのに乳房だけ二十代を保っていることとの不自然さなど、どうでもいいのだろう。汐里は切り出した。

「実は我々、四月一日に飯田橋で転落死した下地修さんと、自宅で縊死していた井久保直樹さんの件を調べております」

四月一日のアリバイ確認をする。堀川はスマホでスケジュールを確認した。指ではなく、専用のペンでタップする。

「その日の午後八時から九時はもう仕事を終えて自宅にいましたね」

なあ、と妻に問いかける。愛子も「ええ。そうね」と頷く。

「ご家族の証言はアリバイにならないんです。どなたか別の方が一緒だったとか、途中でコンビニに行ってそのレシートがあるとか。宅配便が来たとか、ありませんかね」

堀川は肉のついた顎を指でさすりながら「ないなあ」とだけ答えた。

「では、昨年事務所を解雇された井久保直樹さんについて、お伺いしたいのですが」

「自殺してたんだって？　残念なことをしたよ。新天地でがんばっているのかと思っていたら」

「井久保さんと最後に会われたのはいつでしょう」

「さあー。忘れた。お前は？」

堀川が愛子に尋ねる。愛子も「忘れた」と答えた。

「退社後、個人的に会うことは？　退社したその日は、どんな様子でしたかね」

「退社は去年だから、覚えてませんよ。以降会ってませんし」

隣の倫太朗が、小さく手を挙げて、口を挟んだ。

「ちなみに、解雇した正式な日付はわかりますか」

堀川は、いま倫太朗の存在に気が付いたという風に目をしばたたかせた。あっさり言う。

「解雇？　彼は自主退職ですよ」

「とあるアイドル歌手に手を出して、解雇になったとある筋から聞いたんですが」

「どの筋よ。マスコミ？　刑事さんまであんなの信じないでくださいよ。やんなっちゃうなぁ」

堀川はスマホでどこかに電話を掛け始めた。通話しながら部屋を出ていく。愛子は組んだ足を斜めに構え、じっと汐里を見ている。女が女を値踏みする目は厳しい。挑発には乗らない。汐里は丁寧な調子で愛子に尋ねる。

「では、井久保直樹さんはあくまで自己都合の退社と？」

「ええ。自分で芸能事務所を立ち上げると息巻いていましたけど。ちなみにうちのアイドルがどうのなんて、聞いたことないですよ。そんなトラブル、ありません」

汐里はほほ笑んだ。「そういえば」と話を変える。

「奥さんのところはお子さんがお二人でしたっけ？」

前妻の子で営業部長の堀川真昭と、愛子の実子である娘の二人だ。それがどうしたの、と愛子が眉をひそめる。

「私もつい先日、娘を産んで、復帰したばかりなんです～」

双海の娘の写真をスマホに表示し、愛子に見せた。あらかわいい、と愛子は目を細めた。

「目元のあたりが、ママ似ね～。きっとママみたいにきりっとした美人になるわよ」

人が他人の子どもを見る目ほどいい加減なものはない。倫太朗は口元にぎゅっと力を込め、宙を睨んでいる。笑いをこらえているようだ。

「夫なんてもう、娘は目に入れても痛くないどころじゃないです。どこにも嫁にやりたくない、どんな完璧な相手でも絶対にいやだって言うんですよ」

「あはは、そういえばうちの人も、娘が小さいころは同じようなこと言っていたわ」

堀川の娘はいま二十九歳だ。

「娘さんのご主人が、ダイヤモンドダストに就職したと聞いたのですが。増尾――」

扉が開いた。ポロシャツにジーンズを着た男が入ってくる。

「どうも。僕の噂話をしていたんですか」

増尾本人だ。娘夫婦が近所に住んでいる情報は摑んでいたが、聴取の最中に来るとは思ってもみなかった。堀川が呼んだのだ。攻め込んでいるつもりが、虚を突かれた恰好だ。増尾はポロシャツの襟をこれでもかというほどにぴんと立てている。懐から名刺を取り出して汐里と倫太朗に渡した。

「で、四月一日のアリバイを調べているとか？」

増尾はひとりがけソファに座った。刑事二人が答えぬうちに、手に持っていたタブレット端末でスケジュールを見る。

「ああ。四月一日の夜は嫁と一緒に、ここで食事してます。午後七時に来て、九時に帰りました」

窓の外から、車のエンジン音が聞こえてきた。黒い車が堀川宅前の路地に止まったのが見える。長男の堀川真昭が入ってきた。彼は渋谷区内の分譲マンションに住んでいる。父親に呼ばれ、すっ飛んできたか。真昭はスーツ姿だ。ぽっちゃりとした体形は父親そっくりだった。愛子が前妻の息子にソファを譲る。

「やだ、遊びに来るなら言ってよ、美登利寿司の出前を予約したのに」

堀川が部屋に戻ってきた。

「刑事さんの手間が省けるでしょ。これで事務所の人間、勢揃い。みんなからアリバイを聞きたいでしょうからね」

真昭はスーツの懐からスケジュール帳を出した。ぺろっと舐めた指先でページを捲る。

「えーっと四月一日、四月一日……。ああ、この日は両親に呼ばれて、ここでみなでご飯を食べていましたね。午後七時に来て、九時に帰りました」

堀川一族のスクラムに、汐里と倫太朗は退散せざるを得なかった。見送りに立つ人はいない。汐里は門を乱暴に閉めた。倫太朗は途方に暮れた顔だ。

「今日、何月何日でしたっけ」

「四月二十五日」

改元の十連休が目前に迫っていた。

下手に堀川一族を聴取すると痛い目を見る。

亀有は、徹底した行動確認を実施することにした。目を丸くしたのは双海だ。

「えっ……十連休中も、行確続けるんすか？　えーっとうち、家族でディズニーランドに……」

「あきらめろ。そういう職場じゃないだろ」

川鍋が、「警視庁も働き方改革を！」と叫ぶ双海の首根っこを摑んで、堀川一族の行動確認に連れて行く。汐里は倫太朗と日野祥子をあたった。国際芸術劇場の楽屋口や、祥子の渋谷の自宅を張り続ける。祥子は、あえて攻めにきた堀川一族と違い、声をかけても反応一つない。しつこく食い下がっても、徹底的に無視された。

「いよいよ、秘境に行かねばならんときが近づいてきているな」

日々、亀有からこんな愚痴が漏れていた。奈良県十津川村は紀伊山地のど真ん中にある。簡単に行ける場所ではない。更に果無峠は村の中心地からも離れた山深い地区だ。容易に近づけない場所だからこそ、日野祥子の赤ん坊がここに隠されている可能性を感じる。

五月一日になった。

汐里は倫太朗をお供にして、今日も日野祥子を追っていた。

舞台公演の時間は近くのカフェや停めた面パトの車内で暇つぶしをする。今日は直前のキャンセルで当日券が余っている様子だ。ガラス越しに、売り子が呼びかけている声が聞こえる。

「ちょっと見てみるのもアリかな」

汐里は財布を出した。

「珍しいですね。舞台とか映画とかドラマとか、全く興味がないタイプでしょ」

「今日から令和だし～」

汐里は車を出した。

当日券売り場でチケットを買い、ホールに入った。二階最後列の席だった。

二十世紀初頭のアメリカの話だから、演者は金髪のかつらをかぶっていたり、顔を黒く塗ったりしている。引いた。気持ちが入っていかない。そもそもが芸術肌ではない。ただの公務員だ。つくりものに興味がない。特に、殺人をネタにした刑事ドラマや警察小説は大嫌いだった。それで金を儲けている輩《やから》がいると思うと、反吐《へど》が出る。

日野祥子が壇上に現れた。

空気が変わる。

舞台上だけではない。劇場全体の空気が張り詰めたのだ。

彼女は仰々しい演技をしない。怒っているときも笑っているときも泣いているときも、アクションが小さい。不思議と彼女の気持ちは二階最後列にいる汐里の心にすっと入ってくる。

共演には、テレビで見かける有名な俳優や、かつて一世を風靡《ふうび》したアイドルもいた。一生懸命叫び、怒り、泣く。なにひとつ心に届かない。

祥子の場合は、彼女が鼻でふんっとひとつ笑うだけで、鼻頭を小突かれているような気分になった。彼女が泣けば、劇場が泣く。彼女が笑えば、劇場が揺れる。凄まじい存在感だった。

舞台に夢中になっていた。ユダヤ人ということで殺人犯のレッテルを貼られ、逮捕された男、レオ・フランクの実話は胸を打った。祥子はその妻、ルシールを演じる。冤罪を訴えるも、反ユダヤの世論に扇動され、レオは私刑に処されてしまう。土着愛が滲む『ふるさとの赤い丘』を歌う愚かな群衆と、それを無言で見る妻との対比が、ラストシーンだった。祥子にセリフはない。ただ黙って世間のバカ騒ぎを見る。汐里はその後ろ姿に鳥肌が立った。涙が勝手に溢れた。

暗転の瞬間、会場はスタンディングオベーションに包まれた。汐里の腰が勝手に上がった。拍手喝采を送っていた。テレビも見ないし、芸術色の強い映画や舞台には全く接してこなかった。免疫がなくて必要以上に衝撃を受けたとも言えた。

会場の外に出る。演者への差し入れを入れる段ボール箱に、プレゼントや花束、手紙が溢れていた。汐里は手ぶらだった。名刺を出し、裏側に舞台の感想を素直に書いた。それを『日野祥子宛』と書かれた段ボール箱に落とした。

楽屋口が見える路地裏に捜査車両が停まっている。汐里は助手席に滑り込んだ。倫太朗が運転席で双眼鏡を覗いている。「どうでした」と汐里をちらっと見た。どうしたのかという顔で、汐里を二度見する。

「感動して、泣いちゃった」

汐里はまだ目が真っ赤だった。目尻の濡れを、小指の先で拭う。倫太朗はハンドルの上に両肘をつき、覗き込むようにして汐里の顔を眺めている。揶揄《やゆ》している目ではなかった。見守っている。十も年下の男にそういう目をされるのは気恥ずかしい。汐里は尋ねた。

「最近どうなのよ。未希ちゃんとは」

「まあ、ぼちぼち」

「会ってるの」

「断っても来るんで」

「じゃあ早く結婚してやんなよ」

「そうですね」

あっさりと倫太朗は答えた。するつもりが一切ないということがよくわかった。

二時間後、楽屋から出てきた祥子に声を掛けた。いつも通り、無反応だ。二十時、渋谷の自宅で待ち構えた。再び声を掛ける。祥子に初めて反応があった。汐里の方を向いたのだ。少しほほ笑んでいるように見えた。

二十二時、汐里は自宅マンションに帰った。ごみを蹴り分ける。暑かったので部屋が臭った。まだ五月だったが冷房を入れる。

冷蔵庫を開けた。飲みかけの缶コーヒーがそこにあることを、確認する。

ジャケットとスラックスを脱いでハンガーに引っ掛けた。ストッキングを洗濯ネットに入れて洗濯機の中に放り投げる。ブラウスとショーツ一丁という、誰にも見せられない恰好でごみの隙間に座り、コンビニで買った缶ビールを飲んだ。テレビは埃をかぶっている。

壁には、現場写真を何枚も張り付けた大型のコルクボードがぶら下がっている。桜。血。死体。汐里はテレビのニュースを流し見するように、毎日、これを目に入れている。父親は汐里を精神科へ診せたがり、母親は汐里を忌み嫌った。両親は娘の人生を諦めている。高校時代からの親友も、警察学校時代の同期も、部屋に殺人事件の現場写真を飾る汐里を気味悪がり、離れていった。園田だけは汐里を理解してくれた。この部屋に上がるのは嫌がった。俺が忘れさせてやると頑張っていたが、所詮自分は汐里にとって〝兵隊〟だと気が付いて、金だけかっさらって去っていった。

汐里の愛する男の命を奪った犯人に復讐するための、兵隊。

テーブルの上はビールを置くスペースがないほど物が散乱していた。DVDパッケージの上に、缶ビールを置く。水滴が輪になって残った。日野祥子出演のDVD『雨と無智』だった。今日の舞台を思い出した。自分に、芸術に感動できる心が残っていたなんて思いもよらなかった。汐里はDVDをデッキに挿入した。

真砂役の彼女の強姦シーンは背筋《そむ》が寒くなった。女優を騙して強姦シーンを撮ったのではないかと思うほど、目を背けたくなる映像の連続だった。祥子は喉を嗄らして助けを求め、抵抗し、震えて逃げまどう。結局は男に体を揺さぶられ続け、涙が枯れ、やがて目が死んでいく。被害者しか知らないはずの絶望感が、男に尻を突かれて揺れる顔に表れる。

翻《ひるがえ》って、自ら夫を捨て、盗人に乗り換える悪女のシーンで真砂は——いや祥子はフルヌードだった。一糸まとわぬ姿で野蛮に腰を振っている。喉から漏れる声ともつかぬ吐息が、汐里の耳に直接降りかかってくるようだった。男の上で腰を振りながら、自分の着物を口に入れて嚙みしめ、唸る。歯を鳴らし、目をぎゅっと閉じた。頂点なのか、白目を剝いた醜悪な表情を晒した。女優どころか、女、人間でもない。悦楽にたける獣だ。

汐里はコルクボードに目を移した。血の海に死ぬ男が、赤と桃色の格子柄のネクタイを締めている。ぽっかりと口を開けて。今日死ぬなんて思わなかった驚きが、口元にある。その形のよい唇で汐里の体を愛撫したのを思い出す。空をゆるく握る大きな手のひらは、生きているとき、汐里の頰を優しく撫でた。半開きの二重瞼の目は、命があったとき、いつも、汐里を心配そうに見守っていた。

難解で退屈なシーンが続いていた。うとうとする。ごみ袋を玄関の方へ投げ、スペースを作って横になる。夢を見た。正確には夢ではなく、記憶だった。

「汐里」

寝ていたら、ぺしぺしと頰を叩かれた。目を開ける。内山和史《うちやまかずし》がベッドサイドに手をつき、汐里の寝顔をのぞきこんでいた。微笑み、頰に添えた手で撫でる。ワイシャツと紺色のスラックスを穿いていた。首から紺色のネクタイをぶら下げている。

「──え、もう行くの」

「夕方、バタつくだろうから。朝のうちに仕事片付ける。お前、来るなよ」

「場所、御苑だっけ」

「だから、来るなって。あの女、ラリってたらこえーぞ」

内山は刀狩のために、暴力団員の妻を情報提供者にしていた。黒岩早智子《くろいわさちこ》という二十五歳の元キャバ嬢だ。夫のDVに苦しんでいるところを囲い込んだ。運営を始めてもう五年経つ。汐里も一役を担っている。男では踏み込みにくい性的なことや体の相談は、汐里が引き受けた。内山と二人三脚で早智子を使い、けん銃の押収点数を稼いでいた。

早智子が使えたのは最初の三年だけだった。ここ最近は空振り続きだ。早智子の言動がおかしい。薬物をやっているという情報も入ってきた。汐里は持ち物チェックをした。ナプキンの入ったポーチから白い粉が見つかった。覚醒剤だった。警視庁に登録された正式な情報提供者だ。すぐには逮捕ができない。彼女には警視庁から情報提供料が定期的に支払われている。その金で薬物を購入していたことになる。上に報告し、情報提供者の登録を抹消した。逮捕のゴーサインを待った。

今日、内山が早智子を説得し、自首させる算段になっていた。

「もめたらめんどいでしょ。私が間に入るよ」

早智子は汐里のことを「姉さん」と言って慕っていた。内山はそう思っていない。

「お前がいたら逆上する。ヤク入ると本音が出るからな」

「本音って。なに」

「嫉妬してる。お前に」

「私のなにに嫉妬するのよ」

「いい男ともうすぐ結婚する」

ばかじゃないのーと汐里は笑って、内山のネクタイを指した。

「春だよ。もう少し華やかなネクタイにしなって」

汐里はクローゼットを開けた。来年にも結婚するので、内山の阿佐ヶ谷のマンションで同棲していた。汐里は赤と桃色の格子柄のネクタイを選んだ。紺色のラインも入っているから、華やかだが派手ではない。内山のワイシャツの首にかけ、締めてやった。

「わー。私、奥さんみたい」

「ネクタイの柄まで指定されるのか」

「結婚は人生の墓場とはよく言ったもんだ、みたいな感じ?」

「いいや。幸せ」

男が口にするのを憚《はばか》るようなことを、平気で言葉にする人だった。

内山はネクタイの形を整えた。時計を見て、慌てた様子で革靴を履く。

汐里は壁に引っ掛けたカレンダーを確認した。平成二十六年、四月七日。明朝から結婚式場見学の予約をしていた。四月八日の欄は汐里が赤ペンで入れたハートマークで溢れていた。

「なる早で片付けて来てよ。明日一日、忙しいよ」

明日の午後にもう一軒式場を回り、夜は婚約指輪を見に行く予定だ。互いに多忙なので、休日が合った日に朝から晩まで結婚準備を詰め込むしかない。

「おー。夜、片付いたら電話する」

ダイニングテーブルは朝食のパンのカスが散らばった皿と、飲みかけの缶コーヒーがテーブルに出しっぱなしになっていた。内山は片付けが苦手だ。

「まずはこっちを片付けてよねー」

缶コーヒーは半分以上残っていた。

「あ、残りは帰ったら飲むから、冷蔵庫入れといて」

汐里は中身がこぼれないようにラップし、冷蔵庫の中にしまった。内山はもう、家を出ていた。

いつもの朝だと思っていた。

汐里も朝食を済ませ、七時半に家を出た。

帰宅したのは、それから二十四時間後の、翌朝の朝七時半だった。新宿御苑で夜通し、内山の穴ぼこだらけの遺体に張り付いていた。監察医務院で解剖しなくてはならないと言われ、引き離された。捜査からも締め出された。家に帰るしかなかった。

汐里は冷蔵庫を開けた。「帰ったら飲む」と言った缶コーヒーが、残っていた。

悲鳴を上げて、飛び起きた。

テレビがつけっぱなしになっていた。令和元年の五月二日になっている。

「五月五日がリミットだそうだ」

出勤した途端、亀有に言われた。

「五月五日までに下地と井久保の件に決着がつかなければ、自殺として処理する。亀有班は、先週起きた多摩川の強殺事件の捜査本部に入れと。調布署だ」

五月五日――あと四日しかない。双海はがっくりした。

「連休後半も家族サービスは無理か……こどもの日なのに」

「あと四日で解決するしかない」

汐里は言った。川鍋がチェアに身を任せ、天井を仰ぐ。

「無理だよ、いまや亀有班バーサス堀川一族・祥子の我慢くらべ状態だ。事態を打開できる要素はなにもないし」

奇跡でも起きない限り、このままクローズだ。川鍋は重そうに腰を上げ、面パトのキーを取った。今日も堀川一族を張る。倫太朗も、行こうという目で汐里を見た。電話が鳴る。汐里は受話器を取った。

「はい、殺人犯捜査二係」

「もしもし?」女性の声だった。「二階堂汐里さんはいらっしゃる?」

自分ですが、と答えながら、汐里は背筋が粟立つのを感じた。この声――。

「私、日野祥子です」

何度も唾を飲み込む。

「はい。その節は……」

日野祥子は電話口でふっと笑った。耳に息を吹きかけられた気分だった。昨日見た映画のワンシーンを思い出す。こっちも女なのに、性感帯をくすぐられたようで子宮がざわつく。

「今日、少しならお話しできますが」

奇跡が起きた。


十七時半。

有楽町にある国際芸術劇場の楽屋口は、マスコミや舞台関係者の行列ができていた。

汐里は倫太朗を従え、突き進む。どちら様、と警備員に止められた。

「警視庁の者です。日野祥子さんご本人のアポは取っています」

マスコミの列に並ぶよう指示される。

「十七時半にアポを取っていますが」

「みんなそのアポ取って、ここに並んでいます」

このマスコミはゴシップを追う者たちではなく、舞台芸術雑誌や宣伝媒体の記者たちだった。刑事を疎ましそうに見る。仕方なく、最後尾に並んだ。

首から赤いストラップを下げた堀川が、腹を揺らしてやってきた。今日は上下プーマのジャージ姿で眼鏡はかけていなかった。機嫌が良さそうだ。行列に挨拶する。

「それではこれより、日野祥子の取材を順次行ってもらいます。時間は十八時半までの一時間とさせて頂きたい。十七組のマスコミ関係の方々が来られています。一組三分で、お願いします」

倫太朗だけでなく、マスコミからも一斉に抗議の声が上がる。

「三分て……昨日確認したときは四分貰えると」

「そうですよ、こっちは四分で聞きたいこと聞けるように、シミュレーションしてきたのに」

申し訳ない、と堀川は腰を折る。

「本人も、今朝から二公演こなしてすぐに横になりたいところを、一時間踏んばると言ってくれておるんです。堪忍してやってください」

堀川は深々と、頭を下げた。もう抗議の声は上がらなかった。最後に来たにも拘わらず「警視庁の方」と最初に呼ばれた。行列の先頭にいたマスコミがまた声を荒らげる。

「ちょっと待ってくださいよ！　我々が一番乗りなのに、なんで警視庁が」

「本人のストーカー対策でして、堪忍してください」

丁寧に腰を折りつつ、さらりと嘘をつく。これが堀川の処世術のようだ。案内され、汐里は倫太朗と細長い廊下を歩いた。先日はどうも、と堀川のジャージの背中に、声をかけた。

「三分は短すぎます。全ての取材が終わった後で構わないので」

聴取時間を引き延ばそうと堀川に頼んだ。返事はつれない。

「三分きっちりでお願いします。他のマスコミの方もそれで通ってますから」

「我々は取材ではなく、聴取に――」

「三分終わったら、私になんでも聞いてください。祥子は疲れていますから、休ませてやってほしいんです」

娘を気遣う父親のような態度だ。手にはストップウォッチを持っている。扉が開けられた。「じゃ、三分」と堀川はストップウォッチを押した。猛烈な勢いで数字が消費されていく。

畳敷きの座布団の上で、祥子は足を崩して茶を飲んでいた。かつらを取り、メイクも落としてすっぴんのようだった。肌の白さと、あまりの顔の小ささに目を見張る。首が長く、うなじが光る。部屋着のようなベージュ色のワンピースを着ていた。

崩した足がスカートの裾から見える。なめらかなふくらはぎが輝く。こざっぱりとした恰好をしている。とびぬけた美女というほどではない。ノーメイクだからか、雑踏ですれ違っても気がつかないくらい凡庸としていた。スポットライトを浴びると豹変するタイプだろうか。

「どうぞ。お座りになって」

祥子は腰を上げて、向かいの座布団を少し、直した。ちゃぶ台の上に汐里の名刺が置いてあった。『五年ぶりに泣きました』とだけ書いた。背後の段ボール箱の中にはプレゼントやファンレターが山積みになっている。汐里は名乗り、座った。隣の倫太朗は声が上ずっていた。時間がない。とっとと〝シナリオ〟を始める。

「うわあ、女優さんってやっぱりすっごいオーラ。お肌きれいでうらやましい～」

ミーハー丸出しでいく。祥子は困惑顔だ。明らかにがっかりしている。昨日、汐里が名刺の裏に書いた感想が素直に嬉しくて、聴取を許可したに違いないのだ。だが、そちらが演技のプロならこちらは捜査のプロだ。聴取は必ず、遂行する。

「いや、私こう見えて、日野さんと同年代なんですよ。でも最近もうメイクだけじゃいろんなものが、隠しきれなくなっちゃうでしょー」

汐里は化粧品が並ぶメイク台を見た。

「見たことないコスメがいっぱーい！　普段、どんなファンデ使ってるんですかー？」

「メイクさんに全て任せています」

「ちょっと見てもいいですか」

どうぞ、と祥子は呆れたように言った。倫太朗が聴取を始めた。二つの変死事件の話を振り、下地と面識があるか尋ねる。「ありません」と祥子はきっぱり答えた。

「フリーランスの記者の方なのですが、知っていましたか」

「さあ——覚えはありません」

「四月一日の二十時から二十一時までの間、どこでなにをされていましたか」

「覚えていません。社長に確認なさって」

「井久保さんとはもちろん、面識はありますよね。最後に会ったのはいつでしょう」

「井久保が会社を去ったその日です」

具体的に、と倫太朗が促したが「社長に確認なさって」とまた返されている。

「それきり、個人的に会うとか、連絡を取ったことはありますか」

ありません、と祥子が断言する。言い訳もなかった。

「あっさりしていますね。井久保さんとは苦楽を共にした仲ですよね。売れない時代を支えてもらった」

祥子はなにも言わなかった。倫太朗を見返すだけだ。刑事の聴取に抗《あらが》おうとする空気もなければ、ぼんやりしているわけでもない。ただ、見ている。

汐里はメイク道具の中から、ドーランを見つけた。ミーハーを装っているのは、これのためだ。

「祥子さんの美肌の秘訣はこれですか。舞台、見ましたよ。あんな強い照明の下でも全然肌艶変わらないんですね、私も使いたい～」

「それ、舞台用です。普段使いすると却っておかしいですよ」

汐里は適当に受け流し、試してみてもいいか上目遣いに尋ねた。祥子は黙り込んでいる。倫太朗が助け舟を出した。

「すいません、ずうずうしいおばさんが、全く」

祥子が渋々、頷いた。汐里はドーランを顔に塗った。このドーランと、下地の革靴の先についていたドーランの成分が一致するか。塗りながら、倫太朗におばさん呼ばわりされたことに素直に傷つく。

「あと一分でーす」

堀川が言った。運動部のコーチのようだ。倫太朗が祥子に、一枚の写真を見せた。

「井久保直樹さん方から見つかった写真です。これは、あなたですね」

祥子の出産間近の写真だ。海外の分娩室で限界まで膨れ、下がったお腹をさらす。祥子は、自分であるとあっさり認めた。

「どちらでご出産を？」

「これは海外で撮影したものです。臨月妊婦の役を演じたことがありました。その時の写真です」

「いつ、どこで、どんな作品の撮影だったのでしょう」

「社長に確認なさって」

倫太朗が堀川を振り返る。「あと三十秒でーす」という答えが返ってきた。倫太朗がもう一枚の写真を出した。鈴木と赤ん坊の写真だ。

「あなたが海外で極秘出産した赤ん坊は、この男性が育てているという話がありました。ご本人は否定しています。自分の子ではなかったと――」

祥子が首を横に振った。

「この方を存じ上げません。出産もしていません」

「入籍直前であったこと、男性側は認めていますが」

「覚えがありません」

「この男性にも？　十年近く連れ添ったんですよね」

「全くわかりません」

「……では、赤ん坊の方は？」

「覚えがありません」

「妊娠をしたことは？」

「ありません」

「本当に、子どもはいない？　かわいい我が子を――」

「子どもは、いません」

祥子の心に楔《くさび》を打つ――そんな聴取を期待していた。倫太朗はよく食らいついている。祥子の、動揺で揺れる瞳を見たかった。だがなにもない。彼女は無だ。台本があり、設定がないと動き出さない人の形をした物体のようだ。楔を打たれたのは、倫太朗の方だった。顔が真っ白になってしまった汐里はただのピエロだ。堀川がストップウォッチを止める。

「はい、三分です。お引き上げください」

桜田門の警視庁本部に戻った。十九時半になろうとしていた。

警視庁の科学捜査研究所は、鑑識課と同じ、本部とは別棟の警察総合庁舎に入っている。汐里は倫太朗に手を引かれ、全速力で警察総合庁舎を走っていた。ばったり出くわす捜査員たちが、ドーランで白浮きした汐里の顔を見て悲鳴を上げる。倫太朗は愉快そうだ。

科捜研の職員が待ち構えていた。汐里は引き渡された。倫太朗が捜査の主導権を握っているようだった。「どうぞ鑑定をよろしくお願いします」と一丁前に挨拶している。

職員も汐里の顔を見て、笑いをこらえていた。

「捜査のためといえど、体張りますねぇ、二階堂さん」

「ほんと。普段はクールなのに。こういうこともしちゃうんです」

「そう。おばさんだからなんでもやるの」

チクリと言った。倫太朗は「あれ、根に持っている？」と顔を覗き込んできた。見守りの目をする。

科捜研の中に入った。職員たちがキャップ付きの綿棒で汐里の頬のドーランを次々と拭っていく。十本近く取ったところで「これだけあれば充分」と、解放された。女子トイレに入る。メイク落としで顔を洗った。五回分使ってやっと落とし切る。十分ほどでフルメイクし直した。第二強行犯捜査のフロアに戻る。半分くらい照明が落ちていた。亀有班だけが残っている。双海は川鍋と夜食のラーメンを食べていた。今日は妻が非番だから大丈夫と意気込む。倫太朗は長い指を曲げてサンドイッチを頬張っていた。

二十一時、科捜研からの電話が鳴った。

亀有が取った。スピーカーにして、班員全員に結果を聞かせる。

「ドーランについての分析結果が出ましたので、ご報告いたします」

班員がそれぞれの席に座り、耳を澄ませる。倫太朗は息を吞む。双海は両手を合わせ、仏前にいるような姿勢だ。川鍋は憮然と腕を組む。

「カオリン、酸化亜鉛、酸化チタン」

下地の革靴から見つかったドーランの成分と、同じ化合物が読み上げられる――が。

「赤226、黄5、黄205――以上のことから、四月一日、下地修の履物より採取されたドーランとは、成分が一致しませんでした」

祥子のドーランは色が白すぎた。

亀有は礼を言い、電話を切った。指示する。

「果無だ。時間がない。すぐ出発しろ」

亀有は汐里と倫太朗を指名した。

阿佐ヶ谷のマンションに帰った。冷蔵庫の中の缶コーヒーを確認する。ごみをまたぎながら、越境捜査の準備をした。下着やブラウス、替えのスーツをカバンに詰め込む。インターホンが鳴る。もう二十三時、誰だろうとモニターを見て、げんなりする。未希だ。無視しようかと思ったが、泣いている。目が赤く、たまにしゃくりあげたように肩を揺らす。こんなごみ屋敷にあげるわけにもいかない。汐里は財布を持って外に出た。

未希は四十五度の最敬礼で応えた。警察官は神前でしかやらない。ぐずぐずと目頭を擦る。

「夕飯、食べた？」

「いえ——。倫君と食べようと思って待ってたんですけど、あの……どこからなにを話したらいいか」

「カレー好き？」

「あ、大好きです、辛い料理」

未希は力なく微笑み、ついてきた。駅前商店街、阿佐谷パールセンターへ向かう。一角に『シャルカン』というインド料理屋がある。店の前にインド国旗や日本国旗が忙しくはためいている。

「この店さ、面白いんだよ。インド料理屋なのに店主はネパール人で、バイトはパキスタン人とバングラデシュ人。インド人がひとりもいない」

未希はへぇと笑ったが、赤くなった目は冷ややかだ。

「面白いんですね。味はどうなんですか」

「普通」

いらっしゃいませ、と店主が巻き舌で言う。レディスセットを二つ注文した。まずは二人でビールの小瓶をラッパ飲みした。緑と金色のラベルが目印の、タイ産のチャンビールだ。この店は無国籍だ。

「なんか、すいません。明日から出張なんですよね。早朝出るって」

「知ってるの」

「倫君から……」

「早いから来ないでくれと追い出された？」

未希は少し首を傾げ、曖昧に笑う。赤羽橋から阿佐ヶ谷へ飛んできたらしい。

「出張は、二人きり、なんですか？」

「ぞろぞろとは行けない。捜査本部が立ってないから、旅費が経費で落ちるか微妙なところだし」

「女刑事が男性刑事と二人きりで泊まりで越境捜査……そういうことするような時代になったんですね」

意味はわかるが意図がわからない。いえ誤解しないでください、と未希は両手のひらを見せる。

「私、以前話したと思うんですけど、父親が刑事だったので」

いまは碑文谷署署長の警視、漆畑吉昭、と未希は繰り返した。

「どれくらいで戻ってくるんですか」

恐らくは二、三日だろう。考えた末、汐里はこう答えた。

「最低でも一週間。下手したら一か月かかるかも。宿泊代を浮かすために、同部屋だよ。着替えとか私もあっちも気を遣うわー」

ありえないことなのだが、未希は真に受けている。チャンビールのラベルを睨んだまま、固まってしまった。なにを心配しているのか。遠回しは嫌いだ。

「今日の突撃は、私と彼のお泊まりに関する探りと、私に対するけん制、ということ？　倫君に手を出さないで、ってところかしら」

未希は真っ赤になった。慌てて首を振る。

「そんなんじゃないです。私、ただ――」

またチャンビールのラベルを睨む。飲み干し、思い切ったように言った。

「二階堂さん、倫君の過去、知ってます？」

汐里はチャンビールを二本、追加した。

「知らないし、興味もないし、聞きたくもない」

「倫君、父親の真弓浩二元警部補と、血縁がないようなんです」

「あのねぇ」

「聞いてください！」

未希が身を乗り出した。

「そういえば、お母さんの話をしないし、十歳の時に亡くなったとは聞いたんですけど、思い出話すらしないいんです。それ以上、訊きづらくて……。先日、倫君のお父さんを知る警察官と偶然知り合って、彼は養子をとったんだと聞いて、びっくりしてしまって……。子宝に恵まれなかったこともあって、自分が保護した身元不明児を養子にしたらしくて」

未希は自分のことのように思い詰めた様子だ。

「倫君はもしかしたら、出自のことで悩んでるのかなって。私にはそういうの、おくびにも出さなかったんですけど、婚約解消の理由はそのあたりにあると思うんです」

汐里はチャンビールの小瓶をいっきに半分、飲んだ。人の過去をペラペラと勝手にしゃべる。〝マーキング〟のために。初めて会ったときから思っていたが、本当に気持ち悪い女だ。

「――で？」

未希は目を丸くした。

「で、って……。そんな、冷たい言い方」

汐里は立ち上がった。カウンター越しに、ネパール人店主に言った。

「ごめん、テイクアウトに変更で」

店主はオッケーと軽い調子で言い、ナンを両手で伸ばして窯に貼りつけた。五分待って商品を受け取る。未希の分の金も払った。店を出る。未希は慌ててついてきた。

「あの、どこへ……」

「うちで食べよう。あの親子が血縁じゃないとか身元不明児とか、外食先で言うもんじゃない」

未希はごめんなさい、と頬を赤くした。

「私じゃなくて倫ちゃんに謝んな」

「倫ちゃん……」

未希は苦笑いした。唇の端は引きつっていた。

自宅に帰る。パンプスやスニーカー、サンダルで埋まった三和土を見て、未希は戸惑っている。汐里は廊下に溢れたごみや物を蹴散らし、道を作ってやった。テーブルに未希の座る場所を作らねばならなかった。雑誌やごみ、書類をテレビ台の上に載せて、座布団を置いた。自分はそこに座り、未希にはいつも汐里が座っている場所をあけた。未希は頭を下げ、正座した。視線がテレビの後ろのボードに飛んだ。顔がこわばる。

「さて。食べようか」

「あの……あれは」

人差し指を遠慮がちに曲げたまま、男の死体写真を指さす。

「桜と血……すごいコントラストですけど、めちゃくちゃリアルですね。誰か、有名な写真家の作品、とかですか」

「リアルだよ。アレ。本物の死体。死んでるのは私の昔の男」

未希はあまり表情を変えなかった。瞼の下が痙攣しただけだ。目の色がわかりやすいほどに変わる。これまでは媚《こび》を売る視線だった。いまは、得体の知れないものを発見した科学者みたいな顔だ。

「お父さん、漆畑吉昭警視、だっけ。捜査一課にいたんでしょ」

「あ、はい。平成元年から、異動と昇任で所轄署に出ていたときもありましたけど、基本、本部捜査一課で、平成二十八年までお世話に……」

「私と入れ替わりだったんだね。あの事件のこと、知ってると思うわ。平成二十六年四月七日発生の、組対五課の内山和史警部補殉職事件。現場は新宿御苑。アレね」

汐里は壁の現場写真を見た。未希は視線を落とし、考え込む顔になった。やがて、言う。

「あの――どうしてそんな話を」

「あんたが倫ちゃんの秘密をべらべらとしゃべったから。フェアじゃないじゃん。私だけ知ってて、あっちが私の過去を知らないの」

未希は顔をひきつらせたまま、容器の蓋を開けようとした。

「死体写真見ながら食えるんだ」

「いえ、その……」

「わかんないかなー。帰れ二度と来るな不愉快だ、っつってんの」

あ、と未希は顔を上げる。青ざめていく。

「すいませ……」

「勘が悪いね。だから男にも逃げられるんだよ」

未希は今度、顔を真っ赤にした。怒っている。乱暴に財布を出し、千円札を叩きつける。頭を下げて立ち去ろうとした。

「あと千円足りない。消費税分と、チャンビール二本分」

よほどプライドが傷ついたのか、未希は一万円札を叩きつけた。

「ありがとー」

未希は出て行った。もう二度と来ないだろう。


始発の新幹線のぞみに乗った。

奈良県十津川村には電車が通っていない。移動でほぼ一日費やしてしまう。京都駅まで出るのに二時間半かかった。近鉄線とJR線を乗り継いで、JR五条駅に向かう。特急を使っても乗り継ぎの関係で二時間近くかかる。そして五条駅からバスで果無峠の入口であるバス停『果無隧道《ずいどう》口』へ向かう。

目的のバス停まで、八十五駅もある。日本で一、二位を争うほど長いことで有名なこの路線バスは、始発から終点までは百六十七駅だ。六時間以上かかる。

新幹線で、汐里は窓辺の席を譲られた。仕事中だったが「富士山見ながらプシューッとやろう」と缶ビールを飲んだ。隣の倫太朗が「昭和の男」と笑う。寝不足か、倫太朗は新横浜を出てすぐに熟睡してしまった。無防備に開いた口から、きれいな白い歯が少し、見える。

倫太朗は養子で、身元不明児、と未希は言った。

彼はどこから来た人間なのだろう。

膝の上に投げ出された、倫太朗の指を見る。長い指と女のように細長い爪の形が、死んだ内山とよく似ていた。内山は通勤電車の中でよく警察小説を読んでいた。家に帰ると刑事ドラマを熱心に見て、映画はアメコミヒーローものを愛した。

倫太朗の頭が汐里の肩の方へ倒れてきた。ちょっと触れただけで、倫太朗は覚醒する。通路側へ大袈裟に首を向けて、また目を閉じる。

汐里の目に、倫太朗のジャケットが入る。ジャケットの左身ごろが翻っている。内ポケットに封書の一部が覗いていた。妙な直感が働いた。例の、悪い方にしか働かない直感だ。汐里はそうっと指を伸ばし、封書を引き上げた。

『辞表』

汐里はすぐそれを戻した。

京都駅に到着した。

新幹線の改札を抜け、近鉄線に乗り換える。特急に乗った。終点の橿原神宮前駅《かしはらじんぐうまえ》で乗り換え、吉野口駅まで出る。車窓の景色がのどかになっていく。ずっと遠くの方で紀伊山地が青灰色に連なる。十津川村はあの山中にある。

吉野口駅でJR和歌山線に乗り換える。乗り継ぎがあまりよくなく、四十五分待つことになった。売店で柿の葉寿司を買った。倫太朗と二人で食べる。

「捜査というか、小旅行だね、まるで」

「そういえば今晩の宿、取れてるんですか」

新幹線の中であれだけ寝たからか、しゃきっとした様子で倫太朗は尋ねた。その胸ポケットに辞表を忍ばせた状態で、捜査にやってくる。しかも熱心だ。彼のこの矛盾の正体は、なんだろう。出自から来ているものとは思えなかった。未希とのいざこざはそれで筋が通る。『辞表』はまた別だ。皮をどれだけ剝いても、この青年からは謎しか出てこない。

汐里は普通を装い、答えた。

「果無の近くに十津川温泉郷ってところがある。そこの麓星ってホテル、取っておいた」

倫太朗は財布を出し、宿泊費を払った。汐里は助かる、と金を受け取る。ぼやいた。

「なんとか捜査費出るようにしないと、まじで頭痛い」

「園田からあと二百万、取り返せそうですか」

「無理な話。まあ、もう終わった話よ」

倫太朗は不思議そうに汐里を見ていた。

ＪＲ和歌山線に乗り、五条駅を降りた。十二時四十五分になっている。遠景にあった紀伊山地はもう目の前だ。豊かな緑色が眼前に迫る。駅前のバス停で、新宮駅行きのバスが来るのを待った。居合わせたのは地元民らしき制服姿の青年と、若い男女だった。

壁には時刻表や観光案内のポスターが貼られている。十津川村の観光協会が作成したポスターには、軒先に乾物をぶら下げた日本家屋と、その縁側で穏やかにほほ笑むおばあさんの姿が写っていた。古き良き日本という雰囲気だ。

バスがやってきた。奈良交通バスの大和八木《やまとやぎ》——新宮《しんぐう》間は日本一長い路線バスとして有名だが、廃線の危機にあるらしい。積極的に利用しましょう、という自動アナウンスがあった。座席のシートや内装は最新のもので、乗り心地が良かった。始発から終点まで六時間以上走る。乗客に配慮してか、シートが柔らかい。

汐里はふかふかのシートに埋もれる。眠たくなってきた。隣の倫太朗は文庫本を読んでいた。

「なに読んでるの」

倫太朗は書店のロゴが入ったカバーを外して見せた。警察小説だった。

「趣味、悪っ」

「俺、結構好きなんですよ。刑事ドラマとか見るの」

「映画は？」

「アメコミヒーローものが好きっすね」

しばらく国道を進む。道路の両脇にファミレスやスーパー、パチンコ屋、病院などが並ぶ。地元の人の乗り降りが多少あった。気が付くと、周囲を鬱蒼《うっそう》とした森に囲まれる。スマホのマップアプリで現在地検索をする。まだ北隣の五條市内だった。

森をくぐり、住宅地を抜け、商業地を通り過ぎる。そしてまた森に入る。これを何度か繰り返す。バスの自動アナウンスは観光案内をしていた。大塔町の天辻《てんつじ》峠に差し掛かると、ここを拠点とした天誅《てんちゅう》組の歴史解説をした。十津川村の規模や詳しい村の案内などもする。「この先のトンネルを抜けると、いよいよバスは十津川村へ入ります」と乗客の期待を煽るようなアナウンスもあった。

誰も降車ボタンを押さない。バス停でバスを待つ人もいない。バス停留所を淡々と消費していく。バスの車内は若い男女と老夫婦、そして汐里と倫太朗だけになっていた。

やがてバスの運転手が、車内放送で景観の解説を始めた。全て、八年前に村を襲った水害、紀伊半島豪雨の話だった。

「いまはもう新しく建て直されましたが、ここの発電所も土砂崩れで流されました。近隣の民家を巻き込んで、いまの橋の高さまで土砂がきました。土砂はトンネルの中にまで溢れ、発電所は上流へ逆流した、ゆーことです」

橋は谷底を流れる川から百メートル近く高い場所にかかっている。土砂が百メートルの高さにまで達するということは、山体崩壊に近い状態だろう。

二〇一一年の紀伊半島豪雨の話を倫太朗に振る。彼はまだ十八歳、高校生だった。その年の三月にあった東日本大震災の方が強烈な印象に残っていると言った。汐里もそうだ。水害は毎年のように日本各地で起きている。二〇一一年九月にあったこの災害を、よく覚えていなかった。改めてネットで災害の詳細を調べてみた。全国で死者・行方不明者が百名近く出た大災害だった。うち半数が奈良と和歌山の犠牲者だ。

山々の新緑の肌のあちこちに、えぐれた茶色の土が見える。バスが真新しいトンネルに入ろうとした。運転手がスピードを落とし、アナウンスする。

「左手に道路が通っておるのが見えますでしょうか。途中、大規模な崖崩れで寸断されておりますが、元はあそこが国道168号でして、昔はこのバスもあの道を通っておりました」

崩れてむき出しになった斜面と、ひしゃげたガードレールが、土砂の隙間からのぞいている。自然の力を前に、人間はあまりに無力だ。

倫太朗は文庫本を閉じていた。汐里の肩越しに、窓の外の景色を見ている。

「この十津川村は昔から水害の多い土地でございます。明治二十二年にも熊野川が大氾濫し、当時の十津川郷は壊滅的な被害を受けました。地形が完全に変わってしまうほどの大規模洪水でして、生き残った村民のうち二千六百九十一名はこの地での生活再建をあきらめ、開拓団として北海道へ向かいました。この開拓団はその年の十月には北海道の未開の地に到達、そこはいま新十津川町と呼ばれています」

汐里は倫太朗に問う。

「祥子が赤ん坊をここに匿《かくま》っているとして。こんな災害の多い村に子どもだけを残して心配じゃないのかな」

「確かに。ただ、赤ん坊に対する愛情のなさも感じますよね」

道がひらけ、眼下に熊野川の支流が現れる。透明度が高く浅瀬は川底が透けて見えた。深い場所はエメラルド色に輝く。汐里は水害の爪痕が残る茶色の山肌に顔を戻した。

「きっと下地も同じ景色を見たよね。彼も赤ん坊を捜していたはず」

「後で運転手に確認してみましょう」

バスは十津川村上野地《うえのじ》の駐車場に入った。路線が長すぎるため、休憩として三十分間、停車するという。狭い国道の両脇に商店や郵便局、住宅が並んでいる。人の行き来があった。谷瀬《たにぜ》の吊り橋という村内最長の吊り橋やキャンプ場があるらしい。五月の連休をこの地で過ごす観光客だ。バスの運転手はエンジンを切り、乗客にアナウンスした。

「休憩中はバスを自由に乗り降りしてもらって構いません。吊り橋を見てきてもらえばエコノミー症候群の予防になりますから是非どうぞ」

しかし谷瀬の吊り橋は全長三百メートル近くある上、連休中などの混雑時は一方通行なのだという。引き返すことができないらしい。

「渡ったら川の対岸から国道を回らないと戻ってこられません。一時間はかかりますから、くれぐれも吊り橋は渡らぬようにお願いします。置いていきますよってに〜」

車内で笑いが起こった。倫太朗と汐里はトイレを済ませ、谷瀬の吊り橋を見に行った。地上五十四メートルにかかる吊り橋に圧倒される。入口で、渡る渡らない、怖い怖くないの攻防をしている観光客の声が聞こえてくる。ケーブルが軋む音、板を踏む音、風の音が恐怖をあおる。一度に渡れる人数の制限があるため、行列ができていた。

汐里は手すりに両手をついて、吊り橋を見下ろした。

「面白いね。一度渡ったら引き返せない吊り橋だって」

「人生みたいですね」

汐里は目を丸くして、倫太朗を振り返った。

「二十六の若者が言うセリフじゃない」

「誰よりも響いてるでしょ、二階堂さんが」

試すような、挑発するような口調で言う。

「もう結婚しちゃえばいいじゃないですか。園田と。夫婦で一蓮托生、借金を返していけば——」

「あいつ、もう結婚してるよ。子どももいるし」

女性の楽しそうな悲鳴が橋から聞こえる。男性が女性の腕を取っていた。共に、吊り橋の先を進む。倫太朗は気難しい顔をして、そのカップルを見ていた。

「自分こそ。早く未希ちゃんとのゴタゴタをなんとかしなよ。昨日はうちにまで押しかけてきた」

　倫太朗は目を見開いた。

「すいません。またご迷惑を……。でも、俺のことは本当に諦めたと思うので、もう来ないかと」

「どんな最後通牒を？」

「二階堂さんに片思いをしていると、嘘をつきました」

　汐里は爆笑した。だからあの女は来たのだ。倫太朗の出自をペラペラとしゃべった。あんたに受け入れる覚悟があるのか、と挑発に来たのだ。

「行こう。バスの運ちゃんに下地のことを聞く」

　観光客の波をすり抜け、駐車場に戻る。聞き込みをしたいが、観光客ばかりだ。地元民の姿が見えない。郵便局も祝日なので営業していなかった。

　バスの車内で、老夫婦が出発を待っていた。運転手は車内に入ったアブを外に追い出そうと、丸めた新聞紙を振り回している。殺さない。出発まであと五分、まだ男女連れの観光客が戻ってきていなかった。

　車外に飛びだしたアブが新緑の向こうに消えた。倫太朗が車外に運転手を呼ぶ。他の乗客や駐車場利用者に見えぬよう、ひっそりと警察手帳を示した。

「あれ。奈良県警？」

「いえ、警視庁です。少し、お話をよろしいですか」

「構いませんけど。ほうでしたか、刑事さんか。いやなんの二人組かな思とったんですわ。休日のカップルにしちゃ服装がスーツやし、ビジネスにしても地味やし」

倫太朗が懐から、下地の顔写真を出した。運転手が写真を顔から離して、しげしげと眺める。

「ああ、これ。下地さんやないですか」

教える前に名前が出てきた。思わず前のめりになる。

「ご存知なんですね」

「ええ。いや、二、三度くらいしか話してませんので、なにしてる方とかは知らないですけど。五条から乗ってくれよって、ちょっと話をね。その時はもう十津川に来るのは二度目とか三度目やと」

「初めて会ったのはいつごろです？」

「去年やったかなぁ……そうや、去年のいま時分やったと思う。あんときもやっぱりバスに虫が入りよってな。でっかいカマキリや」

バスの車内は大騒ぎになった。怖い、気持ち悪い、でも殺すのはかわいそう――。山道に入っていて、運転手はバスを不用意に停車させることもできなかった。

「そしたら下地さんがな。足でドカッと」

運転手は足元の木の葉を踏みつぶして見せた。

「容赦ない。かわいそう、なんていう悲鳴すらあがらんかったで。みな、シーンとなってしもて」

その後もたびたびバスの車内で下地を見かけるようになったという。一年近く十津川に通い詰めていたことになる。いまのような休憩時間中に、運転手と話をすることもあった。

「なにをしにここへ来たとか、ご存知ですか」

「仕事だとしか聞いとりませんよ」

「誰か人と会っていたとか、人と一緒だったとか。捜していたとか——」

「いやぁ、いつもひとりやったよ。十津川温泉あたりで降りとったけど、人が待っとったことはないなぁ」

十津川温泉は今日泊まるホテルがある場所だ。そこでも聴取する必要がありそうだ。

「最後に見かけたのはいつごろでしょう」

「最後は——まだ寒いころやったかなぁ。一月か二月ぐらいか」

「その時も十津川温泉まで乗せたんですか」

「いやいや、最後に会うたのはここ、上野地。偶然やったのよ、あっちはレンタカーで来とった。レンタカーやなし、うちのバス使《つこ》たって下さいって冗談交じりに話したのが最後やった」

村に滞在中は足がないと不便だから、レンタカーにしたと話したらしい。具体的にどこを回っていたかまでは、聞いていなかった。

「果無のこととか、話したことはありましたか」

「果無？　ってあの熊野古道の？」

倫太朗と揃って頷く。

「聞いたことないわ。ただ、消滅した集落のことをなんや、調べとる言うとったような」

消滅集落。赤ん坊の話はどこにも出てこない。

「この十津川村は限界集落ばっかりやからね。あとひとりしかおらんようになったところもあるし。十人切っとるところなんか珍しないよってに」

「その消滅集落の名前はわかりますか」

「そこまでは知らんね。この界隈はいっぱい消えてるとこあるからね。お客さんら、どこまで乗って行かれるの」

「一応、宿はホテル麓星というところに取っているんですが」

「なら、ちょうどええんやないですか。下地さんもいつも、麓星に宿取っておったわ。まあ、よそから来る人は大概あそこに泊まるよってに。ホテルのフロントが詳しいこと知っとると思うで」

男女連れの観光客が戻ってきた。運転手はバスに戻りかけたが、ふと尋ねた。

「――で、下地さん、どうしはったん」

亡くなったことを話す。運転手は「ほんまにや」と驚く。新聞には載ったが、テレビのニュースでの扱いは十数秒だった。地方では放送されていないのかもしれない。

「なして亡くなったん？　警察動いとるちゅうことは、殺人かなんかかよ」

突然乱暴な口調になった。紀伊方言のようだ。

「それをいま、調べています」

バスが上野地を出た。

倫太朗がスマホで、十津川村の消滅集落を調べている。汐里は亀有にメールで報告を入れた。しばらくして亀有からもメールで一報が入った。

東京に残った川鍋と双海は二手に分かれ、それぞれ堀川一族と祥子を張っている。

亀有は祥子のアリバイ証言と、「妊婦写真は撮影中のもの」という主張の裏取りをしていた。フランス制作の映画を撮影中の画像で、フランスのスタジオのセットの中だという。映画はフランス側の事情でお蔵入りした。映画業界ではよくある話らしい。台本や資料、契約書などの提示を求めると、堀川は「令状を」と言って取り合わない。関係者は全員フランス人だ。現地に飛ばないと裏取りができない。

アリバイも出産も、全部グレーのままだった。

汐里は倫太朗に尋ねる。

「そっちはどう。消滅集落」

「親切に一覧になっているサイトはないですね。限界集落ばかりで、将来的に村自体が消滅するであろうと言われている、みたいな記事ばっかりが引っかかります」

バスはいくつものトンネルを抜ける。ヘアピンカーブを曲がった。風屋《かぜや》という地域に入る。巨大な風屋ダムを抱える地域だ。国道もダムに沿うように進む。バスの運転手が再び災害の話を始めた。この先の地域で住宅が流され、何人かはいまだに見つかっていない。このダムに流された可能性もあり、八年経った現在でも消防や警察が時々捜索しているのだそうだ。

ダムに沿う道は細かくカーブしている。道幅も狭い。対向車がやってきたら、道を譲り合わないと通過できない。高度な運転テクニックが求められそうだ。下地は東京の人間だったのに、よくレンタカーでここまで来たなと思う。

やがて村役場が見えてきた。

コンクリートの三階建ての建物と、広々とした駐車場がある。向かいの高台に、奈良県警五條警察署十津川分署があった。役場の隣は道の駅になっていた。人でにぎわっている。駐車場にある足湯につかりくつろぐ背中がいくつも並んでいた。

しばらく公的な建物や住宅地が並ぶ。ガソリンスタンドや飲食店の建物もある。殆ど店じまいしている。過疎化が急激に進んでいるのだ。

トンネルと橋と川が順繰りに見える景色が続いた。折立《おりたち》という地域に入る。八年前の災害の際、村の動脈ともいえる国道168号は、折立橋の中途落橋で南北に分断されてしまったらしい。復旧工事は国の指導の下二十四時間態勢で行われ、一か月半後には全長百五十メートルの新しい橋が架かった、とバスの運転手は説明した。

自動アナウンスでは、村の歴史や観光地の案内が続く。笹の滝、瀞八丁《どろはっちょう》、日本の歴史にたびたび登場する十津川郷士――。

バスが十津川温泉に到着した。周囲には温泉宿や土産物屋が並ぶ。ここでは十分の休憩がある。老夫婦が下車した。バックパッカーらしき若い外国人四人組がバスに乗ってきた。

十分後に出発したバスは再び国道を進む。トンネルを抜けた。やがて四方を山に囲まれた盆地のような場所に到着した。手入れされた芝生の広場の向こうに、ロッジ風の大きな建物があった。子ども向けのアスレチック遊具や屋外ステージもある。

ホテル麓星だ。汐里と倫太朗は運転手に礼を言って、バスを降りた。若い男女連れが、バスを降りる降りないで、入口でもたついていた。結局、降りなかった。

バスが引き返して行く。トンネルの向こうに見えなくなった。汐里はスマホのマップアプリを開き、周囲をぐるりと見渡す。三百六十度を山に囲まれ、ホテル以外の建物が見えない。十津川村は土地の九十六パーセントが山林だという。南の方向に迫る山を指し、あれが果無峠かと汐里は見当をつけた。倫太朗は首を傾げる。

「いや……ここから見えないいんじゃないですか。あの山の向こうかと」

「ひえ～。山ばっか」

「いったん荷物置いて、休憩してから行きます？」

時計を見た。十六時。

「山だよ。下手に入ると夜になっちゃって、遭難する」

「タクシーがあればいいんですけど」

「タクシーは予約しておかないとダメらしいよ。いま連休中だから厳しい。今日は移動が難しいから、ホテル内の聴取を全部済ませとこう」

ロッジ風の建物に向かう。

「十津川温泉って、源泉かけ流し発祥の地らしいよ」

「へえ。いい湯なんでしょうね」

ホテルのフロントに立つ。スーツを着用した中年の女性が対応した。名札には小南暁子《こみなみあきこ》とあった。シングル用の和室を二部屋取っている。倫太朗も宿帳を書いた。部屋や大浴場の場所、食事処の時間案内などひと通りを聞く。鍵を受け取った。「ではごゆっくり」と言われたところで、早速、聴取だ。汐里が警察手帳を出す。

「あら、和歌山県警の方?」

奈良県警ではなく、和歌山県警とは、妙な間違え方だ。警視庁であると説明し、下地の写真を見せた。暁子は首から下げた老眼鏡をかけた。「ええ、ええ。下地さん」と声を弾ませた。

「十津川に来るたびにうちに宿を取ってくれはりましてね。長いときだと一週間くらい滞在されとりましたよ」

「消滅集落を調べていた、ということですが」

「えっ、調べものに来とったんですか。ここへは友人に会いにと言ってましたけど」

下地は果無に住む青年を訪ねていたという。

「あ、果無言うんは、果無峠にある桑畑集落のことで」

思いがけず事件のキーワードが出てきた。

「知ってます。山の向こうの峠のことですね」

「いまは世界遺産で有名になっとるからね、東京の人でもよう知っとるね」

「その果無に住む青年というのは？」

「もともと東京の子でね。移住してきた人やったんです」

二人はロビーでよく話をしていたらしい。ロビーには十津川産の木材を使用したモダンなテーブルセットが並んでいる。ヒノキや杉のいい香りが漂っていた。

「青年の氏名はわかりますか」

沼――と言いかけて、暁子は口を閉ざした。

「いやごめんなさい。個人情報になるよってに、言えませんわ」

「その青年もこちらに宿泊されていたんですか」

「いいえ。果無に住んでましたから、宿泊することはなかったですが」

「宿泊客でないなら個人情報保護の義務はないはずです」

暁子は汐里に押される形で「沼田《ぬまた》君です」と答えた。下の名前はそもそも知らないという。

「フルネームは、役場行けばわかると思いますわ。地域おこし協力隊やったから」

定住を条件に、住居や仕事を自治体で保障して、都会の若者を移住させるプロジェクトを利用していた。汐里は思い切って尋ねる。

「沼田という青年が赤ん坊を連れていたとか、そういうことはないですか」

「赤ん坊？　ないない。独身でしたよ。まだ二十代やったの、沼田君」

暁子が沼田を語るとき、いつも言葉が過去形になる。

「それにしても驚いたわ。沼田君の件で和歌山県警の方がよう来られはってて、今度は警視庁って。沼田君、東京出身やったから、警視庁さんが調べることになったの？」

沼田が和歌山県警管内の事件に関わっているような口ぶりだ。だから、汐里たちを和歌山県警の刑事と勘違いしたのだ。

「いいえ。沼田さんが、なにかトラブルを起こしたんでしょうか」

「トラブルやなし、自殺ですわ。去年の秋、那智の滝に身を投げてね」


新たな変死事案に行き当たったった。

汐里は一階の部屋に入った。六畳の和室だ。倫太朗は真向かいの部屋をあてがわれた。旅行カバンから換えのスーツだけハンガーに引っ掛けた。ノートとペンを出す。相関図を描いた。ガイシャの名前を並べていく。死亡した順に、沼田、井久保直樹、下地修と書く。十津川村役場の電話番号を調べ、掛けた。男性が対応に出る。事情を話し、沼田のことを尋ねた。

ノック音がする。倫太朗だろう。受話口を押さえて「開いてる！」と叫ぶ。汐里は通話に戻った。電話の向こうの男性が、困ったように聞き返す。

「沼田って――あの、自殺した？」

「ええ、そうです。果無の方で地域おこし協力隊をやっていたという青年なんですが」

「ちょっと電話では……令状持って、一度役場の方へ来てもらえませんかね」

「そこをなんとか。事件かどうか確定しかねる段階なんです。しかし他にも二人、不審死しているんです。なんとか下の名前だけでも」

芳《かんば》しい返事は聞けなかった。電話を切る。倫太朗が隣にちょこんと正座していた。

「沼田の下の名前がわからない？」

「令状持ってこいだってさ」

「沼田は那智の滝で死んだって言ってましたよね」

滝は和歌山県熊野三山のひとつ、那智大社のすぐ近くだ。和歌山県警なら教えてくれるか。倫太朗が、管轄する新宮警察署の番号に電話を掛けた。対応に出た警察官は、管轄する井関駐在所の番号を教えただけだ。

汐里が掛ける。駐在所の電話に出たのは、女性だった。

「いま主人は巡回連絡に出ておりまして、おいそれと教えられませんのですわ」

彼女は駐在所に住み込んでいる警察官の妻だろう。夫が不在の場合は妻が対応する。

「ご主人はいつごろ戻られます？」

「どうやろね、だいたいいつも小一時間で戻ってくるよってに、あと四、五十分かねえ」

また掛け直す、と言おうとしたところで、女性が呼び止める。

「あの、携帯電話からの発信ですけど、個人的に掛けてきてらっしゃるんです？」

「越境捜査で、奈良まで来ているんです」

「そう……個人情報がうるさいよってに、電話じゃ教えられんと思いますよ。直接来ていただいて、身分証見せてもらうとか、警視庁さんからの番号とはっきりわかる電話なら、主人も対応できると思いますけど」

汐里は電話を切った。東京の亀有にヘルプの一報を入れる。亀有は頼りがいある声で言う。

「沼田の件については俺の方から駐在所に連絡を入れる。東京出身なんだろ。氏名住所がわかったら、ある程度素性を調べられると思う──それにしても」

ため息を挟み、亀有は問う。

「赤ん坊はどこへ行った」

気配ゼロだ。

コーヒーを持ってきたラウンジの店員、売店のアルバイト女性、表玄関を掃き掃除していた従業員などから聞き込みをした。沼田の詳しい素性はわからなかった。ホテルを訪れるのは下地が滞在していたときだけのようだ。近隣に民家も店もない。ホテル従業員以外、話を聞く相手がいない。観光客に聞き込みしても意味がない。

果無まではトンネルを抜けて吊り橋を渡り、登山道に入れば四十分ほどらしい。日が暮れる前に往復できるか倫太朗と話し合う。ホテルの従業員に止められた。

「村外の方なら夕方以降はやめておいた方がいいですよ」

登山道は整備されているが、夕方以降は猿やイノシシが出やすくなる。紀伊山地にはツキノワグマもいる。ガイドがいた方がいいという。タクシー会社に問い合わせしたが、連休中は予約がいっぱいで配車は難しいということだった。汐里がマップアプリを見ながら、言った。

「五條市でレンタカーを借りてきた方が正解だったかな。足がないと近隣集落にすら行けない」

隣の集落まで、五キロは離れている。車なら十五分ほどだろうが、徒歩だと一時間かかる。十津川村に入ってから、国道を歩く人を全く見ていない。そもそも歩道がない。完全な車社会だ。倫太朗が問う。

「下地はバスで来ていたとき、どうやって村内を移動していたんでしょうね」

「沼田でしょう。移住していたのなら当然、車も持っていただろうし」

「下地がしばらくバスでここまで来てたのに、途中でレンタカーに変えたのは、そのせいですね」

「うん。沼田が死んで足がなくなったから、レンタカーで来るようになった」

ホテルの裏手に人だかりができていた。ケーブルにぶら下がる木枠だけの箱に乗って、川を渡る少年がいる。対岸へ渡るための渡し籠で、野猿《やえん》というらしい。両親と思しき二人がハンディカムやスマホを向けて笑っている。下の子どもが「僕も早く乗りたい」と騒いでいる。

ホテルの従業員か、老齢の男性が解説している。

「いまは吊り橋があって国道が整備されとるんで野猿の使用者は殆どおらんようになってな。観光物扱いや」

地元のうんちくを垂れていた。

「かつてはこのあたりな、林業で栄えとってのー。みなこれ使うて川向かいの山登って木を切ってな、腹が減れば川に降りて鮎を釣ったんや。秋はマツタケ。ぎょうさん取れるんやでー。めはり寿司を母ちゃんに作ってもろて、それを腰にぶら下げて山に入るんや」

少年が、めはり寿司について老人に尋ねている。

「握り飯を高菜で包んだものや。こーんなに大きくてな。目を見張るように大きく口を開けて食べなあかんから、めはり寿司いう名前になったんや」

具は入っていないらしい。子どもが「寿司じゃないじゃん、おにぎりじゃん！」と生意気に言った。

「山入ると汗をぎょうさんかくやろ。そういう時にしょっぱくつけた高菜がおいしいんや。もうな、熱中症知らずやで」

倫太朗と野猿に乗ってみるかという話になった。その先の名もなき山に捜査の手がかりはなさそうだ。ホテルに引き返し、夕食を取ることにした。


木の香りが溢れるテーブルに、山の幸をふんだんに使った懐石料理が次々と並べられていく。白粟を練ったむこだましや、めはり寿司などの郷土料理も出る。

ドリンクメニューを眺めていた倫太朗は、地元産のアマゴを使ったアマゴ骨酒を飲みたそうにしている。竹筒の注ぎ口から、いぶしたアマゴの頭がのぞき、見るからに香ばしそうな熱燗だ。まだまだ事件に頭を使いたい。二人ともウーロン茶で我慢した。それでも旅先で地元産の懐石料理を頂くというのは気分が上がる。汐里はふざけて目を見開きめはり寿司を食べた。倫太朗は大笑いだ。「無邪気だなぁ」と年上みたいな顔で言う。

亀有から電話が掛かってきた。レストランは個室だ。スピーカーにして倫太朗に聞かせた。

「沼田の詳細がわかった。言うぞ」

倫太朗がすぐさまジャケットからボールペンとメモ帳を出した。

沼田拓哉《たくや》、平成二年五月三日生まれ——。

なんの因果か、今日が沼田の二十九回目の誕生日だった。しかし、彼はそれを迎えることなく、去年の秋に享年二十八で死んでいる。死亡時の免許証住所は奈良県吉野郡十津川村大字桑畑一八四番地。前の住所は本籍地と同じだ。東京都北区王子にある王子住宅の三号棟四〇三——聞くからに公務員官舎のようだ。

「ここは農林水産省の一般職員の官舎だ。世帯主は沼田悟《さとる》。年齢や名前からして、沼田拓哉の父親だろう」

一般職なら官僚ではないが、国家公務員だ。沼田はいいところのぼっちゃんだったと言っていいだろう。明日にも沼田の両親に直あたりする、と亀有が言った。倫太朗がこちらの状況を報告した。

「レンタカーで来なかったことを大後悔中です。広すぎて、コンビニすらないんです」

「だが源泉かけ流し温泉があるんだろ。今日はもう風呂に入って休め」

明日からが本番だ。

翌朝、朝七時にレストランへ入った。倫太朗はまだ来ていない。

汐里は店員と、車の交渉をした。今日はまず十津川村役場へ行き、地域おこし協力隊の詳細を聞くつもりだった。こちらが氏名住所本籍地まで把握していれば、活動内容ぐらいは教えてくれるはずだ。沼田が住んでいた家を見せてもらえるよう交渉もする。昼前には果無峠へ向かいたい。バスは一日数本しか通っていない。下手をするとバス停で数時間待つことになる。タクシーもレンタカーもない。ホテルの車を借りられないかと交渉しているのだ。倫太朗もやってきた。向かいの席に座る。店員は申し訳なさそうに言った。

「うちのホテルで一応、レンタカーのサービスもしとるんですけど、一台しかありませんで、完全予約制なんですわ。ちなみに連休中はもう予約がいっぱいで」

「例えば誰か、従業員の方の車とかは……」

汐里は従業員を拝む。相手は渋い顔になった。

「都会から来た人は特に、厳しいと思いますわ。険しい山道ですし、ここらで事故いうたら大方、よその人が起こすんですわ。万が一のとき、レンタカーと違《ちご》て保険のこととかね」

あきらめるしかない。朝食は茶粥と山の幸満載のおかずがついていた。

「茶粥なんて初めて食べた。優しい味がする」

「いずれにせよ、今日もバスですね。時刻表と相談して動かないと、ホテルに戻ってこられなくなっちゃいます」

先ほどの店員が戻ってきた。

「あの、もしよかったらなんですけど、売店にいる涼子《りょうこ》ちゃんのおじいちゃんが、村を案内してくれはるかもしれません」

ボランティアで語り部をしており、連休中はホテルの裏で野猿の説明をしているという。

「ああ、昨日見かけました。めはり寿司の話を」

「そうそう。涼子ちゃんのおばあちゃんが作るめはり寿司をいつも持って来るんですよ」

朝食後、売店の女性に声を掛けた。名札に佐川《さがわ》涼子とある。もう話は通っているようだ。人懐っこい笑顔で言う。

「おじいちゃん、表で待ってますんで。白のスカイラインです。暇で暇で、しゃべりたくてしょうがない人やから、相手してもろえるとこっちが助かります」

涼子に礼を言い、表に出た。佐川は、煙草をふかして運転席で待っていた。ポケットのたくさんついたベストを着ている。互いに自己紹介した。

「さあ乗ってや。役場でええんやな？　その後、果無やったか」

「はい、お世話掛けます」

「ええよ。暇やから。お兄さんが前乗るか。足、長くて後ろじゃ収まらんやろ」

倫太朗が汐里に気を使っている。汐里は自ら後部座席に座った。車は十津川村役場に向けて出発した。助手席の倫太朗が佐川に尋ねた。

「佐川さんは、生まれも育ちも十津川ですか」

「おうよ。わしらが子どものころは国道も吊り橋も整備されとらんかったからな、どこそまで行こうにも山をぐるーっと回らなあかん。学校まで二時間かけて歩いたわ」

「足腰、鍛えられますね」

「刑事さん、なにか武道やっとる？」

剣道やな、と佐川は言い当てた。

「柔道だともっと体つきがごつくなるやろー」

鋭い視点だ。汐里は会話に入った。

「彼、剣道五段ですよ。お父さんすごい。刑事になれるかも」

ちゃうちゃう、と佐川は笑った。

「だいたい警察官言うたら、剣道か柔道やらされるやろ。十津川村も剣道が盛んなんやわ。うちの村出身の若者で、奈良県警入ったもんもぎょうさんおるよってに」

佐川は十津川郷士の話を始めた。神武天皇の時代から御所警備に京都まで歩いて行っていたという。

「八咫烏《やたがらす》信仰、菱十字の旗を掲げて日頃から武道に精を出しとったんや。歴史の節目ごとに挙兵してな、壬申の乱のあとは功績が認められて千二百年も免租地になったほどや。藩に頼らない。自主自立の精神、言うてな」

御所警備で天皇から授かった菱十字は、いまでも村のシンボルマークだ。菱形の中に十字の線が入っている。役場の建物にもあった。雑談するうちに役場に到着した。佐川も一緒に降りる。行き違った人が知り合いだったか、「ようー。兄《あに》ぃ、元気かよ」と立ち話を始めた。

先に役場の中に入った。連休中だから窓口は閉まっている。当番らしき女性職員がひとり、入口に置かれた長テーブルに座っていた。その他の窓口は全て無人だった。警視庁を名乗り、沼田の情報を求める。当番女性は東京から来た刑事に驚きながら、首を傾げた。

「地域おこし協力隊のことなら、総務課ですね。ごめんなさい、私は年金課の人間でようわからんのですわー。連休明けにまた来てもらえます?」

「時間がないんです。明日には東京に戻らないといけなくて」

汐里は拝んだ。

「せやの……。ちょっと待っとってね、総務課長に電話してみるわ」

女性は手元の名簿をくったあと、電話を掛けた。雑談に一分ぐらい花が咲いた。やっと「東田《ひがしだ》課長はおる」と聞いてくれた。不在だった。

「課長、釣りに行ってしもたみたい。夕方まで戻らんと」

佐川が役場の中に入ってきた。くわえ煙草のままで、女性に注意されている。

「もう、佐川さん。役場は禁煙になったんよ」

「おっ、すまんすまん」

佐川は手に持っていたコーヒーの空き缶に煙草の火を捨て「なしたないだ」と声をかけた。

「地域おこし協力隊のこと聞きたいんやと。でも総務課の人は今日おらんしな」

佐川は携帯電話で東田に電話を掛けてくれた。

「繋がらん。集落以外、電波が届かんよってにな。まあ来いよ」

総務課長の東田と知り合いのようだ。

「なら神納川《かんのがわ》やろ」

「釣りやと」

「東田の兄ぃはよ」

佐川が歩き出した。神納川まで連れて行ってくれるようだ。

「東田総務課長と知り合いでしたか」

「わしも昔、役場勤めやったんや」

車に戻りながら、話を聞く。

「わしは診療所の方で。ここは病院がないよってに、診療所も村営なんや」

佐川は薬剤師だったという。車は五條市方面に戻るようにして国道を北へ進んだ。途中、新宮行きのバスとすれ違う。佐川がいなかったら身動きが取れなかっただろう。無骨な人だが親身だ。田舎の人らしい温かさを感じる。

左手に風屋ダムが見えてきた。初夏の微風で湖面にさざ波が立っている。国道を左に折れて県道に入る。西へ道なりに進んだ。右手の崖下に川の流れが見えてきた。神納川という、熊野川の支流だ。集落を抜けた先に赤い橋がかかっていた。藤原橋と銘打たれている。東田は橋の下で、長靴姿で釣りをしていた。佐川が橋の真ん中で車を止める。クラクションを鳴らし、窓を開けた。

が！」
「警視庁です。地域おこし協力隊の沼田拓哉さんについて、お話を伺いたいのです
の音がやかましい。汐里は欄干から叫んだ。
ら三十メートルくらい上にかかっている。橋の下への降り口がわからない。橋の上は風
なんでやねん、と二人でげらげら笑っている。汐里と倫太朗は車を降りた。橋は川か
「警視庁が来とるよ。逮捕やと」
「よう。佐川の兄ぃかよ」
「東田の兄ぃよ！」

東田は釣り竿を握ったまま、目を丸くした。

「あのあんちゃん、そんな大物やったんか」

大物——。

「最初、和歌山県警が来てな。那智の滝で死んだいうて。せやけどその後またひとり、
沼田君のこと聞きに来た人がおってん、都会から」

「下地という人じゃないですか」

「せやせや。それで次は警視庁って」

「実は、その下地さんも東京で不審死しているんです！」

東田は「ほんまにや」と驚いた顔をしたが、釣りをやめようとしない。喉が痛かった。

長話できる距離ではない。河原への降り方を尋ねた。

「佐川の兄ぃよ、案内したって！」

東田がスカイラインに向かって叫んだ。佐川が面倒そうなそぶりで出てきた。ただのパフォーマンスのようで、出番を待っていた役者のような顔だ。

「なんか釣れたかよ」

「アマゴや」

「なら火をおこせよ、食おうら」

車に戻った。橋を渡り、国道を進む。左に折れるゆるい坂道から直接河原に降りることができた。空き地に車を停め、石ころに足を取られながら東田の下へ向かった。佐川はその場で石を積み、流木を集めてやぐらに組んだ。枯れ草や小枝を投入してライターで火をつける。都会のようにコンロも炭も準備しない。そこにあるものでささっとやってしまう。こういう器用さは都会人にはない。東田は釣ったアマゴをペティナイフでさばく。くし刺しにして、塩を振りかけ、火の近くに置く。

鮎釣りの解禁日が六月四日だという話になった。

「刑事さんら、六月四日以降に来てくれはったら、うまい鮎を食わせられたんに」

「ほんまにや、時期の悪いこっちゃ」

佐川も言った。汐里は苦笑いする。

「刑事に都合よく殺人は起きませんから」

汐里は川のせせらぎでよく手を洗った。東田に教えて貰いながら、アマゴをくし刺し

す。

「ここのは天然ものの鮎やからな。築地の鮎なんかダメ、ダメ」

「いまは築地やなくて豊洲やろ」

せやった、と佐川は笑った。汐里におにぎりらしきものが入ったビニール袋を突き出す。

「姉ちゃん、めはり寿司食うか」

「え、いいんですか」

「うちのくそばばあが米余っとる言うて、六つもこしらえたんや」

口が悪い。倫太朗と共に頂いた。しょっぱいが、白米の甘さが際立つ。高菜の香りが鼻に抜けて、爽やかだ。

「偉いなぁ。女刑事」

東田が煙草に火をつけながら言った。倫太朗が膝を揃えて両手を置き、「大先輩です」とかしこまる。めはり寿司を食べ終わり、汐里も煙草に火をつけた。「貫禄!」と佐川が笑う。

「最近じゃ奈良県警も女性が増えとる言うしな」

そしてまた、世間話になった。どこそのなになにの妻が奈良県警だとか、どこその長女も奈良県警だとか。汐里は話の区切りを見つけ、ようやく尋ねた。

「それで、沼田拓哉についてなんですが」

東田は「彼ねぇ」と難しい顔になった。地域おこし協力隊には任期がある。十津川村の場合は三年だが、沼田は一年半で自殺してしまった。

「和歌山県警から話聞いてびっくりや。一か月くらいして、親御さんが役場に怒鳴り込みに来はってな。ここでちゃんと指導しないからうちの子は自殺した、みたいに言われて」

「地域おこし協力隊は学校やあらへんで。なんで役場で責任持たなあかねんな」

佐川が腹立たしそうに言った。

「せやろ。もうあの両親にはびっくりしたわ」

沼田は村の資源を生かした特産品の開発と販売を担当していた。

「桑畑集落――果無のことね。そこの空き家を一戸用意してやってな。家賃は役場持ちで、それなりに給与もまあ、払うてましたよ。沼田君は山で採れるキノコで特製スープ作って、ネットで全国販売しよいうのを頑張ってはったね」

「その特製キノコスープは、売れたんですか」

倫太朗が尋ねた。

「道の駅で販売しとって、それなりに売れたかな。でも、ある程度数を売ろ思たら、それなりの設備とか工場が必要やろ。で、沼田君は村内にある食品会社に場所と器具を貸してくれるよう、役場の方からお触れを出せとね」

役場からは言えんと佐川が首を振る。東田も頷いた。

「言えん、言えん。こっちはそういうことはせんと返事したら、役場はなんのためにあんねん、みたいに怒ったこともあったわな」

役場と地域おこし協力隊の間で、いまいち協力体制が築けていなかったようだ。

「それで沼田君は、村はずれにある廃工場に目をつけはったん。そこの建物と調理設備が丸まる残っとってな。いい物件やったと思うよ、もともと弁当屋の工場やったからね」

しかし大規模にキノコスープを作るとなると、今度は食品衛生法に引っかかる。

「まず沼田君に衛生管理責任者の勉強をしてもろて、資格を取るとかね。こっちも、法律を調べていろいろアドバイスをしたつもりなんやけど、沼田君は最後には投げ出してもうて」

キノコスープ販売は頓挫した。沼田はすっかりやる気を失ってしまったようだ。

「自殺の原因は、協力隊員として失敗したから、でしょうか」

「どうやろ。キノコスープのあと、次は役場にどんな提案しよか、とアレコレ考えていた風はあったけど。そうこうしているうちに、連絡取れんようになって。和歌山県警が来て……」

焼けた、と佐川が軍手で、アマゴを刑事二人に渡した。汐里は黒く焦げた串をハンカチに包んで持ち、アマゴにかぶりついた。ふわふわとした食感だ。たんぱくな白身に強いコクがあった。粗塩とよく合う。倫太朗は口からほくほくと煙を吐きながら目を細め、食べている。思わずといった様子で、つぶやいた。

「ああ。しあわせだー」

汐里は倫太朗と顔を合わせ、つい微笑み合う。

エメラルドグリーンの川と、優しいせせらぎ。そびえる山々。途切れのない青い空。流れる純白の雲。澄んだ空気。力強く生い茂る木々。東京では過密に濃縮された空気も、十津川村では純度が高く存在しているような気がする。呼吸するだけで浄化されていくようだ。ここにいると、自分がなにに絶望していたのか、汐里はさっぱりわからなくなる。警視庁を去り、畑を耕して雨の日は家で読書する、まさに晴耕雨読の生活に、強烈な憧れを感じる。無理だろうが。

倫太朗が聴取を引き継いだ。

「沼田の自殺のあと、和歌山県警が来て、両親が来て、そして下地が来た、ということですが。下地は役場になにを聞きにきたんでしょう」

「いや、本当に自殺だったのかと。沼田を訪ねてくる人がいなかったかとか、そいつに殺されたんじゃないかとか、言い張ってなぁ」

まるで刑事のようだったという。

下地は沼田の自殺を他殺と疑っていたようだ。その証拠を摑んで、殺されたのだろうか。

赤ん坊の痕跡は全くない。下地は祥子の出産を追ってこの村に来たわけではなさそうだ。

東田の案内で、沼田が住んでいた果無の空き家を見ることになった。沼田が使用していた家具がそのまま残っているらしい。私物は、両親が引き取っていった。

汐里は五條警察署十津川分署に一報を入れた。簡易的な鑑識作業を頼む。ルミノール反応と、ゲソ痕を見る。

東田の車を、佐川のスカイラインが追う。国道168号に出た。東京の亀有から汐里へ連絡が入った。倫太朗が話を聞きたそうにしている。佐川がいるので、スピーカーにはできない。

車は国道をひた走る。十津川温泉郷を過ぎた。赤いアーチの柳本橋《やなぎもと》を渡る。果無峠へ通じる林道に入った。

切り立った崖を右手に見て、急勾配を上がる。ガードレールはなく、車止めがあるだけだ。車窓からのぞいても谷底が見えないほど、急峻な場所に通った道だった。たまに視界が開け、眼下に熊野川や集落が見える。姿を現すたびに小さくなっていく。

峠を下る登山客数人とすれ違った。石畳で整備された登山道が峠の反対側にある。帰りは舗装された林道をのんびり下るのがモデルコースらしい。汐里はマップアプリを開き現在地を確認する。ここは世界遺産なのでよく電波が入る。林道の中で最もきついヘアピンカーブに差し掛かった。窓を開けると滝の音がする。『めん滝』と小さな看板が出ていた。丸太を組んだだけの短い橋を、きゃあきゃあ言いながら渡る女性たちがいた。更に林道を登っていく。枝分かれするように、急な斜面が右手に見えた。斜面は石垣で支えられているが、いまにも崩れ落ちそうだ。その先は木々に隠れている。車も通れそうだが、どこへ続く道なのだろう。マップアプリには、地名も番地も表示されない。

果無峠頂上手前の駐車場に車を停めた。徒歩で少し登った先に、ネットの画像でよく見る景色が現れる。世界遺産の記念碑と、天空へと続くような畝《うね》。昔ながらの日本家屋が並ぶ集落。開けたその場所は、手を伸ばせば雲に手が届きそうなほどだ。満開の石楠花《しゃくなげ》のピンク色が彩りを添える。標高がそう高い場所ではないが、高野山や伯母子《おばこ》峠、熊野山から離れている。三百六十度、紀伊の神聖な山々を眼下に見ることができた。

汐里は深呼吸する。自分の足で来たわけでもないのに、山頂に登り詰めた達成感と爽快感があった。捜査もまだまだ道半ばどころか、混迷を極めているというのに。

十津川分署の鑑識担当者が、鑑識作業品の入ったカバンやアタッシェケースを体からぶら下げ、畝を降りていく。役場の東田が先導する。

畝の両脇には畑が広がる。集落はその先だ。佐川が畑にいた老人に声を掛けた。知り合いではなさそうだが、調子はどうだ、どこの集落のもんだ、と気軽に声を掛け合っている。この男性は北原《きたはら》というらしい。切り株に腰掛け、榊《さかき》の剪定をしていた。汐里は沼田のことを尋ねる。北原は眉をひそめた。

「なんや、自殺した子のことら、聞きに来たんかよ。なんで分署の車来よる思たら」

汐里と倫太朗は警察手帳を出す。警視庁の刑事であることを名乗った。

「ええっ、東京からわざわざかよ。よう来たのら」

北原が人懐っこい笑顔を見せた。倫太朗が下地の写真を見せる。

「沼田さんを訪ねて、この人が果無に通っていたはずなんですが」

北原は懐から老眼鏡を出し、目を凝らした。

「あー知っとる。よう来とったわ。名前は知らんけど」

様子を尋ねた。

「挨拶もようせん。都会の風ふかしてな。いけすかん雰囲気やったで。しかもよう沼田君と口喧嘩しよった」

喧嘩をしていた。ホテルの人間によると二人は友人同士のはずだ。北原が否定する。

「友人ちゃうと思うで。他人行儀やったし、沼田君が追い返しとるように見えた日もあったな。もう来るな、言うて」

北原は下地の写真を突き返した。その手つきに、下地に対する嫌悪を感じる。

「わしには、スープを東京で販売するための卸業者や、言うとったけど。ほんまかよ、っちゅう空気やったで」

佐川も下地の写真を見た。「のらよ」と同意する。

「卸業者に見えなかった、ということですか」

「頭使う商売の人に見えたで。神経質そうでな。卸やブローカーみたく、そろばんはじくとかの商人風情が全くなかったよってに」

佐川をはじめ、この地域の人々は人を見る目が刑事のようだ。外部の人間が入りづらい山奥の村だけに、よそ者を見かけたときにあれこれ推測する癖がついているのだろう。

「おかしいと思とったのよ。役場の方からあれダメ、これダメ言われて、キノコスープの全国販売計画が頓挫してな。沼田君は役場に腹立てておったし」

東田の行った方を気にして、北原は言う。

「なにを提案しよっても、難癖つけて却下。頭が固すぎる言うてな。こんなんやから地域活性化にならんのやと」

「しかし、食品衛生法とかに抵触してしまうと、役場もダメと言わざるを得ないですよね」

「せやからその法律の壁を乗り越えるためにどう知恵を絞るのか、役場と隊員が一緒に悩まなあかんのに、どっちも一方通行や」

北原は榊の葉を切り落とす。

「だいたい、村に何十年も住んどるもんらが知恵を出し尽くしても過疎は進む一方なんに、村にちょこっとやってきた若者が今日明日でなにか成し遂げられるわけがないんや」

北原も沼田にだいぶアドバイスをしたようだ。

「腰を落ち着けてじっくり取り組めと言うたんやけどなあー。若いからな、成果が見えんと焦って、あっちにもこっちにも手ぇ出してまう。最終的には介護施設でアルバイトしとったけどな」

今度は介護。突拍子もない事実がどんどん出てくる。

「まあ介護施設も人手が足りんよってに、バイト感覚で誘ったいうことなんやろけど、介護じゃ地域おこしにならんやろ。そこからなにか次の取っ掛かりを探す、言うとった。そんな矢先やったかな。さっきの写真の男が足しげくやってくるようになったんは」

「いまの話の流れだと、到底、下地とスープの卸が繫がりませんね。その時、沼田は介護施設で働いていたんですよね」

「せや。二人で施設見に行ったりもしとったと思うで」

「その介護施設、名前わかります?」

「スペインハウスや。二津野《ふたつの》ダムの向こっかわの猿飼《さるかい》にあるわ」

佐川が後で連れて行ってくれることになった。汐里と倫太朗は、沼田が住んでいた家へ向かった。佐川は北原と世間話を続けている。

世界遺産の石碑を背に、紀伊山地を眺めおろした。優しい風が吹きつけて、足を止めた。

「果無って、本当にいい名前だよね」

「ええ。まさに名前の通り。果てがありませんね」

三百六十度、遮るものがない。首を上にもたげれば、空を飛んでいるような気分になった。

「沼田は初めてここに立ったとき、なにを思ったんだろ」

汐里は無意識に、こぼしていた。東京で背負ってきたものを全て捨てて、ここの自然に身を任せる決意をしたのかもしれない。汐里も神納川でちらっと考えたほどだ。倫太朗が、汐里の横顔をじっと見つめていた。汐里は亀有から報告があった内容を聞かせる。

「沼田はなかなか立派な経歴の持ち主だった。大学まではね」

一流大学名を口にする。就職先は大手商社。しかし三年もたず、ベンチャー企業に転職した。

「もっと自分のアイデアが通る風通しのよい会社で働きたい、てな具合」

大企業ならではの、意見が通りにくく古い慣習に縛られる空気が、肌に合わなかったのだろう。

「転職先のベンチャーでもうまくいかなかった。ワンマン社長と馬が合わない。三か月もたずに無職になった。で、半年引きこもった末、再起の地として選んだのが、果無」

地域おこし協力隊は、沼田にとって三度目の正直の挑戦だったのだろう。地方で一念発起すると、かつての同僚や友人、親戚に啖呵《たんか》を切って、紀伊山地に出てきた。こんなに開けた場所にいるのに、汐里は閉塞感を持った。倫太朗が尋ねる。

「沼田は官舎育ちでしたよね。農水省の国家公務員住宅でしたっけ」

「うん。ちょうどお隣に、同い年の男の子がいたんだって。でも親同士はむちゃくちゃ仲が悪くて、すれ違っても挨拶もしない。お隣の男子は背が高くて足が速くて勉強もできるイケメン。いまは大手広告代理店勤務だって。結婚して、子どもも生まれるらしい」

「なんで隣の息子の話を?」

「母親がその話ばっかりするって、亀有さんが言ってた。二言目には隣の健太《けんた》君。死んでも比べてる。自分の息子と」

口にするだけで、息苦しい。当事者の沼田は凄まじいプレッシャーを感じていただろう。

「沼田は、比べる母親に認められたくて、必死だったんだろうね」

倫太朗が小さく何度も、頷いている。

「刑事って、誰かの人生を……」

言葉が続かなかったのか、倫太朗は黙り込んだ。ぶつぶつと言う。

「調べる。なぞる。紐解く――どれも違いますね」

「誰かの人生を、じゃない」と汐里は言った。「に」だ。

「寄り添う」

行こ。汐里は首を振って、畝を歩き出した。倫太朗が一歩遅れて追いついた。口をきゅっと引き結び、目を潤ませている。倫太朗の横顔を見上げた。いつもは左斜め後ろを見上げていた。倫太朗がいつも後方を歩いていたからだ。

いまは隣にいる。汐里に寄り添うように。

小辺路は集落の生活道にもなっている。石畳を進むと日本家屋の軒先に出た。しいたけの乾物が軒先にぶら下がっている。十津川村の観光用ポスターにあった景色だ。丸太を半分に割ってくり抜いた水飲み場がある。ホースで引いた湧き水がちょろちょろと流れ続けている。白い小さな花が挿してあった。この先は登山道と繋がっている。集落の人々が旅人のために花を飾っているのだろう。その一輪の小さな花には、都会の花屋の店先を彩るあまたの花々に勝る美しさがあった。

倫太朗が添え木に引っ掛けられた柄杓《ひしやく》を取り、湧き水を飲んだ。冷たそうに目を細める。汐里までも喉がキーンとする。

「汐里さんも、一杯」

柄杓で掬った水を突き出してくる。汐里は手のひらで水を受け止め、一口飲んだ。いま、苗字ではなく汐里さんと呼ばれた。

沼田は石畳の小辺路から脇道を入った、集落の隅の民家に住んでいた。他の集落の家に比べて新しい家だった。平成になってすぐ建てられたものらしい。六畳の和室が四つ。ダイニングルームにはL字のキッチンがついていた。

沼田の私物は残っていなかった。ちゃぶ台、箪笥、テレビ、布団が置きっぱなしになっているだけだ。十津川分署の鑑識担当者が、ルミノール溶液スプレーをあたりに吹きかけた。反応はない。不審なゲソ痕もなかった。

一同は十四時には果無を引き上げた。釜めし屋で昼食を取ることにする。十津川分署の鑑識担当者は「僕は嫁さんの弁当がありますよってに」と先に帰った。なにも出なかったので、手間だけかけさせたことになる。丁重に礼を言った。彼は「なんも、なんも。またなにかありましたら、いつでも声かけたって下さい」と笑顔で立ち去った。

「優しいですね、十津川の人は。警視庁の鑑識課で同じことがあったら、嫌味のひとつ二つバンバン飛んできますよ」

汐里は言った。佐川が釜めしをかき込み、答える。

「東京は忙しいよってにな。それになにもかもマンパワーで切り開いて便利にしてきたやろ。そういうのに慣れとるから、不都合なことや不便があるとすぐカッとなってまうんよ」

「東京はせかせかしていますからね。電車も、一分の遅延で駅員が謝る時代です」

倫太朗も話に入ってきた。

「そりゃ都会の人は怒るで、一分一秒にコレがかかっとる。そういう世界なんや」

佐川が指で銭のマークを作る。

「まあしゃあない、っていうあきらめがつかんやろ。でも我々田舎の人間は自然と生きとるから。大雨降って畑できんようになっても、道崩れて買い物に行けんようになっても、お天道様に怒り狂ったってしゃあないやろ。せやからあきらめて待つ」

「そちらの生き方の方が、より人間本来のものですよね」

倫太朗が優等生な発言をした。佐川がニヤッと笑う。

「どっちでもえーのよ。一分一秒も大事。あきらめることも大事。都会の生き方も、田舎の生き方も。どっちも正解」

「なるほど――深い」

店員がお盆を下げに来る。汐里は下地の写真を見せた。女性の店員が首を傾げる。

「さあ、知らんね。ハイカラな。東京の人？」

「ええ。地域おこし協力隊の沼田拓哉さんをよく訪ねてきたようなんですが」

「沼田君はよくこの店に来とったけど、この人と来たことはないねぇ」

倫太朗が尋ねる。

「では、誰と一緒でした？」

「いつも玉置《たまき》さんと来とったのよ」

「どこその玉置や」

佐川が問うた。東田が東京人たちに説明する。

「このあたりは玉置いう苗字がどっさりおるんですよ」

村内にはパワースポットとして有名な玉置神社もある。険しい紀伊山地の中にあり、同じ十津川村内でも行くのに難儀する場所という。捜査のついでに参拝できる場所ではなさそうだ。

「玉置良治《りょうじ》さんよ。勲章もろた」

女性店員が答えた。おお、その兄ぃかよ、と佐川が感嘆の声を上げる。

「勲章、というのは」

汐里の問いに佐川が答える。

「天皇陛下から授与される名誉なもんよ。文化勲章ていうんやっけ」

「ちゃうで。旭日章やろ。文化勲章は文化人や。玉置さんは公共の方やから。郵便局の人や」

東田が東京の二人に説明する。

「十津川は見ての通り地形が厳しくて広すぎるやろ。まだ国道の整備が追いつかんころから、せっせと郵便物届けよったのが、玉置のじいさんでな。雨の日も風の日も雪の日も一日も休まずや。休んだのは、自分が怪我しよるときだけやったな」

「ああ、火事で大やけどを負ってな」と佐川も頷く。

「仕事復帰に一か月かかったか。村の郵便集配業務に長年にわたり精励したいうことで、もろたんよ」

玉置は村の生き字引のような存在だったようだ。沼田はキノコスープ計画が頓挫し、玉置を頼ったのか。女性店員は、二人がなにを話していたのかまでは知らないと言う。

「玉置さんは肺が悪うて、酸素ボンベ引きずって歩いとったわ。沼田君がそれを代わりに持ってやったりね。介護しいしい、ご飯食べにきよる感じやったね」

「玉置のじいさん、家はどこやったか」

東田の問いに、佐川が答える。

「迫《さこ》やったんやないか。で、火事におうて果無に越したんや」

「ほうや。果無か。ならそこで沼田君と知りおうたんかな」

女性店員が首を横に振った。

「玉置さんはホームに入っとるのよ。奥さん肺がんで亡くして、玉置さんも同じ病気で手術しとるしね。ひとりではよう暮らせんと」

汐里は尋ねた。

「もしかして、猿飼の老人ホームですか」

「せやせや。スペインハウスやったと思う」

沼田は介護施設でバイトするうちに、果無の元住民の玉置と知り合い、親密になったのか。

「でもほんまは、介護職員やからね。ひとりの老人につきっきりはあかんやろ。施設長が沼田君に注意したらしいけど――それでも、玉置さんにずいぶん入れこんどる様子やったわ」

女性店員の言葉を受け、佐川が推理する。

「さては、玉置の爺の遺産目当てか」

勲章をもらうほどの人なら、ありえるか。東田が否定する。

「ないない、遺産なんて。勲章もろた言うても、ただの郵便局員やで」

果無の土地の他、山なども所有していたらしいが、「山なんかいまどき、二束三文にもならんしな」と佐川も否定する。

「せやなァ。固定資産税の方が高くつくな。手入れするのもひと苦労やし」

この釜めし屋にまで足を運び、老人とよその若者はなにを話していたのだろう。


釜めし屋で東田と別れた。佐川の運転で、スペインハウスへ向かう。素焼きのタイルが壁に張り巡らされ、オレンジ色の半筒形の瓦が並ぶ。正式名称は『長老荘』だった。

広い駐車場には職員や訪問者の車が並ぶ。佐川が正面玄関に向かいながら「誰に話を聞く？　施設長あたりか」と尋ねた。自分が仲介をすると言わんばかりだ。汐里は首を横に振る。

「真正面から行くと、令状を要求されてしまうと思うので。さりげなく、知人を装って玉置さんに会えませんかね」

よっしゃ、と佐川が先頭に立つ。ロビーには椅子やテーブルが並ぶ。入居者が訪問者と談笑していた。佐川が車いすを押している若い女性に声を掛けた。

「こんちは。玉置の爺はおらんかな」

どの玉置さん、と若い女性は尋ねた。やはりこの苗字は多いらしい。

「玉置良治。どこその部屋やったかな」

「その玉置さんならいま入院中ですよ」

佐川は目を泳がせた。汐里は頑張って関西弁でしゃべってみる。

「えらいすいません、そうやった、いま病院やておばさんから言われとったやんか、おっちゃん」

佐川の腕をつつく。倫太朗が汐里の関西弁に、笑いをこらえている。汐里は続けた。

「どないしよ。玉置のおっちゃん、どこその病院やったかなー」

「帝塚山《てづかやま》総合医療センターですよ」

知らないんですか、という顔の女性スタッフは、頬にニキビ痕が残る。首から下げたIDカードに森田《もりた》彩菜《あやな》という名前が記されていた。かなり若そうだ。令状令状とうるさく言わないだろう。汐里は笑いをこらえている倫太朗の背中をドンっと押した。ちゃんと理解してくれた。倫太朗が警察手帳を出す。

「すいません、実は警視庁から来ております。ご親戚の方にここまで案内してもらったのですが」

彩菜は警察手帳を見て、びっくり仰天した。

「ほんまに！　よかったー奈良県警やなくて。天敵やから」

高校生の時、バイクに乗っていて何度も検挙されたらしい。暴走族上がりかと思ったが、彩菜の人懐っこい笑顔に凶暴な感じはなかった。

「ちょっと座って、ゆっくりお話聞かせてもらえませんかね」

「いいですけど、なんの話です？　玉置さんなにかあったんですか」

沼田について尋ねる。彩菜は表情が曇った。

「沼田さんと玉置さん、仲が良かったと聞いたんですが、実際はどうだったでしょう？」

「森田さん！」

背後から中年女性の声が飛んできた。「施設長やで」と佐川が注意喚起した。小柄でショートカットの、厳しいまなざしをした女性が近づいてくる。咎めるように彩菜を呼びつけた。二人はロビーの片隅でひそひそと話を始める。彩菜の視線がしきりにこちらに飛ぶ。まずい状況になりそうだった。

「あんた、刑事さん？」

テーブルに取り残された車いすの女性が、倫太朗に声をかけてきた。入れ歯をしていないからか、顎がくしゃっと縮まる。聞き取りづらいが、会話はできそうだった。倫太朗が名前を尋ねると、慌てた様子で返された。

「雑談なんかしとる暇ないで。玉置さんは殺されかけて、ドクターヘリで救急搬送されたんや」

詳しく知りたい。汐里は車いすの女性のそばにしゃがみこんだ。

「まあこの施設はよう人が死ぬのよ。一年に何人も」

老人ホームだ。何人かは死ぬだろう。

「きっと職員がイライラして、手のかかる入居者に毒を混ぜたりしとるのよ」

汐里は敢えて、否定しなかった。

「施設長は必死になって隠しとるけどね、あの日は朝になって、ドタバタドタバタ、えらい騒ぎやったの。大変やぁ玉置さん息しとらん、救急車、ドクターヘリ、言うてな」

この女性は玉置の隣の部屋に住んでいたのだという。

「私、施設長が周囲に怒鳴り散らしとんの聞いたんや。〝酸素吸入器、電源切れてるじゃない！〟って。スタッフの誰かが、酸素ボンベのスイッチこっそり切ったんやないかな。玉置さん、まだ戻ってきてへんってことは、意識失ったままなんちゃう？」

彩菜が戻ってくる。その背後で施設長がこちらを射るように見つめていた。汐里は素早く老婆に尋ねる。

「それ、いつの話でしょう」

「何か月前か——半年か。今年、いや、去年のことやったかな」

曖昧過ぎる。彩菜は強張った顔で間に入った。「失礼しまーす」と老婆の車いすを押して立ち去ろうとした。倫太朗にひとこと、囁く。

「迫集落」

沼田君と玉置は、よくその話をしていたという。

森田彩菜からもっと話を聞きたい。

施設の駐車場で、彩菜が仕事から帰るのを待つことにした。

汐里は、玉置が入院しているという帝塚山総合医療センターに電話を入れた。入院患者の情報は、教えてもらえなかった。倫太朗は東京に一報を入れている。令状を一刻も早く出してほしい。

汐里は、運転席で待ってくれている佐川に尋ねた。

「迫集落、と言っていましたけど、どこにあるんですか」

マップアプリで探しても、〝候補地なし〟だった。

「迫はもう、のうなってしまったんよ」

消滅集落――バスの運転手の証言を思い出す。下地は、消滅集落の情報を集めていた。

「どのあたりにあったんでしょう」

「果無のすぐ下よ。果無へ上る途中、めん滝があったやろ。その先を上がったとこに石垣でできた脇道があったんやけど」

どこに通じる道か、気になっていた場所だ。

「せやけど、いわくつきの集落でなぁ」

佐川は言いにくそうだった。

「迫の大火、言うてな。集落を全滅させる大火事があって、それで消えた集落なんや。玉置さんは生き残りで、火事のあと果無に引っ越したんやと思う」

玉置は火事でやけどを負い、一か月ほど配達を休んでいた、と釜めし屋で話が上がっていた。

「十人近く死んで、全戸焼失。ちっさい子も死んでな。悲惨やったわ。当時、迫は九世帯十五人おって、生き残ったんは半分くらいや」

「迫の大火というのは、いつの話でしょう」

「昭和の最後の年やったから、六十三年かな。ま、昭和は正確には六十四年までやけど、あれは六日間しかなかったからな」

いまから三十一年前、ということか。平成すらも終わったいま、昭和と聞くだけで、はるか昔のことのように感じる。火事の原因を尋ねた。

「放火や」

佐川は煙草を空き缶の中に突っ込んだ。

「迫出身で大阪に嫁に出た女が、実家に火をつけよってな。なんや、集落の幼馴染と不倫トラブルとか、実家との金銭トラブルとか聞きよったけど、本人も焼け死んで動機がようわからん」

佐川は当時四十歳で、薬剤師として診療所に勤務していた。

「深夜に防災無線で叩き起こされて、診療所に飛んでったわ。途中の国道から、果無峠の方の空が真っ赤に光っとるのが見えてな。当時はまだドクターヘリがのうて、診療所の規模がもうちょっとでかかったんや。それで、診療所着いたらとにかく酸素吸入器とやけどの薬を倉庫からかき集めてな」

ガーゼ、抗生剤、保冷剤を準備した。やけどは広範囲になると体の保温機能が失われて低体温症になってしまう。アルミの保温シートも必要と、佐川はあちこち奔走したようだ。

「そげなもんまでは準備してへんから、金物屋に電話して、アルミシートないか、言うてな。持ってきてもろたそれを消毒しよるうちに……最初に運ばれてきよったのが、四歳の女の子や」

見てられへんかった、と佐川は一度眼鏡をはずし、目頭を拭った。

「顎から首にかけてもひどいやけどで、爛《ただ》れてしもてな。命は助かったんやけど……」

いま、生きていたらその少女は三十五歳だ。

「すぐにでかい病院に運ばれて、その後どうしたのかは知らん。そもそも迫の子やなかったんや。偶然、母親と一緒に迫の実家に帰っとって。大阪の子でな」

「まさか、犯人の娘ですか」

「せや。集落の子どもはそんとき三人おったけども、一歳から十歳まで、全員死んだ。加害者の子ども二人だけが、生き残ったんや」

汐里は無意識のうちに、唾を何度も飲み込んでいた。

「犯人の名前、教えてもらえますか」

「則兼清子《のりかねきよこ》」

佐川はぐっと宙を睨み、言った。

「わしは黒焦げになった清子しか知らなんだけど、あとで新聞やテレビで顔見よって、はっとしたわ。すごい美人。女優みたいやった」

十九時になっても彩菜は出てこなかった。佐川を夜間まで連れ回すことはできない。彩菜の車に乗せてもらえることを期待し、十九時半に佐川と別れた。また明朝、ホテルに迎えに来てくれると言う。

「事件が解決したら、佐川さんに感謝状贈るように言っておきますよ」

佐川はひどくうれしそうだった。

「そら光栄やわ。奈良県警でも大阪府警でもなく、警視庁の感謝状持っとるのはこの村にはおらんやろ〜」

施設長に見つかるとまずい。建物から死角となる塀の外側を背にして待った。汐里は倫太朗に、迫の大火の話を聞かせた。倫太朗は足元に群生する白い花を淋しそうに見つめ、耳を傾ける。果無峠の水飲み場に挿してあった花と同じものだ。小さな白い花びらは左右非対称に咲く。線香花火のような儚《はかな》さがある。倫太朗は黙り込んでいた。過疎の村の夜ということもあり、お互いの心臓の音すら聞こえそうなほど静かだ。

「不倫とか金銭トラブル……それだけで集落中に火をつけるかね」

村八分など、閉鎖的な集落特有のなにかが、則兼清子を追い詰めたのだろうか。一家全滅、集落全滅といった大規模殺人は、都市部よりも地方で起こることが多い。

「生き残った二人の子どものうちひとりは、四歳の女の子だった。顔と首に相当なやけどを負っていたと。生きていればいま、三十五歳」

倫太朗が突然、意見する。

「彼女がいまどこでなにをしているのか、調べる価値はありそうです。しかし下地や井久保、沼田の件と結びつくんでしょうか」

エンジン音が塀の向こうから聞こえてきた。立ち上がる。メタリックピンクの派手な車の屋根が動き出した。彩菜の車だろうと目星をつけていた。倫太朗が出入口に立ちふさがり、彩菜の車を停めた。運転席に、施設長の険しい顔があった。間違えた。仕方なく、汐里は事情を説明した。

「若い職員に接触するのは大変不愉快です。私が対応します」

施設長の車に乗らざるを得なくなった。宿はどちらなんです、と施設長が尋ねてくる。怒っていたが、ホテルまで送ってくれるようだった。到着まで責められ続ける。

「森田は今日、夜勤ですよ。明朝まで上がりません。ひと晩中あそこで待っているつもりだったんですか？　車もなしに。夜は熊だって出るような村なんですよ」

施設長の口からは関西弁も紀伊方言も出てこない。それだけで、つき放されたように感じる。汐里は「ホテルのレストランで夕食でも」とにこやかに誘ってみた。

「玉置さんの酸素吸入器のスイッチが切れていた件——お話を詳しく聞かせてもらえないようでしたら、奈良県警に相談します。正式な捜査となりますが」

軽く脅しも入れてみる。

施設長は無言で、アクセルを踏んだ。急加速する音が、返事のようだった。

レストランは宿泊客の食事がひと通り終わったところで、すいていた。食事の席で、施設長が横田恵子《よこたけいこ》という名前で、出身は千葉県だということがわかった。なぜ十津川村に移住してきたのか、彼女が詳細を話すことはなかった。なにかを捨ててきたという空気だけは感じた。沼田と似ている。だからこそ、いま担っている仕事に失敗は許されない——玉置の酸素吸入器の事故が通報されなかった裏に、恵子が背負う個人的な事情が見え隠れする。

食後のコーヒーを頼む。店員が持ってくるのを待ってから、汐里は切り出した。

「玉置さんが入居されたのは、いつのことですか?」

地元の警察に動かれるのがよほど怖いのか、恵子はあっさり答えた。

「三年ほど前です。果無でひとり、農業と年金で細々と暮らしておられました。そのうち肺を悪くされて。最初はうちの訪問介護を利用されていたんですけど、酸素吸入器の装着が日常的に必要なほど症状が悪化したので、入居を決意されたんです」

独居だと酸素ボンベが外れたり、機器に不具合が生じたりしたら、手遅れになる。入居の経緯を知っている恵子にとって、酸素吸入器の事故は痛恨の極みだろう。結果的に一命は取り留めたが、意識は戻っていないという。倫太朗は、玉置の酸素吸入器のトラブルがあった具体的な日付や時間を尋ねた。

「去年の十一月十五日のことです」

沼田が那智の滝で死んだのはその二週間前の十一月一日だ。またひとつ『事件の匂いがする事案』に行き当たった。玉置の場合は未遂だが、不審な状況で落命しかけたのは事実だ。

「夜間の当直はひとりなんですか」

「ええ、人手不足ですから。二人いるのがベターなんでしょうけど」

「酸素吸入器の不具合、と言いますが、実際にはスイッチが切れていたんですよね？」

恵子は神妙に頷く。

「その日の夜勤担当者から話を聞けませんか。スイッチが故意に切られた可能性は――」

「私です」思い切ったように恵子は言った。

「当直予定だった職員が急に体調不良で休みになり、あの日は私が夜勤をしておりました」

「その日の晩、不審な訪問者があったとか、外部から侵入された形跡があったとかは」

なにもないと恵子は断言した。施設のセキュリティ設備に自信を持っている。

「入居者さんの徘徊《はいかい》防止のため、IDカードがないと施設の出入りはできないようになっています。表玄関は午後七時で施錠します。強行突破しようとすると、セキュリティアラームが鳴って、警備会社に通報されます」

玉置の事故があった晩、セキュリティアラームは作動していない。汐里は尋ねる。

「そもそも、沼田さんがそちらで働くことになった経緯は？」

「玉置さんの紹介です。村に貢献したいと言っている、いい若者がいるって」

玉置は役場へ空き家を提供していた。そこへ移住したのが沼田だった。

「沼田君は地域おこし協力隊員として行きづまっていて、玉置さんに相談に乗ってもらっていたようです。玉置さんは村の生き字引みたいな存在です。村の歴史、地理のことなら右に出る者はいません」

沼田は村の成り立ちや歴史を知ることで、村おこしの原点に帰ろうと思ったのだろう。

倫太朗が訊く。

「沼田さんは自由に出入りできるＩＤカードを持っていましたか？」

「ええ。非常勤職員でもＩＤカードを発行しています。正社員を通さないと出入りができないという状況では、仕事になりませんから」

汐里はずばり、尋ねた。

「沼田さんが自殺して二週間後の玉置さんの事故ですが――沼田さんのＩＤカードはどうなっていました？」

恵子がはっと、汐里を見返した。すぐ目を逸らし、黙り込む。

「回収していない？」

「死人から返せとも言えません。自殺の一報を受けてしばらくして、沼田君のＩＤカードは無効の手続きをしました」

「無効にしましたのは、いつですか」

「去年の――もう師走になっていたころかと思います。施設の方に沼田君の死の一報が入ったのが、入居者さんとクリスマスツリーを出す準備をしていたときだったので」

沼田の肩書は地域おこし協力隊員だった。和歌山県警は役場に死の一報を入れ、役場は東京の家族には知らせた。アルバイト先の介護施設にまでは知らせなかったようだ。東京の両親も、息子が介護施設でアルバイトしていたと、知らなかったのかもしれない。

沼田のIDカードを使えば、夜間に侵入し、玉置の殺害を実行できる。

警備会社の名前を尋ねた。IDカードの入退出記録が残っているはずだ。令状はない。しかも玉置の件は奈良県警管内の出来事だ。警視庁は調べる権利がない。東京で死んだ下地の件と結び付けられないだろうか。汐里は倫太朗に指示し、下地の写真を出させた。

「この人物に、心当たりは」

恵子はひと目見て、「出版社の下地さん」と反応した。果無の住民には食品卸業者と名乗っていた。介護施設では出版社を名乗る。確かに下地はマスコミだが、フリーランスだ。どこの出版社にも属していない。

「沼田君の紹介ということで、何度か玉置さんを訪問していましたが」

「具体的に三人がどんな話をしていたかはご存知ですか」

「話というか、原稿のやり取りをしていたと思います」

玉置は勲章をもらった村の生き字引だ。回顧録を自費出版しようという話が持ち上がっていたらしい。下地は原稿を取りにきていたのか。自費出版するいち老人の回顧録のために、東京のライターがこんな遠方まで何度も足を運ぶだろうか。原稿は郵便や宅配便で送れる。インターネットがあれば一瞬だ。

「原稿は手書きでしたか」

「ええ。玉置さんは達筆な文字で原稿を書いていましたよ。他の入居者さんから〝作家先生〟なんて呼ばれていました。部屋の床が消しゴムのカスだらけになるほど、がんばって書いてらして」

「その回顧録は出版されたんでしょうか」

「いいえ。道半ばで、玉置さんがあんなことに――」

「その後、下地は原稿を取りにこなかったんですか」

「ええ。下地さんも、玉置さんが入院されてからは、一度も来られていません」

下地の自宅から原稿は見つかっていない。

「玉置さんの原稿、コピーとか現物が残ってませんか」

恵子は首を横に振った。

「預かっている私物の中に原稿の類はありません」

犯人が処分したのか。がっくり肩を落としていると、恵子が「でも」と身を乗り出す。

「玉置さんが自分で製本した手書き原稿なら、私、持っています。個人的にプレゼントとして頂いたんです。内容もほぼ同じみたいです」

是非見せてほしい。恵子が立ち上がった。

「いまから持ってきます。家は平谷《ひらだに》なんで三十分もしないで戻れます」

恵子は二十分で、原稿を持って戻ってきた。麻糸で和綴《わと》じされた表紙は、レザー調の凹凸がある。世話になっている施設長には、自身で製本したものを渡したのだろう。玉置と恵子の良好な関係が見て取れる。どうか汚したりしないように、と恵子は刑事二人に念を押した。

汐里は手袋をして、ページをぱらぱらとめくった。黒い栞《しおり》が挟まっていた。ラミネートで作られた簡素なもので、赤いリボンがついている。栞には黒地に映える小さな白い押し花が貼りつけられていた。果無の水飲み場や、施設の入口に咲いていた花だ。

「施設のレクリエーションで入居者さんたちと作ったものです。玉置さん、その花が大好きで」

花の名前を尋ねた。

ホシザキユキノシタ。

星崎雪乃。日野祥子の、かつての芸名とよく似ている。

迫の大火

この章では、私の人生を大きく変えた迫の大火について詳しく記そう。

私がその日、一日の集配を終えて小原《おはら》郵便局を出たのは午後七時半ごろだったと思う。そろそろ夏本番を迎えようという六月の終わり、雨がしとしと降っていた。降ったり止んだり、いつから降り続いていたのかはよく覚えていない。

私は車の中で島倉千代子のカセットテープを繰り返し聞いていた。昭和六十三年、奈良県内は『なら・シルクロード博』一色だった。テレビをつければリクルート事件と、歌って踊るローラースケートのアイドルばかりが画面に出てきたが、私がその日聞いていた曲は博覧会のテーマソングの『夢・浪漫・NARA』という歌謡曲だ。

故郷奈良を歌ってくれたこの曲はお気に入りだった。しかし、いまとなってはこの曲を聞くとどうしてもあの大火を思い出してしまう。煙の臭いと熱、激痛、恐怖が、この曲の隙間にこびりついてしまってどうしようもないのである。

雨に濡れる十津川路を、『夢・浪漫・NARA』を口ずさみながら走った。いつものように国道を曲がり、迫集落へ向かう林道を、アクセルを強く踏んで上った。昭和五十七年にこの林道が完成してから、車の通勤がとても楽になった。

迫集落へと続く脇道に入ってすぐ妙なものが目に入った。私の家は、集落を入ってすぐ右手の高台のひとつ下にあたる。周囲は田畑なので見晴らしがいい。集落の家々がよく見える位置だ。女が、集落を貫く道の真ん中に座っている。石が混ざった粗雑なコンクリートの上に。しかも、下半身になにも身に着けていなかった。それが、街灯も殆どない闇に堕ちた山村の集落で、ヘッドライトの明かりでぬっと浮かび上がった様の恐ろしさよ……。

なにがあったかと、私は慌てて車を降りた。女は、私より一回り以上年下の、Kという当時三十五歳の女性だった。

Kの素足がコンクリート舗装された地面に投げ出されていて、太腿の間に黒々とした茂みと赤い血が見えた。Kは泣いているように見えたが、放心状態と言った方が近いかもしれない。うつろな生気のない目で、どこを捉えているかわからぬ。手にはナタを持っていて、なにをしているのかと思えば、そのナタで陰毛を剃っているのである。それでは皮膚が削げてしまう。血まみれだった。しかも当時はやりのひまわり柄のティシャツを着ている。ティシャツの明るい柄と暗い表情がアンバランスで、なんとも異様だった。

ここでKという女の説明をしよう。この後、迫の住民九人を焼き殺す女であるから本当は名前を伏せずに晒したい。私の妻もこのせいで寿命を縮めた。父のように慕っていた隣の老人も、我が子のようにかわいがっていた集落の子どももも、喧嘩をしつつも助け合って生きてきた幼馴染も、自慢の囲炉裏があった先祖代々の屋敷も、みなこの女の火で失ってしまった。だがもうあの事件から三十年経った。残されたKの子どもたちのことを想って晒し行為はやめておこうと思う。子どもたちの人生に、母親が起こした事件のことで不幸があってはならない。

Kは昭和二十八年に迫で生まれ、迫で育った生粋の十津川っ子で、なかなかの美人だった。

生家――ここではH家としておこう――は、明治二十二年の十津川郷大水害において、復興を手伝った土佐の名士で、江戸時代初期から代々土木業をやってきた。この土佐H組の次男坊が水害で壊滅状態だった十津川村に移り住み、十津川H組を組織。村内でその後、いくつも橋をかけ、トンネルを掘り、国道を繋げ、そして村人の雇用を支えた。やがて十津川H組の初代は迫の集落を見下ろす高台に大きな家を建てて集落の柱となった。かつての村には珍しい二階建ての母屋と、離れが三つ、当時一般庶民には手が届かなかった車を所有していたと、祖父から聞いたことがある。

そんな名家のひとり娘として、Kは生まれた。母親は橋本市の医者の娘で、父親は村の土木を支える十津川H組の二代目だった。この父親がひどく短気な人物だった。二代目らしい自分への甘さもあり、尊大に人と接し、気に入らないことがあるとすぐ手をあげる。暴力は日常的に家庭内でも繰り広げられていたと聞く。表向きそれは「Kは名家の子女だから家の名に恥じぬよう厳しくしつけている」で通っていた。当時はいまより子の虐待に周囲が無頓着で、そんなもんだという空気があった。

　Kはまた、お嬢様の母親に似て大変美しかった。美貌は迫だけにとどまらず、村中の噂になっていた。高校の時分には、そんなコンテストなど村内にはなかったのだが「迫のKはミス十津川やからな」とみなに言われるまでになっていた。

　集落にはKと同い年のMという男がいた。MはKに片思いしていたが、Kが袖にしたという話もあった。Kは高校卒業後、東京に出た。そこでモデルかなにかのレッスンをしていたとか、女優の卵だったとか、様々な噂があったが、真相はよく知らない。盆正月に帰るたびにどんどん派手になって、親に反抗するようになった。たまにKが実家に帰ると、必ずKと父親の怒鳴り合いの喧嘩の声が聞こえてきた。Kは数年音信不通になっても、ある日突然ふらっと帰ってきて金の無心をする――というのを何度も繰り返していた。

　父親は、Kが二十五歳になり慌てて縁談を取り決めた。Kは東京で悪い男に引っ掛かったかなにかで、かなりの額の借金を両親に肩代わりしてもらっていた。黙って縁談に従ったようである。

　相手は、東大阪市の歯科医だった。代々医師の家系にある母親の遠縁にあたる人物だ。この一見立派な縁談は、H家にとっては恥でしかなかったようだ。代々医師を輩出している一族の中で、唯一の歯科医であるKの夫は、親戚中から見下されていたらしい。

　歯科医も立派な職業であろうに、医師一族の中でないがしろにされてきたKの夫は、やがて一念発起して東大阪市議会議員となる。しかし、度重なった選挙の資金や開業した歯科医院の借金がかさんで家計は火の車だった。多忙で医院は開店休業状態になり、その赤字補塡に政務活動費を充てたことがばれ、党の公認を外された。再選は厳しい上、歯科医院は開いたり閉めたりで客がつかなかった。プライドの高いKの夫は医師の親戚たちに頭を下げることができず、妻のKに頭を下げさせた。お前の実家には金があるだろう、親に金を借りてこい——こんな具合だったのだろう。

Kは夫からも殴る蹴るの暴力を受けてきたらしい。親に金の無心をすることを拒めば夫から殴られ、貸してくれと頼むと父親から殴られ、やっと借りてきても額が少なければまた夫から殴られ……という状態だったようだ。

だが、Kの父親は娘婿にクレームを入れることはしない。市議会議員という肩書を前に強く出られない。概して、人に尊大で暴力的な人物は、権威に弱い。怒りは弱者であるKに向けられ、Kは夫と実父の間で金を巡って板挟みになり、どんどん精神を病んでいった。

全く筆慣れしておらず、時系列が飛んでしまう。ここで本筋に戻ろう。

昭和六十三年六月三十日、午後七時半。

前述のとおり、仕事から帰った私は、集落の入口で下半身血まみれのKを見て絶句したのだ。

ガレージにはクラウンと軽トラック、白いワンボックスカーが行儀よく並んでいたが、

Kが乗り付けてくる赤いアルトが明後日の方向を向いて停まっていたのを、いまでもよく覚えている。Kは迫に到着したとき、夫と実父の暴力ですでに気がふれていた状態だったのであろう。

ガレージの前の広場には、子どもが遊び散らかしたローラースケートや、当時流行っていた『スケバン刑事』の合金製のヨーヨーなんかが放置されていた。

私はKの実家の門戸を叩いた。母親は「外で煙草を吸っているだけと思っとった」と娘の姿にびっくり仰天して、バスタオルやら毛布やらを持って外に駆け付けた。父親が「どうした」と外に出ようとしたが「あんたは中にいとって下さい」と母親に押し返されていた。私は父親と玄関先で少し話をした。

「Kちゃん、大丈夫か。議員の旦那さんが怖いんとちゃうか」

「ふん、あんな貧乏議員のどこが」

父親は吐き捨てた。無力な私は遠慮しいしい、言った。

「ちょっと診療所にでも診てもらった方がええんちゃうか。いまにも手首を切りそうな勢いや」

「大丈夫や、わしらが見張っとる」

父親は、見守っている、ではなく、見張っている、という言葉を使った。

「堪忍な、玉置君。なに世話かけた」

玄関前の台所から、食事中だったのか、Kの長男と長女がちょこっとかわいらしい顔をこちらに覗かせていた。二人ともパジャマ姿で、無邪気で純粋な瞳がきらきらと輝く。この二人にはいまのところ暴力は及んでなさそうだ。子どもに向けられぬよう、Kがひとりで暴力を背負っていたのかもしれない。私を見て、Kの長女がバイバイと手を振ってくれた。

「バイバイ。気ぃつけや。おやすみ」

私は自宅に帰り、妻とあれやこれやと世間話をしながら、晩酌した。帰りしなに見たKの奇行については、妻が不安がってはいけないと思い、言わなかった。午後十時、風呂に入った。妻がガス窯へ薪を放り込みに行ったとき、赤のアルトで集落を出るKの姿を見たそうだ。子どもは乗っていなかったという。私はそれを、風呂上がりに聞いた。

「どこかへ出かけよったんか」

「大阪へ帰ったんとちゃう」

子どもらはパジャマを着ていたから、泊まっていくように見えたが……。だいたいあの精神状態で車の運転などして大丈夫だろうか、と心配になった。

午後十一時前には和室に布団を敷いて寝た。妻は小説の続きを読みたいと言って、居室でコーヒーを淹《い》れなおしていた。週末の買い出しで橋本市の本屋で買ってきたシドニイ・シェルダンの『ゲームの達人』を、夢中になって読んでいた。

私はなかなか寝付けず、布団の中で何度も寝返りを打った。蒸し暑くて寝苦しかったからなのか、帰りしなに見たKの異様さに気持ちが興奮したままだったのかもしれない。

襖をあけて長廊下に出て、庭に出る窓を少し開け、網戸を引く。よい風が入ってきた。雨はもう止んでいた。

布団に戻り、うとうと眠りに落ちかけたころ、車の音で目が覚めてしまった。Kが帰ってきたのかもしれない。あとから警察に聞いた話だが、Kはこの時、山を下りた平谷のガソリンスタンドで灯油を百リットルも購入して戻ってきていた。実に二十リットル入りのポリタンク五つ分だった。のちにここのガソリンスタンドは、営業時間外になぜそれほどの灯油を売ってしまったのかと村中から非難を浴びて、廃業してしまった。

再び寝付けなくなった私は、気晴らしにカセットテープをかけた。島倉千代子の『夢・浪漫・NARA』だ。うとうとしかけた私を次に起こしたのは、異様な臭いだった。

焦げ臭い。そして強い灯油の臭いがする。

カサカサと音が聞こえた気がした。カセットテープが絡まった音だと思った。私は古いラジカセを根気よく使っていたから、そうやって大事なテープを何本かダメにしたことがあったのだ。だが、テープは正常に流れている。私はカセットの停止ボタンを押して、耳を澄ませた。

カサカサと聞こえた音はやがてパチパチという、なにかがはじけるような音に変わった。慌てて窓辺に駆け寄った途端、庭の向こうで炎の柱が立ったのが見えた。いや、炎の柱というと細長い印象になってしまう。そうじゃない。高く燃え上がった炎が、帯状に広がっている、と言えばいいか……。まるで火の壁が集落道にできて、迫を左右に分断しているようだった。

火は庭の生垣に飛び火していた。もはや我が家まで火の手が延びるのは時間の問題だった。

「火事だ、逃げろ！」

妻がシドニィ・シェルダンの本を抱いて居間から飛び出してきた。私は消火器を持ったが、これで消せる火でなかった。受話器を取る。十津川村には消防署がないので一一九番は意味がない。分署はあるが迫までは遠すぎる。消防団の方が早い。だが消防団はボランティアだから二十四時間常駐していない。役場に電話を掛けた。夜勤の者に火事を伝え、防災無線を流すように言った。十津川村には各家庭に必ず防災無線が設置されている。それで消防団員に呼びかけ、出動してもらうのだ。玄関から「熱い！」と妻の悲鳴が聞こえた。

玄関を開けた先にも火柱が立っていた。敷地から集落へ通じる道に、人の背丈の三倍ほどの火柱が立ち上っている。火から十メートル以上離れているのに、皮膚に痛みを感じるほどの熱が迫ってきた。縁側の窓ガラスは熱でめりめりと音を立てて割れ落ち、あっという間に火の粉が自宅内に降り注いで、カーテンに引火した。

私は台所の土間へ降りて勝手口を開けようとしたが、できなかった。熱くて触れられない。ドアノブを握って回したら皮膚が溶け落ちそうだった。家の裏ではもっとひどい火が上がっているのだ。この勝手口の先の階段を上がると、H家の屋敷がある。ふとKのことが頭をよぎった。集落の南側からも悲鳴が聞こえた。

「火事だ!」「助けて!」「熱い!」

私の家は平屋建てだったが、全ての出入口、窓の外に火柱が立ち、逃げ場がなかった。火はやがてカーテン、布団、妻の本棚を焼き尽くしていく。私は押し入れからタオルケットを二枚出して、それを風呂場の湯に浸した。それを妻の頭からかぶせる。二人ともびしょ濡れになった。妻は風呂の中にシドニィ・シェルダンの本を落としてしまい「あ!」と叫んだ。そんなものまだ持っていたのか、と咎める暇もなかった。私も濡れたタオルケットをかぶり、裾からぼたぼたと冷めた湯を垂らしながら、玄関をもう一度開けた。「行くぞ!」と妻の肩と腕を抱いて火の壁へ飛び込んだ。

私のタオルケットはあっという間に熱を持った。端っこに火がつく。私はそれを井戸に放った。じゅうっと蒸気を上げて火は消えた。妻のタオルケットも裾にちろちろと火がついていた。踏みつけて消したかったが、裸足だった。靴を履く余裕がなかった。私は妻のタオルケットも、井戸に沈めた。妻は煙を吸って猛烈に咳き込み、えずき、涙を流しながら吐いていた。

井戸の縁に立ち上がり、櫓《やぐら》を掴んで集落を見下ろした私は――。なんと形容したらいいのかわからない。私は作家ではないから、言葉を適切にはめ込むのが大変難しい。とにかく、集落は火の海だったと記しておく。それにしても、火の海と形容することのなんと陳腐なさまよ。

裏手の高台にあるKの二階建ての家が一番よく燃えていた。いまにも一階が崩れ落ちそうだ。小さな窓から「熱いよ」「助けて」と子ども二人が泣いているのが見えた。Kの長男と長女だった。十歳の長男は、四歳の妹の髪についた火を、泣きながら叩いたりはたいたりしていた。

「××ちゃんが燃えちゃうよ、どうしたらいいのーッ」

Kの家の庭先を見たが、子どもを助けようとするKや祖父母の姿は見えなかった。後日談ではあるが、その時すでに一階で就寝していたKの両親は焼け死んでいたということだ。Kは両親の布団や顔に直接、灯油をまいて火を放っていた。

私は後先考えず、櫓の滑車を回し、井戸に放った二枚のタオルケットを引き上げた。一枚を体に掛けた。井戸の水は氷のように冷たいが、この熱さでちょうどよいくらいだった。

私はタオルケットを小脇に抱え、水を引きながらKの実家へ続く斜面をよじ登った。階段は火の手が回っていて近づけなかったからだ。Kの家はまだ玄関には火が回っていなかった。Kの両親が寝ていた部屋なのだろう、玄関から最も遠い和室が燃え盛っていた。

玄関の鍵は開いていた。私は二階へ駆け上がった。だが、二階の子どもがいる部屋の入口に火柱が立ち、もう廊下が焼け落ちそうだった。私はタオルケットを頭からかぶり、廊下を飛び越えるようにして子ども部屋に入った。

Kの長男は煤で顔が真っ黒になっていた。恐怖の涙が流れ、その黒い頬に白い線を作っている。四歳の娘はパジャマの肩に引火した小さな炎に顔を晒され「熱い、熱い」と泣いている。私はKの長女に濡れたタオルケットをかけて上からたたき、まずは火を消した。

その子を小脇に抱えて、長男を見た。長男は妹の火を消そうとしたのだろう、スーパーマリオブラザーズのパジャマが少し黒く焦げている。傷はなさそうだった。私はしゃがんで、長男を背負った。タオルケットをその上からかぶった。濡れたタオルケットは私の胸まで届かない。部屋の入口の火柱に飛び込んだ時、前髪や胸毛が焼ける音がした。階段に出た。胸から焼け焦げた匂いがする。私のパジャマもいつの間にか焼け落ちていたのだ。私はやっとの思いで玄関を飛び出した。

消防団もすぐに来られないだろう。役場の少し南の場所に五條消防署十津川分署がある。そこからこの迫集落まで、どんなに車を飛ばしても三十分はかかる。平谷の消防団第八分団が最も近いが、この夜間で咄嗟に何人集まれるか。待っている間に火に呑まれてしまうかもしれない。それほどの火の海——この世の全てが火になったようだった。車に乗って、Kの子どもたちと妻を診療所へ運ぼうとしたが、車にももう火が燃え移っていた。いつガソリンに引火し爆発するやもしれず、慌てて離れる。そもそも車が乗り入れられる集落道は火柱が立っていて近寄れない。

妻は、火の手の上がっていない山の斜面に、呆然としゃがみこんでいた。妻を呼んだが、煙を吸って喉が焼けるように痛かった。Ｋの長男を背負い、長女をタオルケットにくるんだまま、杉林の斜面をよじ登る。転がるようにして林道に辿りついた。追いついた妻には林道を登るように言った。

「果無へ行って、助けを呼んで来んか。俺は診療所までできる限り歩くよってに」

妻は坂道を駆け上がった。私は子どもを二人抱え、林道を下った。背中にしがみつく長男はぶるぶると震えていた。しきりに「喉が渇いた、水が飲みたい」と訴える。林道を下ったすぐ先にめん滝がある。水の音が聞こえてくるのだが、滝つぼに降りるまでに暗闇の急斜面を降りなくてはならない。下手を打つと二、三十メートル滑落してしまう。水の音がすぐそばにあるのに、一滴も飲ませてやることができなかった。後ろを振り返る。空が真っ赤になっていた。迫集落からだいぶ離れたはずなのに、火の熱であたりはムンとしていた。

林道を降りてくる人はいない。みなまだあの火の海にいるのかと思うと涙がこぼれた。しかし幼子二人を助け出すのに精いっぱいで、大火の迫に戻る気力はなかった。一歩一歩踏みしめるように歩いてはいたが、膝ががくがくと震えて止まらない。火から離れているのに膝がしらの震えは大きくなる一方で、背中の長男が「おっちゃん、大丈夫か」と掠れた声で気遣ってくれた。

小脇に抱え持った長女はぐったり動かず、タオルケットから蒸気がくすぶって焦げ臭かった。

「痛くないか」と何度話しかけても、全く返事がない。だが目は開いてぼんやり宙を見ている。幼い少女のぽかんと開いた口と瞬きのない目を見て、放心状態とはこのことかと私は思った。

一キロほど下ってやっと、第八分団の消防車の列に行きあった。消防指揮車に乗せてもらい、小原の診療所へ向かった。

鮮明に覚えているのはここまでで、消防に行きあってからは気が抜けたのか、記憶が定かではない。とにかく私ら三人は診療所で治療を受けた。まだ村にドクターヘリがない時代で、四歳の長女は救急車で橋本の大病院へ運ばれた。長男が離れまいとしたので、彼も一緒に乗っていった。長男は顔が煤で真っ黒だったが、怪我はなかった。

放心状態が解け、「ママは、ママは」と泣く妹の手を握り、押し黙っていた長男は、恐らく火を放ったのが母親であるとわかっていたのではないかと思う。たった十歳で彼が背負い込んだものを思うと、私は胸が張り裂けそうになる。

それに比べたら私の胸のやけどは、ケロイドになって残ってしまうかもと医者に言われても、軽いものに思えた。痕が残ろうと皮膚の傷はいずれ癒える。だが兄妹がその名に背負う傷は……。

妻と再会できたのは夜明けのころだった。妻はやけどを負わなかったが、熱を含んだ煙を吸ったことで喉と気道、肺も悪くしてしまった。私の煙草のせいもあったと思う、妻はそれから十年も経たず、肺がんで亡くなった。

診療所に次々と焼死体と、やけどを負った人々が運び込まれてきた。救急車は出払っているから、分署のパトカーや消防車で五條や橋本の病院にピストン輸送された。

迫の九世帯のうち、全滅だった一家がひとつ、あった。M家――Kの同級生宅で、Kに片思いしていた幼馴染の男が住む家だ。この家は勾配のある集落道の突き当たりにあり、集落の中で最も低い場所にある。敷地の門構えの前で集落道は二手に枝分かれする。M家の敷地をぐるっと取り囲むようになっているのだ。敷地の入口のくぼみに大量の灯油が溜まっていた上、二手に分かれた集落道にも灯油がまかれていて、この家は四方を火に囲まれた状態になっていた。

Mと身重の妻、三人の子、全員が焼け死んだ。この家だけ被害者が多かったことから、KとMの不倫が囁かれ、マスコミが面白おかしく書きたてたこともあり、それはテレビのワイドショーでも広まってしまった。

同じ集落の人間としてここに明記するが、KとMの不倫などありえない。Kはあの時、誰かと恋愛できるだけの精神状態になかった。年に数度、金の無心にやってくるだけのKが、日中は仕事で留守にしていたMと接する機会はなかったはずである。

私は迫の大火の生き残りとして、何人もの記者から二人の関係について尋ねられ、その都度大否定してきたのに、それを記してくれたマスコミは一社もなかった。我々被害者にも容赦なくしつこくつきまとい、世間受けがいいように事実を捻じ曲げるマスコミにも相当、追い詰められた。私にとっては加害者と同じくらい悪の存在としか言いようがない。

結局、迫の大火での死者は十名。重軽傷者六名。焼失家屋十一軒。母屋以外にも離れを持つ家や空き家があったので、焼失家屋の数が世帯数を上回っている。迫集落の住民で無傷だったものは、ひとりもいなかった。

完全鎮火の後、消防の許可を経て、立ち入り禁止となった迫集落に戻った。黒く焼け落ちた集落を見たときの衝撃は、火の海を見たときよりも勝った。

結果的に火を渡す役割になった集落道はコンクリートの表面が黒く焦げていた。隣人と談笑し、野菜をやり取りし、たまには喧嘩をし、幼少期は両親や祖父母と手を繋いで歩き、幼馴染と転がりまわって遊んだ集落道。そこにこびりついた黒い影。怒りとむなしさが、ふつふつと湧いてきたのを覚えている。ここに私たちの生活があり、普通の日常があった。

私の、祖父の代から継いだ家も全焼した。泣き崩れた私を、妻は「ガタが来とったし、建て替え時やったのよ」と前向きに慰めた。火事の何日か後、焼け跡からなにか見つからないかと家屋の中に踏み入った。全てが黒になっていた。畳も床もなく、足をついたそこは炭と土だった。その、全てが黒になった世界でふと白く光るものが見えた気がして、私は腰をかがめ、倒れた家具を押し戻した。そこに、小さな小さな、花が咲いていた。

私はそれを見て、焼け跡に座り込んで何時間も泣き続けた。悲しみ、悲しみ、また悲しみ。けれど普段は見過ごすか踏み散らすだけの小さな白い花に、感動と癒しがあった。こんなにお前は美しかったのかと――。

あれからもう三十年余り。

私の人生を語る上で避けて通れないのが、この大火の話だ。

上身に重度のやけどの痕が残り、ケロイド状になったそれはいまだにすさまじい存在感を放って私の体にいる。

夏はひどい痒みに悩まされ、冬は乾燥でひきつれてキリキリと痛む。炎に呑まれた恐怖の記憶は脳裏に焼きつき、明け方の夢としてしばし私を悩ませる。

だが、昭和が終わり平成も終わろうとするいま、それに一筋の光明があった。私の心はその時やっと少し、癒された。そう、あの大火のあと、焼け落ちた我が家の軒下に咲いた、一輪の美しい花のように。

あの花の名前は、なんと言ったか――。

そう、ホシザキユキノシタだ。

第三章　倫太朗

真弓倫太朗はホテルの和室の部屋で、玉置の回顧録を読んでいた。

汐里はいない。

五條警察署十津川分署へ向かい、迫の大火の記録を探しに行った。夜遅かったから、ホテルのレンタカーはあいていた。その車で出かけた。まだ戻っていない。

喉が渇く。そして息苦しかった。ペットボトルの茶を飲み干す。無性に人恋しい。ひとりではいられない。缶ビールを何本も開けた。

汐里は二十三時過ぎに帰ってきた。泥酔で目を赤くした倫太朗を見て「起きてた」と事実確認をひとつする。汐里の部屋に倫太朗を促す。

「迫の大火だけど――ひどい火事だったみたい」

分署から借りてきたという捜査資料を、汐里はテーブルの上に広げた。黒ばかりの写真だ。焼け落ちた家、焦げた死体。背景に真っ青な空と白い雲が写っている。余計に痛々しい。Kこと則兼清子が火を放たなければ、彼らはこの日、この空の下で日常を営んでいたはずだ。

「則兼清子の二人の子どもについては、分署でもその後を把握していなかった。則兼昌《まさ》洋《ひろ》、当時十歳と、則兼梨加《りか》、当時四歳」

「二人とも村外の病院に運ばれたようです。玉置の回顧録にはそう記してありました」

「きっと消防署の方に記録が残ってるね。明日、確認に行こう」

それにしても——と汐里が神妙に言う。

「ここまでひどい放火事件だと思わなかった。しかも、無関係の幼い子どもや妊婦までとなると、相当印象が悪い」

調書の簿冊を開く。村の人間が『迫の大火』と呼ぶそれは、警察の記録では『十津川村迫集落放火無理心中及び過失致死傷事件』となっていた。

清子は被疑者死亡のまま、放火と過失致死傷などの容疑で書類送検されていた。殺人が認められたのは、清子の両親に対してのみだった。自身の子どもを含め、集落の死傷者たちに対しては「過失」であり故意ではなかったと認定されている。消防や警察が半年かけて捜査し、出した結論だ。

集落中に火が回ったのは、全ての家に通じる集落道に灯油が流れたことが原因とある。清子の実家が集落を見下ろす高台にあったからこそだ。高低差のある集落で、もし清子の実家が集落の中で最も低い場所にあったら、集落全戸を燃やすには至らなかっただろう。灯油の量が多かったことも原因している。この量の多さは、両親への憎しみの大きさに他ならない。

「倫ちゃん、この事件のことリアルタイムでは知らないね。まだ生まれてない？」

「ええ。全然知りませんでした」

「私、幼稚園児だったけど、ぼんやり覚えてる。テレビで盛んに報道されてた。不倫に狂った女が集落の全戸に灯油まいて火を放ったって。新聞もテレビも全部そんな調子だった」

　実際は違った。

「清子は自分の家族と家を燃やせればよかった。他の家までなんて思ってなかった可能性が高い。だけど私、半年後の警察や消防の発表をニュースで見た覚えが全くない」

　汐里は、調書に添付された警察発表書類の日付を指さした。昭和六十四年一月六日。平成が始まる前日の発表だった。

「この日のことはよく覚えてる。一月七日になった途端、もうテレビが全部、昭和を振り返る特別番組ばっかりになった」

　清子の事件の真相を取り上げるニュース番組は皆無だったらしい。

「そもそも、被害者の玉置良治自身が、知らない様子ですもんね――」

「被害者だから心身ともに相当堪えていたはず。事件の後日談なんか聞ける状態じゃなかったとも言えるし」

「すると則兼清子は事実以上の重い罪を背負わされた、ということになりますが」

「本人は事件の日に焼け死んでる。罪を背負ったのは、残された子どもたちだよ」

倫太朗はただ、目を閉じた。体がなにかに押し潰されそうになっている。

「倫ちゃん、言ったよね。則兼梨加はいま生きていたら三十五歳、日野祥子と同い年だと」

「ええ。それからホシザキユキノシタですけど——これ読んでください」

倫太朗は玉置の回顧録の前半に出てくる文章を示した。

「迫はホシザキユキノシタの群生地として有名だったらしいです。十津川村だけでなく、全国的にユキノシタという花は自然に咲いていますが、ホシザキユキノシタだけは、茨城県の筑波山にしか咲いていなかった種なんだそうです」

茨城県つくば市との交流で植樹されたらしい。あまり生息地は広がらなかった。迫ではよく咲いていたようだが、消滅してしまった。

「則兼梨加はその後、養子に入ったか改名したかで、日野祥子という名に変わった。デビューするも落ち目になったとき、故郷に咲いていた花にちなんで、星崎雪乃と芸名をつけ直した？」

「それなら、ブレイク後に本名の日野祥子に名前を戻したのは……」

「星崎雪乃という名前で、誰かが祥子の過去に気が付いたとか」

玉置だろうか。倫太朗は推理した。

「この回顧録の最後に、火事はひどい記憶だがこれに関し救いがあったようなことを書いています。おそらく、則兼梨加が女優として成功したことを喜んでいるんだと思うんです」

玉置はそれを沼田に話した。沼田はそれをネタに祥子を脅した。慌てて芸名を日野祥子に戻した。一連の事件は、祥子が自分と迫を結び付けるものを消そうとした結果か。

「玉置はよく気が付いたよね。星崎雪乃が、則兼梨加だと」

四歳の幼女の面影を、三十五歳の女性に見て取れるだろうか。梨加は迫出身ではない。自宅は東大阪市なのだ。

「母親と梨加がよく似ていたとか」

汐里が簿冊を捲った。ここでは被害者も加害者も実名だ。則兼清子の両親や会社の名も出てくる。十津川林田組代表取締役の林田義介《はやしだぎすけ》、その妻、厚子《あつこ》。汐里が示したのは、則兼清子の免許証写真だった。祥子とは似ていない。

「骨格、目や鼻の感じ、なにもかも日野祥子と違う」

単に母親に似なかったのか。やけどで顔が変わったか。

「いずれにせよ、日野祥子から則兼清子を連想するのは難しい」

「やはり、星崎雪乃という芸名から気が付いたんじゃ?」

消火器の使用期限を呼び掛ける防災本舗ドットコムのCMがきっかけか。東海地方限定CMで、放送されたのは一年間だけだったが、祥子のブレイク後、CMはネット動画で見られるようになった。

「玉置は偶然それを見て、消火器、火事、星崎雪乃、そして清子と結びついた？」

無理矢理すぎる。汐里も眉を寄せて困った顔をした。

「そもそも、玉置は梨加にとって命の恩人ですよね。玉置も回顧録で、残された子どもたちの今後を心配しています。金に困っていた様子もないし、命がけで助けた子どもの将来を潰すようなネタを、週刊誌に売りますか」

「売ろうと思ったのは、沼田ひとりじゃないかな。それで記者の下地にネタをかがせた。玉置には回顧録を書いてほしいとそそのかして、当時の詳細を聞こうとしたのかもしれない」

国際的演技派女優が、実は九人を殺害した放火犯の娘——大変な騒ぎになる。なにが地域おこしだ、と汐里が眉毛の上をいらだたしげに掻いた。

「人の過去を暴いて飯の種にするなんて、ありえない」

「下地はそれが仕事という面があったでしょうが、沼田には迷いがあったかもしれませんね」

「それで那智の滝に身を投げた？」

疑問を呈すような言い方で、汐里が倫太朗をちろりと見る。

「和歌山県警から警視庁に、沼田の自殺についての調書のデータが届いてた。亀有さんが、分署に転送してくれたの」

　プリントアウトされた書類をトートバッグの中から出した。

「那智の滝に落ちたのが十一月一日。発見は二日。滝つぼに人のようなものが浮いているという観光客からの一一〇番で発覚した。和歌山県警新宮警察署は那智の滝界隈の防犯カメラ映像を解析した。でもバスやタクシー、車で沼田が来た形跡がない。近隣防犯カメラにも一切、映ってなかった」

　滝の展望台から転落死したのではなく、崖っぷちへ上り詰めて身を投げたのか。

「殺人だとしたら、殺したい相手をそこまで登らせるのはひと苦労ですよ」

「だから、滝の落下地点のもうちょい上流の那智川で殺害して、死体を流した可能性もあると思う」

　滝から落下したら、損傷がひどくなる。首の骨も折れ、頭蓋骨も陥没するだろう。撲殺した後に那智川に投棄したか。

「和歌山県警は上流のほうまでさかのぼって捜索はしてない」

「ずいぶんあっさり自殺で片付けちゃったんですね」

「そりゃそうよ。関西の中でも、三重・奈良・和歌山の県警は小さい。人も少なければ予算もない。十分な捜索を期待する方が無理な話よ」

「なら、警視庁でやるのはどうです」

「簡単に言わない。上流から滝つぼまで、どれだけ広範囲で危険な捜索になると思う。

うちの鑑識を和歌山県にやるまでの旅費も考えて」

捜索用の鑑識特別車両等を和歌山県へ送り込むとなったら、高速代、ガソリン代も高くつく。

「那智の滝の捜索だけで一日数百万円飛ぶ。都民の税金だよ」

疑わしいからといって、なんでもかんでも好きなだけ捜索できるわけではないのだ。

「怪しいは怪しいけれど、はっきり殺人と断定できませんね。三人も死んで、ひとりは重体なのに――」

倫太朗は畳に手をつき、天井を仰いだ。また八方塞がりだ。汐里が淡々と言う。

「下地も井久保も、沼田の事件も。もうこれ以上、警察は捜査しようがない。残るは玉置の事故。これに賭けるしかない」

その線が残っていた。倫太朗は身を起こす。

「誰がスペインハウスへ侵入したのか、ですよね。沼田と親しかった下地。もしくは、沼田を殺した犯人が沼田からＩＤカードを奪った」

「もう警備会社には問い合わせしてる。防犯カメラ映像を回収できたら、なにかわかるかもしれない」

五條警察署十津川分署が汐里の要請を受けて、捜査に乗り出したようだ。

「亀有さんには、日野祥子の戸籍を洗うように頼んでおいた。公式プロフィールには江戸川区出身となっているけど、どこまで本当だか」

則兼梨加と日野祥子が繋がれば、捜査は大きく進展する。

倫太朗は玉置の回顧録を捲った。四歳の少女は顎と首に重度のやけどを負い、村外へ搬送された。

「この少女はかなりひどいやけどを負った、と元薬剤師の佐川さんも証言していました。そこまでのやけどだとしたら、顔や首にケロイドが残りますよね。女優になれますか」

「メイクで隠しているだけよ。首にドーランを塗りたくっている。だから下地の革靴に――」

「でも、祥子のそれとは色味が合わなかったんですよ」

そうだった、と汐里は落胆した。しばらく考え込んだのち、ぼそっと言った。

「顔のことは置いといたとして、自分の生い立ちを隠すために四人を次々殺す。鬼畜の所業だよ。うちひとりは玉置で、命の恩人なのに。恋人以外の男との子を妊娠するとか、九人焼き殺した母親と同じ血が流れてるだけある」

汐里の加害者糾弾は徹底していた。

倫太朗は、血に、急き立《せ》てられていた。告白する。

「汐里さん」

「なに」

「実は僕……父親と、血が繋がっていないんです」

汐里は少し眉を寄せただけだった。知っていたようだ。未希が話したのだろう。

「三歳のとき、東京タワーの展望台で迷子になっているところを保護されて……一緒にいたらしい母親は結局、現れませんでした。僕を保護してくれたのが、当時愛宕署の東京タワー交番に配属されていた、真弓浩二です」

汐里から返答がない。自らの存在を打ち消すかのように、黙り込んでいる。

「僕は東京都港区長によって、真弓倫太朗と名前を付けられました。真弓は、保護した警察官の名前。倫太朗は、僕が泣きながら名乗った名前だそうです。身長や体重から三歳くらいだろうということで、遡って三年前の一九九三年生まれとされました。誕生日は警察に保護された日です」

汐里は息をひそめたままだ。それが余計、倫太朗の口を軽くさせる。

「僕の、それ以前の記録、記憶は一切ありません。わかっているのは、東京タワーの展望台で母親と思しき人物によって、置き去りにされたということだけです」

どう思いますか、汐里さん。倫太朗は問うた。

「僕の親はどう考えても、おかしいでしょう。やばい親に違いないですよ、それこそ、則兼清子みたいな犯罪者だったのかもしれない。逃れられません。たとえ記憶がなくても、親子の縁が切れていても、親が誰だかわからなくても。だから……」

缶ビールだけで、悪酔いしていた。情けない。止まらない。汐里になにを剝き出しにして、なにをわかってほしいのかすらよくわからず、ただ言葉を紡いだ。

「そう簡単に――犯罪者の子どもだから簡単に人を殺すと、切り捨てないでください。

日野祥子のことを」

汐里はやっと、言葉を発した。

「酔ってる？」

倫太朗は答えなかった。汐里もしばらく沈黙する。やがて言った。冷たく。

「あんたの事情なんか、どうでもいい」

汐里は調書から一枚の写真を抜き取った。テーブルの上に置く。

焼け跡の母子。玉置の回顧録では一家全滅してしまったとしか記されていなかった。

調書には実名と年齢が書かれていた。

森村《もりむら》　映子《えいこ》（当時33）妊娠六か月。

森村　直樹《なおき》（当時10）

森村　茜《あかね》（当時7）

森村　祐樹《ゆうき》（当時1）

母親の黒く焼け焦げた腕が、三人の子どもをひっしと抱いていた。十歳の男の子の小さな背中は赤く爛れている。七歳の女の子の足の指は、炭化してなくなっていた。一歳の子は苦しそうに開けた口の中が、血まみれだった。司法解剖の際、くっついて運び込まれてきた四つの遺体を見て、検死医たちは涙したという。死体を引きはがすのがかわいそうで、泣きながら作業した。客観的であるべき調書に、感情的な言葉が綴られていた。

この母子の父親で清子の幼馴染だったMこと森村信介《しんすけ》は、消火器のホースを握ったまま、焼死していた。妻子を逃がそうと、玄関の火を消すつもりだったようだ。燃え盛る柱に押しつぶされ、亡くなったらしい。彼の最期の断末魔の悲鳴を、隣家の生存者が聞いていた。森村は地元十津川村の農協の職員とあった。まじめで寡黙なはにかみやで、子煩悩な父親だったという。

「故意だろうと過失だろうと、それから加害者がどれだけかわいそうでも、この人らはこんな悲惨な最期を迎えるべき人だった？　しかもマスコミにアレコレ書かれて当時は自業自得とまで言われていたんだよ……！」

倫太朗は背中を丸めた。なんで喧嘩みたいになっているんだろう。

「生き残った何人もの人が、玉置のようにケロイドや肺病に苦しんだ。仕事復帰できず、家も失い、都市に出てもやけどの痕のせいで後ろ指さされ、未だその日暮らしで生きている人だっている」

汐里の叱責は止まらない。

「祥子に感情移入してるの？　今後なにがあっても絶対、加害者を容認するような発言はしないで」

倫太朗は、謝ろうとした。汐里は怒りが止まらないようだ。

「だいたい、あんたの親はろくでもなさそうだけど、則兼兄妹とは同じ境遇じゃない。被害者は捨てられたあんた以外、いないでしょ」

汐里がまくしたて、いっきに息を吸った。はたと我に返ったように言う。

「ごめん。感情的になりすぎた。つまり——」

倫太朗の顔を、遠慮がちにのぞき込んできた。

「倫ちゃんが気に病むことはなにもない、ということだよ」

いいえ、汐里さん。僕の実父は二人の人間を殺した殺人犯で——。

その言葉がどうしても、出なかった。


五月五日。今日が捜査のリミットだ。

枕元のスマホを取る。倫太朗は東京の亀有に連絡を入れた。まだ朝の六時だった。早すぎた。切ろうとしたら、亀有が出た。

「すいません、朝っぱらから。今日、捜査のリミットだったと」

「ああ、よくやった」

拍子抜けする。玉置の件は殺人未遂事件の疑いありということで、奈良県警が動き始めているらしい。

「一課長に話をしたら、飛び上がってな。一連の案件が連続殺人だったら、奈良県警にホンボシを持っていかれることになるからな」

捜査本部、立つぞ。亀有は力強く言った。

「追って連絡する。もうしばらくそっちでできる捜査をしてくれ。しかしこの件は昨晩、二階堂に話した。聞いてなかったか」

そこまで話が結論づけられぬうちに、こじれてしまったのだ。被害者と加害者のどちらがかわいそうなのかという、結論がわかりきった意味のない議論で。倫太朗は電話を切った。

気分を変えたい。大浴場で朝風呂に浸かった。老人が何人かいた。風屋集落から来たという老人に、気さくに話しかけられる。事件捜査で来ているとは言えない。少し構えたが、老人は全く倫太朗を詮索しなかった。老人の自宅は親戚が集まり、自宅が大騒ぎだと嬉しそうに嘆く。

「わしは子が四人おって孫が十一人おるんやけど、うち九人結婚してひ孫は十六人おんねん。で、九家族みんな押しかけよって、寝るとこあらへんねや」

それで、ホテルまで流れてきたらしい。

「夏場なら軽トラの荷台で寝るところやわ。ほな」

老人は大浴場を立ち去った。黒く焼け爛れた四人の母子の死体写真を思い出す。彼らにも、老人の家族のようなにぎやかな未来があっただろう。則兼清子が奪ったものの大きさに、胸が潰れそうになる。

加害者側の人間は口が裂けても言ってはいけないのだ、私たちも辛く、苦しいのだと――。

湯気の向こうに、こちらをじっと窺う視線を感じる。目を凝らす。男がかけ湯しながらこちらを見ている。すぐに背を向けた。洗い場の陰に消える。

見覚えがあった。

行きで同じバスに乗っていた若いカップルの、男の方だ。湯船から出てその姿を捜した。どこにもいない。気のせいか。どうかしてる。洗い場で、頭から冷水を浴びた。皮膚が寒さで痺れ、体の芯がカッと熱くなる。脱衣所に戻った。籠の中からバスタオルを出そうとした。新しい下着と帯の上に浴衣を置いておいた。いつもそうする。浴衣の上に、帯と下着が並んでいた。脱いだ下着のたたみ方も違う。

咄嗟に周囲を見渡す。誰もいない。倫太朗ひとりきりだった。

――誰かに見られている。探られている。

倫太朗は部屋に戻った。悶々とする。

誰かが倫太朗を調べている。血を、暴こうとしている。

朝食は七時半から、まだあと一時間弱ある。部屋にいても落ち着かない。果無峠まで車なら七時半までに戻ってこられる。早朝だからホテルのレンタカーを使えるかもしれない。倫太朗は思いきって部屋を出て、フロントに尋ねた。レンタカーはいま出払っているという。

「お連れの二階堂さんが使われているんですよ。果無に行くとかで」

倫太朗は果無ルートマップをもらった。車のルートである林道は舗装されてはいるが、遠回りだ。登山道は急勾配であっても距離は短い。体力のある者なら三十分ぐらいで登頂できるという。

倫太朗は部屋でスニーカーに履き替えた。ジャケットを置いてワイシャツの袖を捲りあげながら、ホテルを出た。

国道の脇に小さなトンネルがあった。ここを通ってひとつ山を抜けると、果無峠が目の前にそびえる。二津野ダムにかかる吊り橋を渡り、小辺路にもなっている登山道口へ向かった。石畳や木の枠を組んだ階段が延々と続く。道に迷うことはない。勾配がきつかった。斜面に落ちていた棒を拾う。杖代わりにしながら、山道を登った。

気がつけば汐里を捜していた。汐里はなにも言わずひとりで果無へ行った。消滅した追集落跡地へ向かったのだろう。倫太朗もそのつもりだった。たまに出現する民家に人の気配を見ると、汐里かと期待してしまう。

息が上がってきたころ、ベンチがぽつんとひとつ置かれた場所に出た。山が開けたその場所は、二津野ダムを囲む二つの山を一望できる、絶景の見晴らしスポットだった。青々とした緑、波紋ひとつない静謐《せいひつ》なダムの湖面、冴えわたる青空、そして猿飼のスペインハウスのオレンジの屋根が、目に眩しい。美しい渓谷だった。しばし景色に見入る。

足元で、ホシザキユキノシタが揺れていた。汐里を思い出し、登山道に戻った。そこから頂上まであっという間だった。水飲み場には今日、石楠花の花が挿してあった。湧き水を飲み、石畳の集落を越える。とうとう林道に出た。早朝なのに、世界遺産の碑の前で記念撮影をしている観光客がいた。

林道を降りる。めん滝の少し手前で、石垣の急勾配の分かれ道が見えてきた。旧迫集落への入口だ。倫太朗は深呼吸した。一歩一歩、石垣でできたスロープを上がる。登山道を登っているときよりも、息が上がっていた。

スロープは苔むし、落ち葉や折れた枝が散乱していた。カーブした下り坂が見えてきた。これが迫の集落道だろう。周囲の雑草や土砂に覆われ、道は途切れ途切れになっていた。朽ちた木材も散乱している。家があった痕跡はどこにもない。

ホテル麓星のレンタカーが停まっている。汐里の姿は見えない。倫太朗は集落道を降りた。灯油の橋渡し役を担ってしまった道だ。火柱を上げた黒い痕跡が未だに残っている。途中、黒く丸い糞がいくつも落ちていた。鹿の糞だろうか。比較的新しい。左に曲がる道があった。古井戸が残っている。滑車のついた櫓は倒壊し、穴だらけの波型トタンの蓋が覆いかぶさっている。重石が乗せられていた。

ここが玉置の家のあった場所だろう。家の基礎ぐらいは残っているかと思ったが、跡形もない。雑草だらけだった。背後の急斜面の向こうに清子の実家がある。段々畑のようになっている場所を見上げた倫太朗は、おやっと目を見張った。

平屋建ての粗末な家が、残っていた。

地理的に林田義介の邸宅があった場所だ。迫の大火の後に建てられたものだろうか。

背後で物音がした。振り返る。集落道のずっと下に、大きな石碑が建っていた。その脇にニホンカモシカがいた。倫太朗と目が合うと、カモシカは跳ねるように方向転換して、山の斜面に消えた。

倫太朗は惹きつけられるようにして石碑へ向かった。スニーカーは朝露で濡れて土がつき、重たい。供え物だったのか、石碑の前に空き瓶や枯れた榊が散乱していた。お菓子、おもちゃも供えてあったようだ。風雨にさらされ、茶色く変色し、動物に荒らされている。石碑には『迫の大火　慰霊碑』と彫られていた。

裏側に回る。迫の大火の一年後の平成元年六月三十日に合同慰霊祭があり、建てられたものらしかった。誰がなぜこんな大火を起こしたのか、事情には一切触れられていない。犠牲者九名の名前が年齢とともに彫られていた。加害者である清子の名はなかった。半分以上を占めるのが、一家五人が全滅した『森村』の苗字だった。

背中に悪寒が走る。出ていけ。そんな声が犠牲者から聞こえた気がした。

殺人犯の血が流れているお前は、ここに来る資格がないだろう――。

倫太朗は杖替わりに持っていた棒を放り投げ、慌てて石碑の前に躍り出る。躓《つまず》いた。誰かがそこにいた。胸に飛び込む恰好になった。柔らかな乳房が頰にあたる。汐里だった。

「倫ちゃん、どうしたの」

息が上がっていた。声が出ない。

「顔が真っ青」

いや、と俯く。

「どっから来たの？　車、なかったでしょ」

「登山道、登ってきて。息が上がっちゃって」

適当に愛想笑いして、汐里の体から離れた。互いに腕を絡ませ合っていた。

「汐里さんこそ……どこにいたんです？　誘ってくださいよ」

「――ごめん」

倫太朗を見る汐里の目の色に、いつもと違うものが混ざっている。

汐里が踵を返した。

「来て。よくわからないものがある」

汐里は、パンプスを履いていた。泥や草がついている。スラックスの裾にも土が跳ねていた。見え隠れする足首はきゅっと引き締まっている。

「――そういえばさっき、カモシカがいたんですよ。慰霊碑のところに」

「イノシシの足跡もあった」

「襲われたらかなわないですね。棒切れでも構えていた方がいいでしょうか」

登山道を上がるときに突いていた棒は、慰霊碑の裏で放り投げてしまった。取りに戻る気にはなれない。

「あそこ。集落の一番上。清子の実家があったところなんだけど」

「掘立小屋みたいなのがありましたね」

汐里は集落道の入口にまで戻ってきた。車で隠れていて見えなかったが、掘立小屋に通じる脇道があったらしい。落ち葉や枯れ枝は脇によけられ、山積みになっている。きれいに掃除されていた。

「最近まで誰かここに住んでいたんでしょうか」

「分署で聞いたけど、十年以上前に電柱を撤去したはずだって。ガスも水道も通ってない」

平屋建ての家の前に到着した。表札がガラスの引き戸の脇に括り付けられていた。『十津川村大字迫』の住所と、則兼吉行《よしゆき》・昌洋・梨加の名が記されている。

「まさか、加害者家族がここに越してきたってことですか？　だって則兼一家は東大阪に自宅があったんですよね」

「よくわからないけど……自ら火の海に飛び込んだってことかな」

引き戸は鍵が壊れていた。汐里は建付けの悪くなった扉を慎重に開けた。三和土には男性用サンダルや子どものスニーカーが残っていた。青いスニーカーは親指のところに穴が開いていた。ピンク色のスニーカーは、片方がない。残った方もゴム底が剝がれ、ボロボロだった。獣が荒らしたのか、年賀状が何枚も散らばっている。中には入らなかった。家が朽ち落ちてきたら危ない。

三和土のすぐ上は畳の居室になっている。こたつが残っていた。壁際に棚があり、掛け時計が柱にかかっている。止まっていた。ガラスの引き戸の先は台所のようだった。

家の周囲を、鹿やイノシシの糞に気を付けながら歩く。割れた窓から中を覗いた。タイル敷きの風呂場と、その脇に二層式の洗濯機があった。黒い糞が山積みになっている。一か所にまとめて糞をする習性がある、狸のものだろう。

家の裏手に回った。錆《さび》付いたインラインスケートが雑草に埋もれていた。小さな窓には薄っぺらいガラスが嵌まっていた。建付けが悪く、しっかり閉めても隙間ができる。冬場は寒かっただろう。中を覗いた。ちゃぶ台の上に、教科書やノートが山積みになっている。湿気で表紙ごと歪んだ文字が、土埃の下に見える。『二年一組　のりかねりか』と書かれていた。事件から四年後、ここに住んでいた。どういう思いで事件現場に一家で移住してきたのか――。

「ちょっと東田課長に聞いてみる」

汐里はスマホを出した。役場の人間なら事情を知っているはずだ。倫太朗は表玄関に戻った。三和土に落ちている年賀状がずっと気になっていた。宛先に『則兼梨加へ』と乱暴に綴られたものがあったからだ。拾い、土埃を払う。平成五年のお年玉くじつき年賀状だった。裏側を読んだ。梨加に対する罵倒がボールペンで記されていた。

『殺人犯の娘へ　もう東大阪には帰ってくるな。ケロイドキモい。そこで焼け死ねや！』

少女らしい丸文字で書いてある。差出人の名前はなかった。

電話を切った汐里が、鹿の糞を飛び越えながら、戻ってきた。

「則兼一家は一時期、ここに身を寄せていたみたい。表向きは、ここで家族三人、慰霊のために移住するってことだったらしいけど。実際は、地元でひどい目に遭って、逃れるようにして流れ着いたらしい」

ひどい目——この年賀状一枚で、なんとなくわかる。

「村はよく加害者家族を受け入れましたね」

汐里は神妙に頷く。名張《なばり》毒ブドウ酒事件の話を始めた。昭和三十六年に女性五人が死亡した事件だ。

「当時は犯人として逮捕された者の子どもを、集落で守ってやろうっていう感じだったらしいの」

差別はしない。被害者の子が加害者の子の手を引いて、学校に通う光景すら見られた。

「十津川村も、そういう心意気で則兼家を受け入れたんですかね」

「そうだと思う。けど二年もたず、一家は東大阪に帰った」

火事の痕跡が色濃く残るこの集落で、梨加がＰＴＳＤを発症してしまったらしい。

「まあ、みんながみんな、優しく接してくれたかと言ったら、それは無理な話やっていうのが東田課長の話。名張の件も後日談があるの」

加害者の子どもは穏便に扱われていたが、犯人が裁判で無罪を主張し始めてから一転、村八分が始まったのだという。

「いずれにせよ、事件現場に住むことや東大阪にまた戻るという父親の迷走が理解できません」

倫太朗は年賀状を見せた。汐里は一瞥しただけだった。

「地元にはこんな年賀状をわざわざ書いてくる子どもがいる。そんな土地に戻る——別の新たな場所で、というわけにはいかなかったんでしょうか」

「無理でしょ。ただでさえ嫁の実家に借金していた則兼だよ。被害者への賠償で一気に困窮したはず。地元に構えた立派な歯科医院兼自宅も『放火殺人犯の家』ってことで、売ることもできなかったらしいよ。ローンも残っていた」

新天地での賃貸料に加えて残ったローンや固定資産税をも払うのは、金銭的負担が過ぎる。自宅に住み続ける方がましだ。

「まあ見たところ、この家でなにか事件があった痕跡はないね」

倫太朗は加害者家族の地獄にばかり目を向けていた。汐里は冷静に事件との関連性を見ている。

「戻ろうか。朝っぱらから山歩きして、お腹空いたでしょ」

車に戻った。汐里がびっくりして、助手席の倫太朗の手を見た。

「なんでその年賀状、持ってきたの」

倫太朗は、加害者の子への罵倒を持ったままだった。

「置いてきたら」

はい、と返事をした。体は動かなかった。やがて汐里が、サイドブレーキを下げて車を発進させた。迫を出て、林道の急勾配を下っていく。車内を重苦しい沈黙が包んでいた。汐里はそわそわしている。このレンタカーは禁煙車のようだ。

「どこかで停まって一服しますか?」

「んー」

汐里は曖昧な返事をした。めん滝を過ぎてしばらくすると、開けた場所に出た。眼下に崖と川の流れ、そびえる山々が見えた。撮影スポットになっているのか、この場所だけ道幅がかなり広い。汐里が路肩に車を停めた。倫太朗の手からひょいっと年賀状を取り上げた。

「捨ててくる」

「——お年玉くじ、当せんしてるか確かめてから、と思ったんですが」

「一等はなんだった。なにが欲しいの」

「うーん。4Kテレビとか」

「そんなん私が夏のボーナスで買ってあげる」

「男に貢いじゃいけませんよ。第一、平成五年に4Kテレビありませんから。ボケたのに、突っ込んでくださいよ」

汐里がナハハと笑って、車の外に出た。ナハハ、なんて笑う人を初めて見た。嘘っぽい。汐里が年賀状をビリビリに破いて、急斜面に放った。崖っ縁に立つ女。絵になっていた。

ホテル麓星に戻る。今朝はパン食だった。十津川村内の天然酵母のパン屋から取り寄せているものだという。

「亀有さんから聞きました。東京も動き出したと。今日はこのあと、どうします」

「則兼梨加が救急搬送された病院をあたろう。記録が残ってるはず」

「佐川さん、すぐ来るかもしれませんが」

「もう一般の人を巻き込めない。奈良県警も動き出した。佐川さんには売店の涼子ちゃんから連絡入れてもらった。今日は、分署の面パト貸してもらえる。昨日の晩のうちに手配しておいた」

「なにからなにまで」

倫太朗は頭を下げた。

「ナハハ、なにからなにまで」

汐里は珍しく照れていた。無言でパンにバターを塗りつける。汐里のスマホに分署から電話がかかってきた。上野地で交通事故が起き、捜査車両が出払ってしまったという。八時に迎えに来てくれるはずが、二時間ほど遅れるということだった。

「なんでやねーん」

汐里が冗談めかして関西弁で言った。朝食を終え、二人で客室に戻る。

「二時間なにして過ごす？」

汐里は困ったようにドアノブをひねり、倫太朗を見上げながら背中で扉を押した。倫太朗は、その扉を強く押して、一緒に扉の中に入った。後ろ手に扉を閉めた。もう唇は重なっていた。柔らかいが、汐里のそれはなにかを固く閉ざした唇だった。布団が敷きっぱなしだった。倫太朗はそっと汐里の体を布団に横たえた。

唇を重ね、舌を絡ませながら、目を閉じた。暗闇にフラッシュバックするのは、迫の廃墟と森村一家の焼死体と、倫太朗の実父が殺した老夫婦の、血まみれの死体だった。怖くなって目を開ける。唇を離した。

汐里は困った顔をしていた。両手は倫太朗の肩にかかっている。倫太朗を押し戻そうとしているのか、引き寄せようとしているのか、手つきは曖昧だ。ブラウスのボタンに手をかけた。その白い膨らみに吸い付きたいという衝動がどこから来ているのか、自分でもよくわからなかった。ただもう怖くて、淋しい。どうしようもない。汐里の乳房に顔をうずめて、中に入り、逃れたい。倫太朗を取り囲む黒い煙から。息苦しい。キスをして繋がっていないと窒息死してしまいそうだった。また彼女の唇に吸い付く。背中に手を回す。ブラジャーのホックに手をかけようとした。倫太朗のスマホが鳴る。亀有からだった。部下二人がこれから始めようとしていることを、上司が慌てて止めようとしているみたいだった。

倫太朗は汐里の体から離れ、電話に出た。

「倫太朗、お前、すぐ東京に戻れ」

有無を言わせない調子だった。

「赤羽橋の官舎のお前の部屋で、不法侵入だ。物盗りかもしれん」

倫太朗は朝いちばんのバスでホテルを出発した。汐里とはバス停で別れた。バスがトンネルに入ってもまだ汐里は見送っていた。ジャケットのポケットに両手を突っ込み、くわえ煙草で。倫太朗はなぜか、自分を頼る小さな女の子をひとり残していかなければならないような心境になった。

京都に出るまでに五時間かかった。品川に到着したのは、十六時だった。へとへとになっていた。身も心も。これから起こることをネガティブに想像し、ひとりで疲れている。汐里のところに戻りたい。汐里に弱音を吐きたい。その声が聴きたい。だが重なりかけた体を変なふうに引きはがされ、電話をかける勇気すら失ってしまった。汐里からも、一切連絡がない。

品川に到着した。管轄の麻布警察署に向かう。盗犯係に顔を出した。警察の独身寮で物盗りなんて、と担当刑事に嫌味を言われる。謝罪した。相手はかぶりを振る。

「いや、責めてるんじゃないよ。警察官舎は表に警察の『け』の字も出さないだろ。知らずに入っちゃう泥棒はいるんだけど、赤羽橋のはなんだよあれ、オンボロすぎるだろ」

入居者は貧乏です、と宣伝してるような建物だ。

「だから鍵も、プロならヘアピン二本で簡単にあいちゃうやつだった。それは君のせいじゃない、官舎を管理している警務部の責任だよ。ただね、やられたの、君の部屋だけなんだわ」

とりあえず一緒に現場来て、と盗犯係の男は立ち上がった。捜査車両の中でも盗犯係の刑事はよくしゃべる。

「長らく越境捜査で帰ってなかったんだって？」

「ええ。五月三日の朝からです」

「たったの二日か。新聞、止めといた？　たまった新聞で長期不在とバレる」

「いえ、新聞は取ってません」

「すると流しじゃないな。やっぱり物盗りを装ったなにかだろうな。君をターゲットにした。心当たりは？」

倫太朗は質問を、質問で返す。

「あの、どうしてうちに不法侵入があったと、わかったんでしょうか」

「それがまた、特異な状況なのよ」

昨晩未明、ガス漏れしている部屋があると一一九番通報が入った。通報したのは官舎の一階に住む警察官だ。警報器の音で気づいたらしい。

「消防が中に入ったら、湯沸かし器のガス管が外れていたらしい」

倫太朗は息を呑んだ。六本木のドン・キホーテで買い揃えた、アタッシェケースとチエーン、南京錠のことを考える。

「故意にガス管を壊されたのだとしたら、君が帰ってきた途端にドカンと大爆発だってあり得た。場合によっては公安が出てくる事案だ。煙草、吸うんでしょ」

「いえ、吸いません」

「なんだ、吸わないのか。それじゃ、君の命を狙ったものではなかったのか」

現場に到着した。ガスの臭いは残っていなかった。現場は規制線の範囲を狭めているところだった。促されて、官舎の中に入った。捜査する側から、される側になった。若い刑事が後を引き継ぐ。自分と同い年くらいだ。

「なくなっているものがないか、一緒に確認していただけますか」

玄関の靴箱の上に、合鍵が置かれたままになっていた。未希が叩きつけたのは三日前のことだ。隠していたアタッシェケースを勝手に開けようとしていた。激怒して、追い出した。十津川村へ出発する前夜のことだった。

中に入った。ひどい散らかりようだった。デスクの引き出しは引っこ抜かれ、中身はひっくり返されて畳の上に折り重なる。整理しないまま放置していた引っ越しの段ボール箱も全て中身が荒らされている。布団は引き裂かれていた。中綿まで引きずり出されている。自分の腸に手を突っ込まれてかき回されているような、不快な光景だった。

倫太朗は玄関を入って右手にある台所へ進んだ。その先の土間に、巨大な湯沸かし器が置いてある。もう骨董品の類じゃないかと思えるほど古いものだ。いまでも現役で動いている。方々に管を巡らせた鉄の塊は沈黙していた。接合部から外れたガス管が、斜めに傾いている。

このガス管は頑強そうに見えた。倫太朗はアタッシェケースとガス管を、チェーンで繋いで南京錠で留めておいたのだ。

元栓は閉められ、湯沸かし器のスイッチが切られていた。ガス管は接合部分が外れていたが、ほんの数センチ、隙間ができただけだ。三センチ幅のチェーンを外せるだけの幅はなかった。アタッシェケースは奪われていない。犯人はガス管が外れたことに慌て、急いで逃げたのだろう。

未希がヒステリックに叫んだのを思い出す。アレなんなの。あのアタッシェケース、あんなものをチェーンで繋いでおくなんて、気持ち悪いよ。

あの中身はいったい、なんなの……!

中身は最初、デスクの鍵付きの引き出しに入っていた。だが、汐里が下地のデスクの鍵を、クリップひとつで開けたのを見て、怖くなった。アタッシェケースを買いに走った。そのものを持っていかれたらまずい。チェーンと南京錠も買った。自宅に帰って固定した。

未希の声を思い出す。

——あの女ね。

未希は汐里の存在を気にしていた。倫太朗の問題とは無関係なのに、自分たちの脅威となりうるのは汐里だと思い込んでいる。

未希が奪ったのか。いや、彼女は警察官で、親は署長だ。ここまでするだろうか。いや、女は。汐里に会いたい。汐里なら。いや違う。彼女は拒絶した。怒った。だが、受け入れようとしてくれていた──。

「真弓さん？」

若い刑事に呼ばれて、やっと我に返る。

「大丈夫ですか。すごい汗ですよ」

倫太朗は汗を拭った。この拭い方ひとつですらも観察、分析していた双海を思い出す。みな自分を見ている。真弓倫太朗とは何者なのか。どこから来た人間なのか。その体にどんな血が流れているのか。知りたがっている。

「取られたものは、なにもありません。あのガス管はもともと緩んでいたんです。部屋もいつも通りです。片付けが苦手なもので。すいません、泥棒とかじゃないです」

刑事を追い出し、扉を閉めた。鍵も締める。チェーンも掛けた。

アタッシェケースを開けた。黒いファイルが一冊、今日も、ここにある。閉めた。散らかったものを蹴散らし、畳の上に座る。未希に電話をかけた。

「掛かってくると思ってた」

「お前の仕業か！」

自分でもびっくりするほど、乱暴な言葉が出た。当たり前か。父親は殺人犯だ。自分は元来、こういう人間なのだ。そういう血なのだ。止まらない。

「捜査の先でも不審な行動をする人間がいた。探偵でも雇って俺を尾けてたのか⁉ 警官のすることとか！」

　未希は黙り込んでいる。やがて、とても低い声で言った。

「私も、驚いているの。いろいろわかって」

「……どういう意味」

「会って話す。明日の晩八時に、いつもの東京タワーが見える店に来て」


　一夜明けた五月六日。倫太朗は警視庁本部庁舎に入った。五階の捜査一課、第二強行犯捜査のフロアへ行く。亀有班は全員が揃っていた。汐里がいることに驚く。倫太朗を見て、汐里も目を見張る。

「大丈夫？　顔、真っ青だよ」

「泥棒だってな。大事なエロ本でも盗まれたか」

　川鍋がにやにや笑いながら言った。彼のこういうところに救われる。

「真弓君はエロ本いらないタイプでしょ」

　双海が生真面目に意見する。改めて倫太朗に微笑んだ。

「お帰り。新人がよくやったじゃん」

「まさか奈良県警が動くとなって、捜査一課長が腰を上げるとはな」

　亀有が言った。汐里が心配を重ねる。

「倫ちゃん、ほんとどうしたの」

額に手が伸びてくる。「平熱だ」と母親のように言う。倫太朗はその手を傷つけないように、振り払った。

「汐里さん、いつ戻ったんですか」

「昨日」

「則兼梨加のその後を追ったのではないんですか」

「橋本の総合病院に分署の捜査車両で向かったんだけど、和歌山県警の捜査員と出くわしてさ」

奈良県警が動き出したので、慌てて和歌山県警も腰を上げた、ということらしい。沼田の件は和歌山県警管内の事件だ。奈良県警に手柄を取られたくないだろう。

「和歌山県警から、後で報告するよってに警視庁は黙っとれって。終了。奈良が動いた途端に和歌山もって、なにそれ」

汐里が悪態をついた。

「それじゃ、一緒に行動していた分署の刑事は？　奈良県警なんですよね」

「後で連絡しますわ〜、で終わりよ。他の庭ですから引きあげましょ、だって」

亀有が言った。

「わざと警視庁の前で引いて見せたんだろ」

組織力、捜査力、予算、全てにおいて警視庁が勝る。だが、地の利がない。紀伊山地はあまりに遠すぎる。

「奈良県警も和歌山県警も自分のシマだし、共闘すれば組織力、地の利でなんとか警視庁と張り合えると思ったんだろう」

亀有は「捜査力」という言葉は外した。それは絶対に負けない、それほどの事件を東京の刑事は抱え、日々向き合っているという自負がある。双海が尋ねる。

「それで、うちの捜査本部はいつどこで立つんですか」

「調整中だよ。こっちはこっちで、牛込と石神井が張り合っていて互いに譲らない」

管轄をまたいだ合同捜査本部が立ちあがる場合、所轄署の規模が大きい方に捜査本部が立つ。牛込署も石神井署も似たり寄ったりだから、事件発生日時が早い方が有利だ。今回は下地の方が先に発覚したが、最初に死んだのは井久保だ。調整が難航しているらしい。

「今日中には結論が出るだろ。明日の朝一で、牛込か石神井で第一回捜査会議だ」

亀有はてきぱきと指示した。

「二階堂と真弓は日野祥子の戸籍に記してあった出生地をあたれ。東京都江戸川区だ」

汐里が、戸籍はどうなっていたのか、尋ねる。亀有が書類の山を探った。祥子の戸籍謄本の写しを引っ張り出す。倫太朗と汐里に見せた。

「やはり、去年末に子を出生していますね」

倫太朗は当該部分を指さした。『洋太郎《ようたろう》』という男児が戸籍に載っている。母親は

『祥子』。父親は『不詳』とされていた。

「出産しているのは確かだということはわかった。問題は祥子の生い立ちだな」

亀有の言葉に、汐里が同意する。

「婚姻や養子縁組、氏名変更、そういった記録はないですね」

東大阪や十津川など、関西の地名すら戸籍謄本には出てこない。

「生い立ちについては、戸籍はクリーン、としか言いようがないな」

川鍋が断言した。どういうことだろう。戸籍は改ざんできないはずだ。

「日野祥子という人物に成りすましている、ということなのかもしれない」

倫太朗は汐里と、江戸川区篠塚へ向かった。江戸川と広大な河川敷が貫く閑静な住宅街だった。ぼんやりしていると指摘され、途中で運転を代わった。昨日の朝、セックスをしようとしていたなんて、二人とも忘れたように振る舞っている。倫太朗はそれどころではなかった。今晩二十時に未希と会う。血を暴かれるかもしれない。いや、アタッシェケースは奪われなかったから、隠し通せる。ここまできて隠し通すのか。悶々としている。やたら額から汗が流れた。

「着いた」

汐里の言葉に、我に返る。車を降りた。一軒家風なのに玄関が二つある四角い住宅があった。

「ここが、日野祥子の出生地なんだけど――」

「メゾネット風の家ですね。二世帯入ってる感じでしょうか」

二軒とも、二階のベランダに洗濯物が干してあった。一軒は防犯シャッターが閉まったままだった。汐里は車を降りて、シャッターが開いている家のインターホンを押した。女性の応答の声と、子どもが騒ぐ声がする。汐里が警察を名乗った。幼子を抱いた母親が困惑顔で出てきた。ここに日野という家がなかったか、尋ねる。夫の転勤で越してきてまだ三か月、なにも知らないという。管理会社に聞いた方が早い。隣の家のインターホンも押したが、留守だった。

「ちょっと近所回ってみようか」

周辺は新しい家が多いが、古い家も点在している。汐里が引き戸の玄関の木造住宅を見つけ、チャイムを押した。『山下重房《やましたしげふさ》』という縦型の表札が出ていた。サンダルをつっかけた小柄な老人が出てきた。汐里が警視庁を名乗り、早速尋ねる。

「このあたりに日野さんという家があったと思うんですが」

「日野さん？　ああ、お向かいの。娘さんが女優になったんだよ。いま新しくなっちゃってるけどね」

老人が嬉しそうに言った。

「日野祥子。ここで生まれ育ったんでしょうか」

「そうそう。あんまりほら、本人は自分のこと語らないから、出身地が有名にならなくて淋しいくらいだよ。江戸川区篠塚出身って、TVとかで宣伝してくれたらいいのにさ」

倫太朗は眉をひそめ、尋ねた。

「確かに、あの日野祥子、なんですね。一時期は星崎雪乃という芸名でしたけど」

「うん。デビューのころは全然知らなかったけどね。なんとかっていうダンスグループの後ろの方で、きわどい仕事もやってたんでしょ。それが、大女優・日野祥子になって、なんか見覚えがあるって思って――女房と二人で、これお向かいの祥子ちゃんだって叫んじゃったもん」

間違いないようだ。

「本当ならさ、娘さんがんばってるじゃないって日野さんに言いたかったけど、そのころにはもう空き家になっててね」

祥子がデビューしてすぐ、両親は病気で相次いで亡くなったという。ひとりっ子だった祥子は家を売ったようで、篠塚に寄り付かなくなった。

「祥子さんの子どものころの写真とか、ありますか」

「うちにはないな。道端で会ったら挨拶するぐらいだったから。あ、裏の渡辺《わたなべ》さんのところなら親しいんじゃないかな。祥子ちゃんと同い年の娘がいるよ」

礼を言って、裏の路地に回った。渡辺という家が建っている。しゃれたレンガのアーチがあった。インターホンを押し、事情を話す。エプロン姿の女性が玄関を開けた。手が濡れている。料理中だったようだ。中から野菜の煮える匂いがしてきた。渡辺陽子《ようこ》と名乗ったその女性は、刑事が来たことに驚きっぱなしだ。

「裏にあった日野さんのお宅の娘さんについて、伺っておりまして」

「日野さん？　祥子ちゃんのこと？　あの、テレビ出てる」

肯定する。陽子は目を丸くした。

「やだ、祥子ちゃんのことでなんで警察が？　マスコミならまだしも」

「祥子さんと仲が良かった娘さん、というのは」

「恵美子《えみこ》ね。まだ仕事中なのよ。バリキャリっていうの？　結婚もしないで」

陽子は苦い顔をした。

「確かに、テレビに出ている祥子さんで間違いないですね」

「なにが？」

「ですから、日野祥子と、裏に住んでいた日野祥子です」

陽子は困惑したように眉をひそめた。確信顔で言う。

「私、日野さんの奥さんとは妊婦時代から仲が良かったのよ。そのころからの付き合い。間違えるはずはないわ」

星崎雪乃時代のことも尋ねてみる。

「そのころも家族で応援していましたよ。私、写真集を五冊も買ったもの」

倫太朗は困惑し、汐里を見た。汐里が淡々と質問を続ける。

「昔の写真とかありますか。小学校時代の卒業アルバムとか、幼少期のものとか」

「幼稚園から中学校までずっと一緒でしたから、何歳のときのでもありますけど」

渡辺陽子はエプロンで手を拭きながら、二階へ上がっていった。倫太朗は汐里と目を合わせ、互いにため息をついた。彼女の証言が事実なら、則兼梨加が日野祥子に成り代わるのは不可能だ。汐里がきっぱり言う。

「もうひとりの方ってことかもね。兄の方。則兼昌洋」

汐里は階段に向かって、もう写真はいらない旨を叫んだ。早々に渡辺家を辞する。最初のメゾネット物件に戻った。日野祥子の自宅があった場所だ。

汐里は二軒の家の玄関先に置かれた消火器をよいしょと持ち上げてみせた。『防災本舗ドットコム』のプライベートブランドマークが入っていた。

鈴木大輔が、則兼昌洋なのか。

母親が放火殺人犯であることが暴露されそうになり、慌てて妊娠中の祥子と決別した。刑事にも「あれは自分の子どもではなかった」とそれ以上質問しづらくなるような嘘をつき、あえて恥をかいた。子どもを守るために。殺人犯の血が流れた子であると暴露されないために、殺人を犯した、ということか？

「本末転倒もいいところですよね、それ……」

倫太朗は首を傾げる。汐里と倫太朗は車に戻った。汐里が事実関係を整理する。

「鈴木が則兼昌洋だったとして——二十七歳で事業を起こすまでは、職を転々としてるのよね」

加害者の息子として、各地で忌み嫌われ排除されてきたのだろう。

「一念発起して起こした事業は消火器の訪問販売。消火器が好きだったから？」

学校に行く途中、いつも消火器の数を数え、町のどこに消火器があるか完璧に把握していた。

「好きというより、火事のトラウマがあるから、でしょうか」

「下地の足についたドーラン——あれは鈴木が顔に塗っていたものが付着したってこと？」

しかし、昌洋は梨加のように顔や首にやけどを負っていない。

「昌洋が鈴木だったとしても、顔にドーランを塗る必要がない。趣味でメイクでもしてた？」

倫太朗は思い出した。鈴木を聴取した日、クリーニング屋がワイシャツなどを回収しに来ていた。シャツはメキシコの空気を吸ってディーゼル臭がした。襟元も異様に汚れていた。ドーランを塗っているからか。倫太朗が見たのは皮脂汚れではなく、ドーランの付着だったのか。ハンガーパイプつきの箱に書いてあったクリーニング屋の名前を思い出す。

「汐里さん、行きましょう。ロス・クリーニング新宿西口店です」

倫太朗は車を発進させた。本当は西新宿の六角ビルへ行き、鈴木を締めあげて逮捕したい。だが令状なしにいきなり乗り込むことはできない。逮捕状が必要だ。まずは鈴木のワイシャツを押収し、ドーランの成分を科捜研で分析する。下地の靴に付着したドーランと一致すれば、逮捕状が出る。

アクセルを強く踏んだ倫太朗に、汐里が冷静に言う。

「待って。首にやけどを負ったのは梨加だよ。昌洋はドーランを塗らなきゃならないほどのやけどを負ってない。その矛盾を先に解かないと、捜索差押令状は出ない。いまクリーニング屋に行ってもワイシャツの押収は無理」

「でも任意聴取くらいはできるはず。そこで自白を迫りつつ、則兼兄妹のその後を洗っていけば……！」

汐里はやけに落ち着いていた。

「明日の朝には捜査本部の調整が済んで、他の刑事も含め大規模に動き出す。それからでもいいでしょう」

「汐里さん。僕には時間がないんです」

二十時、未希が全てを暴きに来る。もうすぐ警察官でいられなくなる。アクセルを踏み込んだ。汐里は悲壮に顔をゆがめ、倫太朗を見る。

「倫ちゃん――一体なんなの。東京戻ってから様子がおかしい」

倫太朗は答えなかった。首都高速七号、小松川方面のランプに入る。首都高の流れに乗った。倫太朗はアクセルを踏む足に力を込めた。

「初めての事件です」

「わかってる」

「生意気かもしれないですけど、俺がワッパを掛けたいです」

鈴木と同じ傷を持つ自分こそが、選ばれた人間なのだ。奢りではない。犯罪者の子どもだけの、特権だ。人生をダメにしてしまうほどの壮絶な傷を、鈴木も倫太朗も負っている。

汐里は無言だ。ただ助手席に座り、西新宿に運ばれるがままになっている。不気味なまでになにも言わず、煙草に火をつけようともしなかった。首都高は順調に流れている。六号から環状線に入った。新宿出口を出る。新宿中央公園が左に見えた。

目の前に、鈴木がのし上がったタワーがある。鈴木が制覇した。梨加に宛てた辛辣な年賀状の文面を思い出す。帰ってくるな、キモい、焼け死ね。同じ言葉を彼も浴び続けたはずだ。そんな地獄から這い上がった。あれは砂上の楼閣なのか。

ロス・クリーニングは、西新宿七丁目にあった。新都心歩道橋下の交差点を北に抜けた。商店や雑居ビルが密集している。倫太朗は店先で車を停めた。ガラス張りの店内にカウンターがある。電卓をたたく眼鏡の女性がいた。倫太朗はひとりで中に入る。

「警察です」

警察手帳を示した。圧迫感を全身から出す。店の女性は「わ、私アルバイトで」と逃げ腰だ。なにかの摘発と思ったようだ。

「そちらの顧客に、防災本舗ドットコム社長の鈴木大輔がいますね。配達に来ていました」

「配達は、店長さんが担当していて、私は窓口しか――」

「それなら、店長を呼んでください」

配達中らしい。すぐに呼び戻すように言う。アルバイトの女性は店の電話を取った。震える指先で、店長の携帯電話の番号を押す。

「もしもし、店長さんあの、警察の方が来ていて、私じゃわからなくって。早く戻れませんか」

倫太朗はカウンターから身を乗り出し、受話器を奪い取った。

「警視庁の者です。今日、防災本舗ドットコムの鈴木社長の衣類を引き取りましたか？」

電話の向こうで車のブレーキの音がした。店長らしき男性が慌てたように言う。

「はい、あの、ほぼ毎日、取りに行きますんで」

店長はこちらの機嫌を窺うように、ぺらぺらしゃべった。

「普通はだいたい、週に数回取りに行けば十分なんですがね。あの社長、メイクしているのか、襟汚れがひどいんですよ。それで、一日に何度もワイシャツ替えるんで、毎日――」

現在地を尋ねた。

「いまホストクラブの衣装を回収しているところで……ＴＯＨＯシネマズ前に停めてますよ」

一分で行くといって電話を切った。車に戻る。汐里は押し黙ったまま、助手席にいる。

「歌舞伎町に行きます。鈴木のワイシャツ、確かに回収したそうなんで」

「令状ないけど？」

「怯えてすぐ差し出すでしょう」

「なにに怯えるのよ。あんた、脅したの？」

倫太朗はエンジンをかけ、アクセルを踏んだ。

「警視庁が都民脅してどうすんのよ。ばかたれ」

汐里が辛辣に言った。止めようとはしない。混雑する靖国通りは避け、北側の都道３０２号から、線路の高架下をくぐり、歌舞伎町に入った。

ロス・クリーニングの車をすぐ見つける。ＴＯＨＯシネマズのゴジラのオブジェが見下ろしている。店長は運転席で電話をしていた。倫太朗はすぐ後ろに面パトをつけて、車を降りた。ドアミラー越しに目が合う。店長は、しまった、という顔をしている。倫太朗が刑事と気づいたのだろう。鈴木に電話をかけていると察する。倫太朗は運転席の窓を開けさせ、運転手の手からスマホをもぎ取った。もしもしと叫んだが、通話は切れた。履歴を見る。防災本舗ドットコム・鈴木社長、とあった。

「警察が勝手に、そんなこと、していいんですか」

ぎろりと睨む。店長は怯えていた。警察権力を持った殺人犯の息子の睨みは怖いだろう。

「鈴木のワイシャツ、出してもらいましょうか」

「れ、令状がないと、押収はできないはずだと……。勘弁してください、鈴木社長はうちのお得意中のお得意で――」

倫太朗は無言でバックドアに回り、観音扉を開けた。勝手に荷台に入る。店長が降りてきて、バックドアの前でこわごわ抗議している。あとで鈴木に咎められても言い訳できるように、こちらに気を使ったような弱腰だった。ボックスは端っこに五つ、並んでいた。『防災本舗ドットコムさま』という紙のついた青い箱を見つける。蓋を開けた。ハンガーにスーツが一着、ワイシャツが三枚、入っていた。手袋をして、ワイシャツ三枚を押収した。採証袋がない。スーツにかける未使用のビニールを一枚拝借して、包んだ。

バックドアから飛び降りる。店長を一瞥しただけで、倫太朗は面パトに戻った。袋の口をしっかりと閉めて、後部座席に置く。大切な証拠品だ。ワイシャツをシートに寝かせるような手つきになった。ふと、汐里をこうして布団に横たえたことを、思い出す。

汐里は助手席からギアをまたいで、運転席に移ろうとしていた。倫太朗は運転席の扉を開けた。

「俺が運転します。いそいで本部に戻って証拠品を――」

「あんたはここで置いていく」

汐里はどんと運転席のシートに尻を落とした。すまし顔のまま、「どきな」とパンプスの足で倫太朗を蹴り出す。こういうことを平気でする女だった。扉が閉められ、エンジンがかかった。

倫太朗は扉を激しく叩いた。汐里は見向きもしない。倫太朗は叫んだ。

「押収したのは俺ですよ。返してください！」

汐里はジッポの蓋をキーンと鳴らして煙草に火をつけた。

「これは、俺の事件なんです……！」

汐里は無表情で窓を開けた。

「事件は誰のものでもない。そもそも、物じゃない」

ブレーキから足を外す。

「そんな生ぬるい言葉が出るような奴は、警官、辞めな」

走り去った。


汐里に見捨てられた。

倫太朗は十八時半には未希との約束の場所に到着した。雑居ビルの屋上にあるレストランだ。東京タワーがよく見える。

警視庁の採用試験を受けた、四年前のことを思い出す。一次試験合格通知には、二等親以内の親類の名前・生年月日・現住所・本籍地を記入する書類が同封されている。この親族審査ではじかれた者は、一次面接に進めない。

倫太朗は不安だった。警察官の息子とはいえ、真弓と血縁はない。あの時は実の両親を知らなかった。捜そうと思ったこともなかった。真弓との関係はいたって良好だった。養母が亡くなってからは、倫太朗のために毎日、弁当を作ってくれた。剣道の試合の前日には、道着にワッペンをていねいに縫いつけてくれた。

一方の倫太朗の実母は、倫太朗を置き去りにして戻って来なかった。憎しみはなかったが、軽蔑はしていた。反社会的勢力の関係者だろうか。薬物中毒者か。親がなんらかの犯罪者だった場合、自分は警察官になれるのだろうか。

真弓は「そもそも俺だけでなく警察組織もお前の実の両親が誰なのかわかっていないのだから、審査しようがない。お前は俺の息子だ、心配するな」と言った。

倫太朗は無事、警察官になった。警察学校に入り、未希と出会い、恋をした。卒業配置先で酔っぱらいの対応をし、自転車泥棒を摘発して、時に強行犯捜査を手伝った。

卒配二年目の時、真弓浩二は勤務中に心筋梗塞を起こして倒れ、帰らぬ人となった。

倫太朗はまたひとりになった。

家族が欲しい。未希との結婚話が急速に進んだ。親に会うという話になったとき、倫太朗は怖気《おじけ》づいた。未希の父親は警視、一国の主と言われる所轄署の署長だ。身辺調査をされるかもしれない。倫太朗は浮気も女遊びもしたことがないし、借金もない。真弓の背中だけを一心に見つめて生きてきた。だが、実の両親が何者なのか、知らない。

愛宕署の刑事組織犯罪対策課での刑事人生がスタートしていた。倫太朗は捜査能力を得て、事件照会を許される立場になった。夜勤の深夜、パソコンの照会画面に入って、自分が保護された際の記録を読んだ。当初は母親が誰なのか、愛宕署の生活安全課が動いて捜査していた。東京タワー内にあった防犯カメラを確認した結果、幼い倫太朗を連れた女性の姿が映っていた。その拡大画像が何枚も、調書に残っている。

倫太朗はパソコンの画面上で初めて、母親と対面した。紺色のスカートに白いカーディガン、ボブヘアだった。痩せていたが、身なりはいい。不良少女とか、ヤンキーだと思っていた。顔立ちはあまり自分と似ていない。残された何枚もの画像に、子を思うごく普通の母の姿が写っていた。倫太朗の手を決して離さない。走り出した倫太朗を追いかけ、抱きしめる。展望台のカフェでジュースを飲ませ、抱っこして景色を見せた。母親としての愛情が溢れんばかりだった。

倫太朗は戸惑った。

――なぜ捨てた？

実母の存在にとらわれるようになった。

倫太朗が捨てられた平成八年にはなかった顔認証という技術を使えば、母親の顔から身元がわかるかもしれない。倫太朗は母親の画像を拡大、鮮明化した。それを免許証照会情報にかけた。全国都道府県警に登録される免許証の顔写真情報が、全てここに集約されている。

コンピューターはものの数秒で、該当者をはじき出した。宇津木香織《うつぎかおり》。免許証は平成八年、本人死亡により失効している。彼女の情報にはとある殺人事件が紐づけされていた。

『吹田市資産家夫婦強盗殺人事件』

容疑者は宇津木陽介《ようすけ》。香織の夫だ。倫太朗と顔がそっくりだった。

宇津木夫妻は大阪府羽曳野市でアクリル工場を経営していた。平成五年に長男・仁太《じんた》郎《ろう》が生まれている。工場の経営状態はよくなかった。経理を担当していた香織が病に倒れてから、更に状況が悪化した。経営資金や治療費が嵩み、陽介は闇金に手を出してしまった。夫婦への脅しや暴力、厳しい取り立てが連日続いた。当時三歳だった幼い仁太郎も叩かれたりつねられたり、連れ回されたりしていた。陽介は追い詰められた。家族を守るため、金を盗もうと、吹田市の一軒家に押し入った。部屋を物色中に気づかれて、老夫婦二人をナイフで刺し殺してしまった。

香織はもうそのころ余命いくばくもなかったようだ。警察の捜査が進む中、陽介と香織は閉鎖された工場の中で、アクリル加工で用いられる青酸化合物を飲んで自殺した。仁太郎の姿はなかった。香織の遺書には、仁太郎は死んだとされていた。三か月前に風邪をこじらせて高熱を出し、死んでしまった、とあった。葬式を出す金もなく、陽介がどこかに埋めたと記されている。

母が都会のど真ん中に自分を捨てた意味を知る。息子が殺人犯の子としてたったひとり生きていかねばならない受難を考えてのことだろう。母の命の灯も危ういのなら、遠く離れた都会で誰の子とも知れず保護され、戸籍を新たに与えられれば、息子はもっとましな人生を歩めるはずと思ったのだ。

母は血を、洗ったのだ。

息子を誰の子どもでもない、まっさらな状態にして、東京タワーに、産み落としたのだ。

当時の倫太朗は、未希にこのことを話さねばならないと思った。東京タワーが見えるこのレストランで告白するつもりだった。やってきた未希を見て、倫太朗は彼女の美しい血に猛烈に嫉妬した。警察署署長の娘。自分は殺人犯の息子だった。本当のことは言えなかった。別れを切り出した。

あれから二年経った。未希は今日再び、店に現れた。

未希は倫太朗の前の席に着いた。エスプレッソを注文する。肩にかけたトートバッグを下ろそうとしない。倫太朗はすぐに切り出した。

「まさか泥棒まがいのことをするとは思わなかったよ。おかげでガス漏れして大騒ぎだったんだ」

「あれは私じゃない！」

「じゃあ誰。そもそも、ガス漏れ騒動をなんで知ってる」

　未希はそっぽを向き、すねたような顔をした。

「お父さんに頼んだんだね」

「お父さんでもない。お父さんにはただ、相談しただけ。頼んでない。昔、同僚だった人に……」

「なるほど。OBか。いまは探偵業でもやってるの」

　警察官OBは天下り先が豊富だ。民間警備会社や探偵事務所に再就職する者は少なくない。

「越境捜査先にまで尾行をつけていただろ。カップルを装って。別の捜査員には赤羽橋の官舎に侵入させて、ガス漏れ騒ぎを起こすとか」

　さすが探偵だ。やることが荒っぽい。

「お父さんだって、正式に頼んだわけじゃない。ぽろっと相談しただけで、内偵を依頼したわけじゃないから。そういう書類は残っていないし――」

　公務員だなと思う。使命感もくそもない。権力を使いながら我が身を守るため、詭弁《きべん》をこねくり回す。

　それから、と未希は必死に話を逸らした。

「これも違うからね」

　トートバッグから書類袋を出す。クリップ止めの分厚い書類をつき出した。警察制服姿の、汐里の顔写真が見える。白黒コピーのせいか、顔の陰影が潰れ、生気がない。

「――未希。なにを調べたの」

「だから、調べたんじゃない。二階堂さん本人が教えてくれたの。私はやばい女だから、って」

倫太朗は受け取らなかった。汐里の全てがこんなものに書ききれるはずがなかった。彼女の人生、生身の姿は、この行間からにじみ出ているものだ。文字そのものや肩書、所属、過去の詳細など、なんの意味もない。

コーヒーが来た。未希のエスプレッソには茶色の泡が立っていた。未希はコーヒーシュガーを山盛り二杯入れた。かき混ぜず、苦そうに飲んだ。挑発する。

「彼女は捜査一課刑事どころか、警察官であるべき人間じゃない。このままじゃ倫君、彼女に洗脳され、殺人を手伝わされる羽目になるかもしれないよ」

倫太朗は書類を摑んだ。身上書を捲った先は、調書だった。人事課所属の監察がしたためたものだ。

汐里は組織犯罪対策部にいた三十二歳のころ、同僚の男性刑事である内山和史警部補、当時三十五歳と婚約中だった。内山は情報提供者だった女性の夫に射殺された。暴力団構成員で、黒岩清彦《きよひこ》という。黒岩は犯行後すぐ成田空港から飛び立った。海外逃亡中でいまだ逮捕に至っていない。現場にいた妻の早智子は船で国外脱出した。夫妻はそれぞれ別の足でフィリピンに向かい、現地で落ち合ったらしい。三年前、マニラの高級住宅地マカティで優雅に暮らしている、という匿名の情報提供があった。担当捜査員が現地に飛んだときには、一歩遅く、逃走した後だった。匿名の通報者を辿ったら、当時組織犯罪対策部にいた園田に行き当たった。園田は匿名での通報を認めた。警察官なのになぜ匿名だったのか、どうやって黒岩夫妻の居場所を知ったのか。園田は「汐里を止めてやってくれ」と監察に泣きついた。

汐里は復讐を企てていたようだ。現地に何度も足を運び、黒岩夫妻の居場所を突き止めた。園田に具体的な地名まで出して、黒岩を夫婦ごと呼び出すように協力を仰いでいた。汐里と園田は男女の仲だった。復讐を手伝わせるため、汐里は色仕掛けで園田を言いなりにさせていたらしい。園田は汐里に殺人をさせないため、黒岩を逃がし、通報したのだ。

「倫君」

未希が呼びかけてきた。目が潤んでいる。

「私のところに戻ってきてとは言わない。でもその女だけはやめて。破滅するよ。倫君は優しいから——」

「汐里さんの過去をこんな風に暴いておいてよく言う」

「あっちが自分で告白したんだよ。あの人ほんと、おかしい。部屋はごみ屋敷だし、亡くなった恋人の死体画像を壁に貼り付けてる。ごみに埋もれながら死体を眺めてご飯食べているような人だよ」

倫太朗は書類のページを捲った。監察官聴取の内容を読んだ。

〈黒岩夫妻を殺害したいと思っていた。間違いないですか〉

〈思うことはあっても、実行に移すことはありません。殺したいほど憎い、それだけです〉

〈それではなぜ、園田巡査部長と恋人同士の旅行を装い、マニラへ？〉

〈ただの偶然です。私も驚いています〉

〈園田巡査部長は、殺害を依頼されたと言っています〉

〈そんな風に言ったつもりはありません。私の婚約者を殺した夫婦が、この世からいなくなったらどれほど悲しい気持ちが癒えるだろうと、ぽろっと口にしただけです。園田巡査部長が真に受けてしまっただけのことで、私は決して殺人なんてするつもりはありません〉

倫太朗は聴取内容を未希に突き付けた。

「汐里さんは否定している」

「処分を免れたいからに決まってる。ここで認めてしまったら警察官でいられなくなるとわかってるから嘘をついたのよ」

「そんなこと、どこまで本当のことなのか未希にわかるはず――」

「羽の彫金のジッポ」

未希が倫太朗の言葉を遮った。喘《あえ》ぐように息を吸い、エスプレッソをひとくち、飲んだ。

「昭和の男みたいなジッポ、愛用してるでしょ。蓋をわざと鳴らす癖もある」

耳の奥で、キーンと響くその音が、蘇る。亡くなった婚約者の真似でもしているのだろう。

「黒岩清彦の真似をしているのよ」

倫太朗は耳を疑った。未希が身を乗り出し、続ける。

「同じジッポをわざわざ買って、蓋を鳴らす黒岩の癖まで真似る」

加害者とお揃いの物を持ち、仕草までコピーする――意味がわからない。

「一秒、一瞬たりとも、憎しみを忘れないためのものだ、と園田は言っている。加害者への憎しみを自分の体に刻み付けるため、あえて呪っている相手の癖を体得した。そういう自分を進んで作り上げてきた」

怒りを育み続け、復讐の完遂を目指す――。

「ちなみにジッポの購入はマニラの一件の直後。彼女はあきらめてない。復讐の気持ちを新たにしただけ」

倫太朗は、水を飲み干した。

もう二度と、汐里に触れない。汚さない。殺人犯の血が流れる倫太朗だけは、絶対に、汐里に触れてはいけないのだ。

朝日が昇るのと同時に目が覚めた。倫太朗は歯を磨いてシャワーを浴びた。ワイシャツとスーツに袖を通す。いつも通り捜査一課に出勤した。

亀有班は空っぽだった。島田係長も不在だ。指示を仰ぐべき上司がいない。捜査一課長や刑事部長では上すぎて、指示を仰ぐ対象にならない。捜査本部はどこに立っているのか。汐里に電話をした。出ない。亀有にも繋がらない。椅子に座った。デスクにメモが貼り付いていた。亀有の字だ。

『道場に来い』

しごかれる。昨晩、ワイシャツを強引に押収した一件が亀有の耳に入ったのだろう。十七階の道場へ向かった。日中はがらんどうだ。亀有は防具と面をまとい、素振りをしていた。倫太朗は控室で道着袴に着替え、防具を身に着けた。面と小手を小脇に抱え、竹刀を持って道場に出る。亀有が、面金《めんがね》の隙間から視線を向ける。竹刀を持って佇む姿が、養父の真弓浩二に見える。

神前に拝礼し、正座した。手ぬぐいを頭に巻く。亀有が見ている。手が異様に震えてしまう。真弓に見られているような気がして、仕方がない。七歳で剣道を始め、頭に手ぬぐいを巻く所作をもう何万回もやってきたのに、今日はそれがうまくいかない。何度もやり直していると、亀有が指摘する。

「お前、竹刀」

膝の前に置いた竹刀を、亀有は指さした。慌てて竹刀の向きを変える。剣道には、神棚のある方向に竹刀の先を向けてはいけないという厳格な作法がある。そんなことすら失念していた。

亀有に深刻な様子はない。お手柔らかにな、とおどけた調子で言った。

「そういやここんとこ、全然道場に来てなかったんだ」

しごく気がなさそうだ。捜査が佳境に入っているいま、なぜ道場に呼んだのだろう。

倫太朗はやっと手ぬぐいを巻いて面をかぶった。小手を身に着ける。踏み込みと素振りを何本かやってウォーミングアップしたあと、亀有と向かい合う。一礼した。蹲踞《そんきょ》の姿勢で亀有と竹刀を向け合う。深く深呼吸をし、一度、目を閉じた。竹刀を持つ手が定まらない。剣先が震える。強く持ち手を握る。今度は二の腕の震えが止まらなくなった。

亀有と揃って立ち上がる。間合いを取り、剣先でけん制し合う。亀有が言った。

「三時間後には飛行機に乗るんだ。どっちか一本取ったら終わりな」

大阪に向かうという。川鍋と双海を連れて行くらしい。

「稽古している場合ですか。十津川に入るんですか?」

「いや。鈴木が動き出してな」

昨晩の二十時半過ぎ、鈴木が捜査員の尾行を振り切って新幹線に飛び乗ったという。新大阪で下車したことまでわかった。その先はまだ捜査中だという。

「ますます剣道している場合じゃないと思うんですけど」

踏み込んで面を取ろうと上段の構えを取る。亀有が胴打ちにくると見込んでいた。亀有の左手首のひねりが見える。竹刀が横に傾いた。倫太朗は素早く突き技を繰り出した。亀有が飛びのいて突きをよけ、後ろへ下がりながら引き技を決めようとした。倫太朗はさばき返す。しめて二秒の出来事だ。再び、間合いを取る。亀有が言う。

「鈴木の戸籍が手に入った。二十七歳の時に裁判所で氏名の変更が認められ、則兼昌洋から鈴木大輔になっていた。奴は正真正銘、則兼清子の息子だ」

「疑問は残ります。迫の大火でやけどを負っているのは、梨加です。鈴木がドーランを塗る理由はなんですか」

「則兼昌洋は加害者の子として、高校で壮絶ないじめに遭っていた。呑気にハイスクールライフを楽しみやがって、被害者の気持ちを思い知れ、ってやつだ。羽交い締めにされて顔や首にガスバーナーを当てられたらしい」

倫太朗は唾を呑む。自分の顎や首の皮膚までもが、ちりちりと痛むような気がしてくる。

「妹の梨加は、殺人者の血が流れている自分は子を産んではいけないとまで考えて、卵巣を取る手術をしていた。不妊手術、というのか。結局、二十歳で自殺した」

倫太朗の竹刀の先が、大きく揺れた。母親が放った猛火から救い出された兄妹は、ひとりは他人に牙をむき、ひとりは自分に牙をむいた——。亀有が攻め込んできた。ひたすらに竹刀を打ちこんでくる。下がりながら、竹刀でさばき返す。二本の竹刀が軋み合い、鍔迫《つばぜ》り合いになった。倫太朗は力で押し返し、素早く面を打って残心をとりながら下がる。一本取った。亀有は足を絡ませて尻もちをつく。

「なんだよお前、お手柔らかにって言ったろ」

倫太朗は元の位置に下がる。蹲踞の姿勢で亀有の戻りを待った。

梨加は死んだ。

梨加は自殺した、血に耐えられず。

殺人犯の子であることは、死に値することなのだ。

「――おい。聞いてるか」

亀有はもう正座していた。倫太朗も倣う。二人で防具を外していく。

「俺とナベブタは大阪に飛ぶ。玉置はまだ生きている。彼を守らねばならない」

鈴木の砂上の楼閣を、根本から覆してしまった人物だ。

「まさか、鈴木は玉置にとどめを刺しに……？」

「帝塚山総合医療センターは大阪にある。新大阪で降りたからな。俺らもこの後、ひとっ飛びというわけだ」

「いまさら殺してどうなるんでしょう。本当に現れるでしょうか」

「口封じから一転、全ての元凶として憎悪の対象になっている可能性もある。どうせ逮捕されるなら玉置を殺してからじゃないと気が済まない、とかな」

「俺のせいですね。俺が昨日、強引にワイシャツを押収したことで、鈴木を刺激した」

亀有はそういうことだとあっさり言って、面の紐を解く。

「なんだよ、部下にお仕置きしようとしたのに、俺の方がやられちゃって終わりか」

「申し訳ありませんでした」

倫太朗は両手をつき、頭を下げた。叱られはしなかった。

「ピンチはチャンスだ。鈴木が玉置に手を下すところを押さえられれば、現逮できる」

川鍋や双海を連れて行くようだ。汐里はどうしたのか、尋ねる。

「二階堂は置いていく。お前を止めなかったし、お前をかばった」

汐里は押収したワイシャツを鑑識に鑑定させようとしていた。自分が色仕掛けでクリーニング屋から押収した、と言い張ったらしい。

「二階堂さんも捜査から外すんですか」

表向きはな、とだけ答え、亀有は控室に立ち去ろうとした。

「亀有さん。どうして俺を道場に呼んだんですか」

「だから、お仕置きするつもりだった。まあ土台無理だわな。五段の奴には敵わん。俺じゃ真弓の代わりにはなれんな。だが、ほっとした」

倫太朗は眉をひそめた。

「心がグラグラ。竹刀にそれが出ているが、体の条件反射には揺らぎがない。真弓にそこまで心と体を作ってもらったことに感謝しろ」

亀有は行ってしまった。道場には誰もいない。ただひとり、正座を続けた。無の心でいるべきか。両手の指を組んで瞑想する。頭に浮かぶのは倫太朗と同じ血を持つ鈴木のことばかりだった。

玉置の口を封じたところで、鈴木は救われるのだろうか。

梨加は自殺した。楽になったことだろう。

鈴木も、本当は、楽になりたいのではないか。

倫太朗は慌ててスーツに着替え、捜査一課フロアへ戻った。亀有班のシマは空っぽだ。倫太朗は川鍋のデスクに立ち、引き出しに整理された書類を探った。則兼梨加の戸籍やその最期を調べたのは、川鍋だった。その報告書に目を通す。

梨加はどこで死んだのか？

遺体を検死したのは、五條市内の内科医だった。奈良県警から検死を嘱託されている。遺体の第一発見者は、兄の則兼昌洋だった。行方不明の妹を見つけ、通報したらしかった。昌洋はその翌年に改名している。則兼を捨てないと生きられないと思ったのだろう。

梨加は奈良県十津川村大字迫一六九番地の民家の軒先で、首を吊っている。

動物の糞にまみれた、迫の粗末な家だ。

現場写真を見た。顔半分と首のケロイドに同情心が沸き上がらないほど、梨加は安らかな死に顔をしていた。

新幹線で京都に出た。レンタカーを借りる。現地まで一七二キロ、三時間ほどのドライブだ。

阪神高速8号京都線から第2京阪道路に入る。京田辺《きょうたなべ》、門真《かどま》と知らない地名が続く。ナビに身を任せる。近畿自動車道に入った。松原、美原、たじはや、太子。いま、京都府なのか奈良県なのか、大阪を回っているのか、さっぱりわからない。京奈和《けいなわ》自動車道を走っているということだけ、認識している。国道168号線に入った。このまま約七十キロ国道を進むよう、ナビが言う。

もう日暮れている。国道沿いの商店も店じまいを始めていた。道は空いている。飛ばした。到着予定時刻が早くなっていく。景色が見慣れた杉林になった。十津川村に入った。

災害の爪痕が残る山の斜面が、ぽっかり暗闇に浮かんでいる。真新しい橋、真新しいトンネル。眼下を流れる豊かな川。窓を開けた。京都は蒸し暑かった。ここは寒いほどに涼しい。カエルの合唱が聞こえてきた。大小様々な星が瞬く、いまにも目の前に降り注ぎそうだ。

ハンドルを握る手に、脈打つ血を感じる。殺人者の血だ。助手席を見た。アタッシェケースの中身を持ってきた。黒いファイルにある自分の過去だけが、鈴木の心を動かせる。

『次の角を右です』

ナビが教えてくれた。柳本橋を渡る。右折した。果無峠へ向かう林道に入る。めん滝を過ぎた。街灯が少ない。ヘッドライトをハイビームにした。旧迫集落の入口を見落とさないようにする。石垣が見えてきた。ヘッドライトにちらちらと反射する、白いものがある。花火のように咲く、ホシザキユキノシタだった。

数日前の朝に見た景色は暗闇に沈む。新緑の木々も暗闇の中では不気味な存在だ。光るものがヘッドライトの先を通り過ぎた。光に集まったただの虫けらだ。

汐里が以前停めていた場所に、車を寄せた。ハンドルを切り、則兼家の廃墟に車を向けた。ヘッドライトの明かりが、男の姿を浮かび上がらせる。

鈴木大輔は、玄関前の石段に座っていた。

ヘッドライトの明かりを迷惑そうに、目を細めて見る。突然現れた車に対し、反応が薄かった。ワイシャツにスラックスという軽装のせいなのか、摩天楼から都心を見下ろしていた成功者らしい空気が抜け落ちている。首から顔にかけて赤いケロイドが残っていた。ドーランは落ちてしまったのか、塗っていないのか。首にロープが巻かれていた。その先に、朽ち折れた木が括りつけられている。軒に渡した木の梁が折れていた。

十五年前は梨加の死体をぶら下げていた。兄までは支えられなかった。

倫太朗は車のエンジンを切らず、車を降りた。街灯ひとつない消滅集落だ。車のヘッドライトだけが頼りだった。黒いファイルを抱き、近づく。

鈴木が首に巻いたロープを外した。かなぐり捨てるような仕草だった。身を落とし、懐に手を入れた。倫太朗に突き付けたのは、フォールディングナイフだった。

「待ってください、落ち着いて――」

「誰だっ、名乗れ！」

ヘッドライトの逆光で、倫太朗の顔が見えないようだ。名乗りを上げなくてはならない。捜査一課の、と言いかけて、やめた。言えない。捜査一課の警察官だなんて。

「警察か？　いつだったたか、聴取に来た」

「そうです。鈴木さん、冷静になってください。ナイフを――」

「来るな！」

一歩、二歩、鈴木が後ずさる。落ちていた梁に足を取られそうになった。体勢を整える。

「警察は、もう真相に辿り着いています」

「そんなことはわかっている」

「自首してください。いまならまだ間に合います」

「自首？　そうか、わかった。俺がやった。全部、ひとりでやった。玉置の酸素吸入器のスイッチを切り、沼田を滝の上流の川に突き落とした。井久保は薬で殺し損ねたから絞殺し、下地はビルの屋上から突き落とした！」

なぜそんなに興奮しているのか。

「わかりました。とにかくナイフを置いてください。全て認めるなら――」

「ああそうだ、全て、全て認める。俺がやった。以上だ。死なせてくれ」

鈴木が刃を自分に向けた。フォールディングナイフが、鈴木の耳の後ろの皮膚を裂く。

「やめろ！」

倫太朗は黒いファイルを投げ出し、飛び掛かった。ナイフを巡り、もみ合いになる。

「死んだところで、血は変わらない」

鈴木が目を剝いて、倫太朗を見た。

「あなたの母親がしたことも、あなたがしてしまったことも変わらないんだ！　死んでラクになるのは、あんただけだ！　残される祥子さんやその子どものことを――」

「黙れ！」

鈴木がナイフを縦横無尽に振り回し始めた。倫太朗はのけぞり、バランスを崩して尻もちをつく。鼻先にナイフが突きつけられた。じりじりと迫ってくる。倫太朗は後ずさる。

「祥子とは別れた！　あいつは、あいつは俺の知らない間にどっかの馬の骨との間に子どもを作って俺に押し付けようとした、だから別れた！　あれは俺の子どもじゃない、断じて違う！」

言葉を重ねれば重ねるほど、作り話だという印象が強くなる。鈴木は命がけなのだ。我が子を『加害者の子』にさせないために――。

「鈴木さん」

訴えかける。

「あなたの苦しみは理解できます。あなたが則兼清子の息子としてどれだけ苦しい思いをしてきたか——。だからこそ僕はあなたに問いたい。なぜ、同じことをしてしまったんですか！」

鈴木が目を血走らせ、倫太朗を睨みつける。

「あなたは加害者家族としてこんなにも苦しんできたのに、結局自分で罪を作ってしまったじゃないか！」

息を吸う。喉がひゅうと鳴った。自分も興奮で息が上がっている。

「百歩譲って、あなたを脅したであろう沼田や下地、井久保まではわかるとしても、玉置さんに手を掛けたことは許せない」

鈴木が眉をひそめた。やがて、あきらめたようなため息をついた。

「あんたには、玉置は命の恩人に見えるのか」

「事実、そうです。玉置さんは自身を顧みずに命がけであなたたちを火の海から——」

「そうだ、天国へ向かおうとしていた俺と妹を、地獄へ引きずり戻した張本人だ！」

倫太朗は口を閉ざした。加害者家族、という地獄。

「俺も妹も、あの火で死ねばよかった。死ぬべきだった。玉置は明らかに救出する相手を間違えた。森村さんの子どもたちを救うべきだった。しかも加害者の子ども二人を救出したことを武勇伝のように語る回顧録など執筆した！」

「けれどあなたはその命で、事業を成功させ、女優を妻に迎え入れる寸前だったのに」

鈴木が悲し気に笑う。それで、と首を傾げた。

「成功を手にし、私は、どうなりました？」

倫太朗は、口をつぐんだ。そして自分は、どうなるのか。鈴木に向けた質問がいちいち倫太朗に返ってくる。咄嗟に出たのは、こんな言葉だった。

「――僕も、殺人犯の息子なんです」

鈴木の目の色が、変わる。

倫太朗は鈴木の様子を窺いながら、立ち上がる。地面に落ちた黒いファイルを拾う。中腰のまま、鈴木に差し出した。

「僕は偶然、刑事になってしまっただけで……。たぶん、僕はほかのどの刑事よりもあなたを理解できる。だから――だから自殺はやめてください。一緒に、出頭しましょう」

鈴木はファイルを受け取らない。倫太朗にナイフを向けたまま、尋ねる。

「あなたの親は、どんな殺人を」

「強盗殺人です。善良な老夫婦宅に押し入り、金を奪おうとした。騒がれたので、殺してしまいました」

ナイフの柄を握りしめている鈴木が、怖くなってきた。実父が使った凶器もフォールディングナイフだった。どんな気持ちで、柄を握る手に力を込めたのか。どんな思いで、それを見ず知らずの人の肉体に突き刺したのだろう。闇金の取り立てから家族を守るため、無我夢中だった。いまの鈴木も同じだ。刃を握るのは、祥子と赤ん坊のためなのか。

「信じられない。強盗殺人犯の息子が、警官になれるはずはない」

「普通はなれません。母が血を洗ったので、なれたんです」

鈴木が目を見開き、倫太朗を覗き込む。

「血を……洗った？」

「三歳だった僕を連れて関西から上京し、東京タワーの人込みでわざと捨てたんです」

鈴木が倫太朗を、意思のある目で捉える。

「僕は迷子として、すぐ警察に保護されました。身元がわからず親も見つからず、児童養護施設に引き取られ、港区長によって新しい名前と戸籍を与えられました。僕を保護してくれた警官の元に養子に入り、導かれ、警察官になったんです」

鈴木が震えるため息をついた。感嘆している。

「なるほど――資金洗浄、マネーロンダリングの、戸籍版ということですか」

なにかに覚醒したように、鈴木は明瞭に、口にする。

「ブラッド・ロンダリング」

倫太朗は、手を、差し伸べた。

「ナイフを下さい。僕が取調べを担当し、あなたの話を聞きます。祥子さんや赤ちゃんが加害者家族として後ろ指をさされないよう、情報の出し方に配慮するよう上へ働きかけます。だから僕を信じて、ナイフを」

倫太朗は一歩近づいた。鈴木は必要以上にナイフの柄を強く、握っている。刃が細かく震えていた。肩にも力が入りすぎている。竹刀で意表を突けば、簡単に一本取れるが――。

「ふざけんなよ」

意表を突かれたのは、倫太朗の方だった。

「僕も強盗殺人犯の息子だ？　僕にも加害者の苦しみがわかる？　ふざけるな‼」

切りつけられそうになる。慌てて飛びのいた。

「お前は殺人犯の息子だと、マスコミに囲まれてフラッシュをたかれたことがあるか！　ランドセル、教科書に殺人犯の息子と書かれたことがあるか！　いたずら電話で眠れない夜を過ごしたことがあるか！　見知らぬ人から罵られ、叩かれ、蹴られたことがあるか！　お前は殺人犯の息子のくせに、警察官にもらわれて、公務員の息子として平和な人生を送ってきただけじゃないか！」

凄まじい怒りだった。ナイフが次々に振り下ろされる。銀色の線が方々に散り、目がチカチカした。

「被害者に土下座もせず、墓前の土に額をこすりつけることも後ろ指さされることもなく警官にまでなって、なにが加害者家族の気持ちがわかる、だ！　新天地へ逃げても、殺人犯の息子というレッテルはどこまでも追いかけてくる、その苦しみがお前にわかるか！」

倫太朗は、謝っていた。ごめんなさい。

「戸籍を変えてもなお、暴かれてしまう。愛する人と子にまで地獄が忍び寄ってしまう。警官の息子として正義の名の下に育てられたお前に、俺の苦しみがわかってたまるか！」

わからない、ごめんなさい――。

自分は殺人犯の息子なのに、同じ加害者家族と傷をなめ合うことすら、許されない。心技体、バラバラだ。鈴木が怒りのままに振り下ろす刃に、逃げまどうことしかできない。揉み合い、絡み合いながら、倫太朗はかろうじて鈴木の手を掴み上げられただけだ。首からの出血で濡れた鈴木の手は、つるつると滑ってしまう。鈴木の二の腕を掴み、後ろ手にひねろうとした。倫太朗のみぞおちに鈴木の蹴りが入った。腕の下ががら空きだった。呻いて、頽《くずお》れる。息ができない。目の前で、ナイフの先が斜めに横切る。ナイフを巡って攻防を繰り返すうち、コンクリートの集落道に躍り出ていた。

この急勾配が三十一年前、全ての集落の軒先に灯油を流出させた。いまその黒い痕跡に沿うように、倫太朗と鈴木が転がり落ちる。倫太朗の体が堅いものに打ち付けられ、止まった。倫太朗が下で、鈴木が上だった。鈴木はナイフの持ち手を両手で握る。刃を下に向けた。祈りを捧げるように、振り下ろそうとした。

「刃物を捨てろー！」

果敢な女の声が響いた。汐里だ。鈴木がひるむ。倫太朗は下半身に力を込めて鈴木の体を押しのけようとする。汐里が駆け下りてきた。周囲が少し明るい。車がもう一台、停まっている。ヘッドライトの明かりが集落道を照らし出す。汐里は、傍らに落ちていた棒を拾い、振り上げた。倫太朗が果無の登山道を登ったときに使ったものだった。鈴木の背中に、ピシッと音を立てて棒を叩きつける。鈴木が前に倒れる。倫太朗は鈴木の体からやっと逃れた。ナイフを奪おうとした。鈴木は自身の喉元にナイフを突き立てようとする。倫太朗は咄嗟に手首を摑んだ。刃は鈴木の喉仏の骨に跳ね返って、一センチも肉に入っていない。血は噴き出した。ナイフも両手も血まみれだ。滑る。泥の斜面に爪を立てているようだ。

鈴木は駄々をこねて暴れる子どものようだった。ナイフを持つ手を縦横無尽に振り回す。

「倫ちゃん！」

棒が飛んできた。キャッチする。構えた。鈴木の出血する喉元に棒の先を突きつけ、間合いを取る。小手を打ち、身をかわしながら一旦離れる。ナイフが落ちた。鈴木がすぐさまナイフを拾い上げようとした。遅れて汐里がナイフを奪おうとする。ナイフが宙を切り、汐里の胸元を切り裂いた。汐里の真っ白のブラウスがじわじわと血に染まる。

倫太朗は竹刀を——いや、棒を、捨てていた。ナイフの切っ先を握る。二振り目は絶対に許させない。汐里には触れさせない。倫太朗と鈴木は、ナイフを介して繋がった。素手だった。右手が爆発したみたいに、カアッと熱くなる。熱いものが皮膚の表面を舐めて、零《こぼ》れ落ちる。倫太朗は目を剝いて鈴木を睨み、気迫でナイフを奪った。

鈴木の目から光が失われていく。ゆっくりと疲れたように後ろへ倒れた。ぼんやりと開いた目は宙を見ていた。傷つけた首筋や喉元から血が流れ続ける。鈴木はその血を指で拭い、眺める。

「過去を、消せないなら……」

ぽつりと続ける。

「あと消せるのは、もう、自分自身だけなんだ……」

自分の体から血が流れ出ていくことに、満足している様子だった。

「死なせない」

汐里がジャケットを脱いだ。鈴木の首に強くあて、止血する。ワッパ掛けて、と言っている。水の膜の向こうから消えるように、遠かった。

「倫ちゃん！」

汐里が強く言い放つ。

「ワッパ！」

倫太朗は身を起こした。腰ベルトの手錠入れに嵌めた手錠を取り出す。鈴木の、投げ出された両手を摑む。右、左、順に手錠をかけた。

俺の事件は、終わった。

なにも、解決していなかった。

第四章　汐里と倫太朗

午前三時。十津川村、旧迫集落は閑散としはじめていた。

汐里はひとり、廃墟の玄関先に、座っていた。膝の上に、黒いファイルがある。夜空には大量の星が瞬いていた。宇宙の奥行きを感じるほど、鮮明な夜空だった。

鈴木はドクターヘリで五條市内の総合病院に運ばれた。出血はひどかったが、命に別状はない。意識もはっきりしていた。倫太朗は手のひらの怪我が深く、十津川分署の捜査員が診療所へ連れていった。見送りに立ったときの、倫太朗とのやり取りを思い出す。

彼の口調には力がなかった。

「いつ迫に来ていたんですか」

「君を尾行していたの。亀有さんの命令」

やっぱり、と倫太朗は無感動にため息をついた。

「東京戻ってから妙に危なっかしかった。見とけって言われて。つまり行動確認ですかって聞いたの。でもはっきりと言わない。見とけ、としか」

だから捜査車両を使えず、汐里もレンタカーでここまで来た。倫太朗が上目遣いに、尋ねる。

「驚いたでしょう――」

「素手でナイフ奪おうとするとはね。早く診てもらいなさいよ」

「汐里さんも、胸が……」

汐里も傷だらけだ。左乳房の上を横一直線に切られた傷が深そうだった。いまでもタオルで強く止血している。

「おっぱいなんか取れたって、別にいらないし。だけど手のひらはまずいよ。神経が通っているから。早く治療してもらって」

パトカーが動き出す直前、倫太朗は身を乗り出して言った。

「黒いファイルがあります。読んで下さい」

規制線は張られている。分署の警察官はもう撤収した。東京なら警察官に対する傷害事件現場ということで、すぐに鑑識作業が行われる。ここは山奥の消滅集落だ。電気が通っていない。奈良県警本部の鑑識課が投光車両を持っているだろうが、迫まで車で二、三時間はかかる。十津川分署の捜査員が規制線を張っただけで終わった。

汐里はひとり規制線の中へ戻った。則兼家の玄関先に黒いファイルが落ちていた。段差にしゃがみ、黒いファイルを開いた。懐中電灯の明かりで照らし、三十分かけて熟読した。ファイルを閉じ、天を見上げた。

あまたの星の瞬きを、美しいと思えなくなっている。

倫太朗を受け入れることは、汐里のこの五年を否定するに等しい。あの苦しみをなかったことにはできない。倫太朗に恨みはない。怒りもない。倫太朗の父親がしたことと、汐里が受けた被害に因果関係はない。けれど、到底、受け入れられない。復讐はやり遂げる。あのライターに誓ったのだ。加害者の私物を持ち歩くことの嫌悪。これを胸に刻んで、怒りを持ち続けてきた。怒りを忘れないために、怒り狂う行為をし続けた。

ホテル麓星での出来事を思い出す。突然スイッチの入った倫太朗に驚きはしたが、汐里は受け入れる準備を、実はずっと前からしていた。そのことに、彼の唇を受け止めながら気が付いた。愛し合う、という行為ではなかった。あれは倫太朗の承認欲求だ。男はたまにそれをセックスに求める。それが一転、東京に戻った途端に倫太朗は汐里に指一本触れなくなった。未希から聞いているだろう。倫太朗も、汐里の中にある核を知っているはずだ。

加害者への怒りだけで成立している人生を。

汐里は立ち上がり、黒いファイルをレンタカーのトランクに投げ入れた。物証だ。鑑識作業が入る前に持ち出すなんて懲戒処分ものだ。どうしてこんなことをしているのかわからない。倫太朗を受け入れられないと思うのに、これを現場に残してはいけないという感情の方が勝った。なにも考えたくない。亀有に渡して、あとは知らないふりをする。

果無峠を降りた。平谷地区を抜ける。村内で大騒ぎがあったのに、それが隅々まで行き渡らないほど十津川村は広い。静まり返っていた。小原地区に入る。役場の隣にある診療所に入った。

倫太朗の姿がない。汐里は当直の医師に胸の傷を見せた。縫うほどではなく、もうかさぶたになりかけていた。抗生物質が塗られ、分厚いガーゼで覆われた。腕の無数の傷は、絆創膏だけで済んだ。

診療所を出て、国道168号を渡る。高台にある十津川分署への階段を上がった。

倫太朗は、分署の刑事課にいた。応接室の長椅子で仮眠を取っている。ぎゅっと、右手の拳を握ったまま。迫の現場で、ガーゼと包帯で応急処置されていたが、その時のままだ。指の爪の間に血が残っている。

汐里は倫太朗の肩をゆすって、起こした。

「診療所、行きなよ。ちゃんと治療してもらわないと」

倫太朗は汐里を避けるように身を起こした。猫背のまま、真っ青な唇でぽつりと言った。

「……意味がないので」

翌朝、大阪の帝塚山総合医療センターを張っていた亀有と川鍋、双海が十津川分署にやってきた。亀有は鈴木逮捕の手柄を褒めた。倫太朗は無反応だった。

汐里は亀有を喫煙所に呼び出した。人の耳がないことを確認し、黒いファイルの件を報告した。現場から持ち出し、レンタカーのトランクにあると伝える。亀有は眉を上げた。

「お前、そりゃまずいだろ。現場の物証だ」

「でもあのまま置いておいたら——彼の素性がバレますよ」

「まあそうだけどさー。まずいよ。刑事としてはやっちゃいけなかった」

亀有は汐里をたしなめているようでいて、口元がにやけていた。

「じゃ。現場に戻してきます」

おいおい、と亀有が汐里の腕を引いた。傷が痛み、思わず悲鳴をあげる。

「静かにっ。なんだよ、女みたいな悲鳴をあげるな」

「女ですけど」

「とにかく、お前は刑事としてまずいことをした。だが、人としては正解だ」

「は？」

「ついでに、これも処分しておいてくれ」

亀有は汐里に、白い封書を押し付けた。倫太朗の辞表だった。ついさっき渡されたらしい。

「ちょっと。なんでもかんでも私に押し付けないでくださいよ」

「鈴木の身柄なんだけどな」

亀有は汐里を完全に無視する。

「警視庁へ運びたいが、まだ移送に耐えられる容態ではない。鈴木が犯した最後の罪――公務執行妨害と傷害容疑も、奈良県警の管内での事案だ。俺は様々な手続きに忙殺される。取調べはナベブタが担当する。お前ら、東大阪へ行って聞き込みの続きをしてこい」

「はあ？　鈴木を挙げたのは倫ちゃんと私ですよ。取調べをさせて下さい」

「直接死闘を繰り広げたお前らじゃ、鈴木本人を刺激しかねないだろ」

「だからって、東大阪でなにをしろと」

「裏取りだよ。則兼昌洋の生い立ちを洗え」


またしてもバスと電車の旅になった。倫太朗や汐里が個人的に乗り付けてきたレンタカーは捜査に使えない。奈良県警の捜査車両を警視庁が使うわけにもいかなかった。村のバスを待つ余裕はない。所用で御所《ごせ》市に向かう分署の車に同乗させてもらった。近鉄御所線の近鉄御所駅前で降ろしてもらい、電車に乗る。尺土《しゃくど》という駅で近鉄南大阪線に乗り換えた。大阪阿部野橋駅経由で東大阪市へ向かう。

平日の昼間なので電車はすいていた。汐里は座ったが、倫太朗は扉の脇に立つ。窓の外の景色を見ている。

車窓にこんもりとした小さな山があちこちに見えてきた。古墳のようだった。大阪府羽曳野市に入ったのだ。倫太朗の生まれ故郷だった。

大阪阿部野橋駅から地下鉄に乗り換えた。天王寺駅で大阪メトロに乗る。倫太朗が汐里を避けている。乗り換えでも、距離を置いて歩いた。けれど二人は決して、離れなかった。

永崎という駅で降りる。この路線は近鉄けいはんな線に乗り入れている。花園ラグビー場が近い。車内には、秋に始まるラグビーワールドカップの中吊り広告がいくつもあった。

地上に出る。阪神高速13号東大阪線の高架道路が目に飛び込む。ビルと高架の隙間の空を、飛行機が南西方向へ飛んでいく。関西空港を目指している飛行機だろうか。駅周辺には東京でもよく見かける飲食店や雑貨店の看板が出ていた。東京の湾岸地域と似ているが、海の気配はない。東にそびえる生駒山が圧倒的な存在感を放つ。あの山が、奈良と大阪の県境になっているらしい。

駅を南に進む。住宅街に入った。神社仏閣が建ち並ぶ。日本家屋の門構えが続く。家並みはまるで京都の路地裏を歩いているようだった。選挙のポスターには『大阪維新の会』とある。『だんじり小屋』と書かれた倉庫もあった。大阪の町らしさが溢れている。

更に南へ足を延ばす。住宅地と町工場が入り混じる一画に出た。東大阪市はものづくりの街として有名だ。中小様々な工場が拠点を構えている。そんな『医』の気配が少ない町で、鈴木の実父・則兼吉行は歯科医院を開業した。

汐里は目の前の建物を見て、はっとする。

T字路の突き当たりに『則兼歯科医院』が残っていた。白い看板に黒いシミが幾重にも流れている。建物の外壁は真っ黒に塗りつぶされていた。

二階のベランダに、男性物のステテコと肌着、ワイシャツ、タオルが干してあった。妻と長男を殺人者にし、長女を自殺に追いやった張本人が、いまでもここに生きている——。

鈴木は初めての聴取で、両親はすでに他界していると言った。大阪の海のそばで育ったとも嘘をついていた。自分の人生を、裁判所からお墨付きをもらった『鈴木大輔』で取り繕った。生い立ちも詐称して生きてきたのだろう。それでも過去は暴かれた。

鈴木の絶望と怒りは理解できる。共感はしない。絶対にしない。汐里はあの事件で焼死してしまった被害者たちに、寄り添うべきだった。

汐里は門扉の前に立った。呼び鈴を押そうとした。

「そこの歯医者、やっとらんで」

背後から声をかけられた。向かいの一軒家の前で、老人がポストに手を突っ込みながら言った。ヨークシャーテリアを連れている。犬の散歩から帰ってきたところらしい。

「もうずーっと前に店じまいしてな。電話帳にも載ってへんで」

なぜ来た、という顔だ。白髪頭が後退してはいるが、背筋がピンと伸びた老人だった。門扉を閉めて家の中に入ろうとした。『西田《にしだ》』という表札が出ている。汐里は踵を返し、尋ねる。

「お父さんすいません、いまお時間あったりします？」

警察手帳を出し、警視庁の警察官であることを名乗った。質問される前に尋ねる。

「お向かいの歯科医院に、兄妹がいたはずなんですが」

西田は神妙な顔つきになった。刑事二人を順繰りに見て、尋ねる。

「あの二人がどないしたん？　ひとりは実家と縁切って、もうひとりは亡くなっとる」

「はい。迫の大火が奈良であったころのこと、ご存知でしょうか」

「まあな、もうここに住んで五十年や。うちもひどい目に遭《お》うたよ」

ひどい目。則兼からだろうか。察したように、西田は首を横に振る。

「ちゃう、ちゃう。彼はただの歯医者や。俺も診てもろとった。腕は確かやで。市議会議員なんかやって、残念やったよ」

ひどい目に遭ったというのは、事件後に集結してきたマスコミからだという。

「うちの門扉に平気で上がってな、則兼さんちの二階の子ども部屋を隠し撮りしよったり、車のボンネットにも乗りよって、うちの息子は倒れた脚立で怪我したわ」

次々とマスコミが湧いてきて、近隣住宅のチャイムを鳴らして回る。犯人の顔写真を手に入れるためだ。

「気が狂いそうやったわ。この路地に二、三百人はマスコミが居座っとった」

則兼一家への苦言は、不思議と聞こえてこない。

「なに、奥さんの事件、警視庁で再捜査でもしとるの？」

動機がようわからんかったからなぁ、と西田は顎を触る。白い鬚が少し伸びている。

則兼家の長男が三十年経って事件を起こした、と汐里は言い出せない。倫太朗は申し訳なさそうに、後ろに突っ立っている。

「旦那さんは歯科医として腕はよかったで。でも親戚中が医者で肩身が狭かったんやろ、よう奥さんに当たり散らしとって、迷走してる感じはあったな。奥さんはえらいおとなしい人。旦那さんのイエスマンみたいやった。長男は父親に反抗し、よう殴られとったな。母ちゃん逃げよ言うて、週末はよう生駒山抜けて、奥さんの故郷の奈良に行っとった」

父親の暴力から母親を守るため、奈良に戻る――だが奈良にいる祖父も、母親に暴力を振るう人だった。汐里が指摘すると、西田は驚いたようだった。

「そこまでは知らんかったけど……昌洋君や下の梨加ちゃんは十津川の祖父母にはようなついとったで。二言目には十津川十津川、言うとったし」

林田義介は妻と娘を暴力で支配したのに、孫は猫かわいがりしていたのか。則兼清子はどんな思いでそれを見ていたのだろう。

西田がひとつ嘆息して、遠くを見る目になった。

「うちにも息子がひとりおってな。則兼さんとこの兄妹の間の年や。通学班も一緒やったけど、事件後、学校の方から指導が入ったんや。それで則兼さん兄妹は通学班とか、幼稚園の送迎バスからも外されたんやわ。かわいそうやった。兄妹二人で手を繋いでな。あの子らなんも悪いことしてへんのに」

話し好きか、それともこの理不尽をずっと誰かに伝えたかったのか。西田は続ける。

「だいたい、あのころは世界人権宣言四十周年とかで、差別をなくす教育をしとったんや。関西の教育機関が盛んに呼びかけてな。それやのに先生や保護者、地域の大人たちが率先して則兼兄妹を差別しとった」

近隣自治体で開かれる河内音頭大会でも、則兼兄妹は学校代表を外された。夏祭りでも地車《だんじり》に上がることを拒否された。昌洋は母親が事件を起こす前は、地元永崎の地車に法被《はっぴ》姿で乗っていた。活発で賢い少年だったのだ。古くからの友人はこれまで通り一緒に遊んでいたが、親が付き合いを嫌がった。昌洋に直接「うちの子としゃべらないで」と注意することもあった。市をあげて広島の原爆慰霊式に行く平和バスからも、自治体が兄妹を締め出した。則兼兄妹は母親が何人も焼殺しているのだから、平和バスに乗るのはまずいだろう、と主張したらしい。

「大人がそんなことしといて、子どもには差別はやめましょう、いじめはやめましょう、やからな。大人の方が悪いわ、全く」

事件後、父親はどんな様子だったのか。汐里は尋ねた。

「毎日土下座しよったよ、一か月は土下座行脚しとった」

生き残った被害者ひとりひとりに土下座。墓前で土下座。遺族に土下座。自治会で土下座。親戚の集まりで土下座。市議会で土下座。後援会事務所で土下座。歯科医師会で土下座。ＰＴＡで土下座――。

「路上に溢れたマスコミを、近所迷惑やさかい言うて、自宅の縁側に集めてな。カメラの前で何度も何度も土下座しよってな。子どもたちも横に並ばせて土下座さすのや。それから、近所も一軒一軒回って、堪忍してください、て。うちにも来たで。こっちが慰めの言葉も言わんうちに、この子らの母親がしたことで、迷惑おかけします、言うて……」

汐里は目を細め、尋ねる。

「この子らの母親が、と言ったんですか」

「そうや。自分の家内とは言わん。この子らの母親が、っていっつも言うねん。子どもに責任押し付けよるみたいやった」

父親は本当に弱い人だった、と西田は断言する。

「弱いから、暴力で妻を支配することしかできんかった。そして、堪忍、堪忍言うて謝罪に回りながらも、心のどっかでは俺は関係ないで、って逃げよる。せやから、あんな謝罪の仕方になったんやと思うわ」

彼をそういう風に追い詰めたのは世間だ、とも西田は言う。

「最初の謝罪会見のときな、則兼さん、きちんとした恰好せなあかんと、仕立てたスーツで縁側で会見しよったんやわ。そうしたら、被害者は身ぐるみ燃えて明日の洋服すらないのに、加害者の夫は立派なスーツ着よるってもう、抗議の電話がジャンジャン鳴ってな」

次の会見は着古したスラックスにジャンパーで臨んだ。

「したら翌日のワイドショーの後、また抗議の電話がわんさか。そんな薄汚い恰好で謝罪して舐めとんのか、と。加害者家族はなにやっても批判される。息しよるだけで針のむしろや。でも、仕方ない、と――」

加害者家族だから。

マスコミが引き上げたあと、今度は野次馬が次から次へとやってきたらしい。『放火魔』『凶悪殺人犯の家』『呪われろ』『ここの兄妹も焼いてしまえ』一晩のうちに数々の誹謗中傷が壁にペンキで落書きされた。そのたびに則兼は上からペンキで塗り潰していた。最終的にいまの真っ黒の外壁になった。

死んだ被害者はもうおいしいご飯も食べられない。新しい洋服も着られない。テレビを見て笑うこともできない。世間の猛烈なバッシングで追い詰められた父親は、兄妹にもそれを強いるようになったらしい。

「服は買わない。風呂は週に一回だけ。食事は給食だけ、お代わりは絶対するな。テレビを見るな。ゲームをするな。笑うな。楽しむな――。こんな具合や」

子どもが不憫だ。西田は時々、痩せ細った兄妹におやつや食べ物を与えていた。

「最初はあの子らもこっそり貰《もろ》て、うちの庭先でガツガツ食いよったんや。せやけどそのうち、あっちから断るようになってな」

父親にバレたら殴られる、と昌洋は言ったらしい。体は父親からの暴力で痣だらけだった。

「もう私ね、これは親子を引き離すべきやないかと、役場に相談したんやわ。したら児童相談所に行ってくれ、言われてね。そこに電話してこうこうこうですから、あの兄妹を助けてやってくれ、言うたらな、こう返されたんやで」

被害者の子どもの支援体制はできているが、加害者の子どもの支援は前例がない。

汐里は自分の唇が、勝手に震え出していることに気が付いた。

「もうだんだんとな、あの兄妹は見た目がホームレスみたいになっていってん。事件前はキラキラしていた目も、卑屈に歪んでいく。そんなん加害者家族でなくても学校でいじめられるやろ」

西田の息子も、最初は差別せず遊んでいた。だが、話しかけても兄妹に反応がなくなっていった。洋服は汚い。体臭もきつい。

「昌洋君は活発でひょうきんなクラスの人気者やったんやで。梨加ちゃんは母親に似て玉のようにかわいい子やった。それが、やけどの治療が全然でな、傷口から異臭が漂ってって――」

お向かいに住む他人でしかない西田は、ただ、見守るだけになってしまった。

「毎朝、汚れた体に殺人犯と落書きされたランドセル背負って、妹の手を引いて歩く昌洋君を見てな。おはよう！　今日もがんばれよ！　って声を掛けてやるだけ。せやけどいまから思えば……。がんばれって、言うてよかったんかな。ほら、うつ状態にある人に、そんなん言うたらあかんのやろ。実際、殆ど反応なかったしな」

その後、一家は十津川村迫にひっそりと越した。そこでの暮らしも行き詰まり、また東大阪に戻った。梨加は中学校から不登校になり、引きこもりになった。兄の昌洋だけが中学校を卒業し、県外の高校に通い出した。

「あの時分にはもう世間も事件のことを忘れとって、昌洋君も事件を知らない土地で楽しくやっとるっていう感じやったね。加害者らしくしていろっちゅうのが口癖のお父さんより、身も心も強くなって、生気を取り戻してたように見えたんやけど――」

ある日、昌洋が顔と首にひどいやけどを負っているのを見た。

「昌洋君どないしたん、って聞いても、なんも答えん。それで、いつかの妹と同じようにね、治療もせんと放っておいて、悪臭放つようになってもうて。あとから親父さんから聞いたんやけど、なんや、学校で素性がバレていじめられてああなったらしいな」

就職先でも差別され、アルバイトを転々としていたころまでしか知らない、と西田が言う。

「もう何年も後に、則兼さん本人から絶縁したと――戸籍を抜けて、新しい氏名でやっとると聞いただけ。新しい名前は、聞かんかったよ。絶対に聞いちゃいかんと思ってな。梨加ちゃんが自殺したのは、その少し前やったかな。昌洋君は生まれ変わったつもりで、妹の分まで頑張って幸せになってくれてたらええと、ずっと思とったんやけど――」

西田は不安そうに、刑事二人の顔を見た。

「で、刑事さんら、なにしにここへ来たん?」

倫太朗は汐里の隣で俯いている。目をきつく閉じていた。それでも涙が落ちた。汐里は堪《こら》えた。毅然としていようと、必要以上に構え、厳しい声になった。

「先日、則兼昌洋を、連続殺人容疑で逮捕しました」

西田は、うっ、という小さな声を漏らした。やがて「ちょっとごめん、しゃべれんわ……」と声を震わせ、玄関の奥に消えた。

五條警察署十津川分署に戻った。十九時を過ぎている。

亀有班は空き会議室を借りて、差し入れのめはり寿司を食べていた。鈴木は病室で聴取に応じている。連続殺人の全容が明らかになっていた。

きっかけは、沼田が考えた村おこし計画だった。沼田の実家の段ボール箱の底に埋もれていたという一冊のノートを、双海が示す。『十津川村マル秘再生計画』と表紙に書かれている。消滅した迫集落を〝極上の心霊スポット〟としてSNSで広め、広く観光客を集めようという計画だった。沼田は迫集落に入って則兼家への道を整備した。被害者家族に了解を得るべく奔走してもいた。玉置もそのひとりだ。彼の回顧録を出版することで、この計画に勢いをつけようとしていたようだ。

若い沼田が知恵を絞った結果だったのだろうが、あまりに軽薄で、関係者への思慮を欠いた計画だ。玉置は渋々だが回顧録の執筆だけは了承した。加害者の名前は一切出さないと沼田に約束させていた。沼田は則兼昌洋が鈴木大輔として財界人になっていたことを知らなかったようだ。

だが、下地が嗅ぎつけた。ダイヤモンドダストの内紛に関わった下地は、祥子と鈴木の妊娠と入籍準備を誰よりも早く知る立場にあった。大女優を射止めた鈴木の素性を洗ううち、迫の大火を広めようとする沼田と知り合った。玉置からも詳細を聞いた。これは大スクープになる。下地は事務所を締め出された井久保を巻き込んで、動き出した。

「井久保は二人三脚で祥子とやってきて、信頼関係があったんじゃないの」

汐里の問いに、川鍋が答えた。

「事務所を追い出されるときに祥子とも揉めたらしい。井久保は解雇なら祥子を連れて出ると豪語していたらしいんだ。新しい事務所名を書いた名刺を勝手に配って、営業もしていた」

だが祥子は同調しなかった。井久保は顔に泥を塗られた形になり、一方的に恨みを募らせた。

大スクープが欲しい下地と、祥子に憎悪を抱いた井久保が結託してしまった。加害者家族のことを伏せるつもりだった沼田や玉置と衝突し、村おこし計画はストップする。

事件暴露の動きを察知した鈴木は、入籍をやめ、妊娠の発表も取りやめた。祥子は海外での極秘出産を余儀なくされ、鈴木は火消しに走る。沼田と直接やり取りを始めた。

鈴木は金で解決しようとしたようだが、沼田は受け取りを拒否した。十津川村の再生にはこれしかないと、純粋に思い込んでいた。話はもつれ、鈴木はとうとう沼田を那智川に突き落とした。沼田は那智の滝へ落ち、自殺と判断された。

この最初の殺人で、鈴木のたがが外れてしまったようだ。あとは躊躇なく次々と殺している。玉置の口も封じることにした。沼田から奪ったIDカードで、介護施設に侵入し、酸素吸入器のスイッチを切った。

「他の三人は確実に殺しているのに、玉置の殺害方法は手ぬるい」

汐里は供述調書を捲りながら、指摘した。川鍋が答える。

「本音では殺したくなかっただろう。玉置だけは……。命の恩人だ」

倫太朗は話の輪に入っていない。生気のないまなざしで床を見ている。

「次に井久保」

汐里は事務的に、大きな声で言った。倫太朗が調書を捲ったが、心ここにあらず、といった様子だ。

沼田が死に、玉置は意識不明となった。井久保は身の危険を察し、鈴木の呼び出しに容易に応じなかった。鈴木は井久保の自宅に乗り込んだ。風邪薬を大量に混ぜた飲食物を、力ずくで飲ませようとした。井久保は吐いてしまった。

「井久保が洗面台の鏡に『果無』と記したのは、この時です」

双海が説明する。

「鈴木は、なんとしてでも息の根を止めようと、凶器を探していた。井久保が書き終わった直後に電気ポットのコードで首を絞めあげ、絞殺した」

「なんで鏡の文字を消さなかったの」

「湯気が立たないと見えなかっただろう。鈴木が首つり自殺の偽装を終えたときにはもう、見えなくなっていた。それで失念したらしい」

川鍋が答えながらも、首をひねった。

「なぜ『果無』と井久保は書いたのかな。ダイイングメッセージなら、鈴木とか則兼とか、『迫』と書いたってよかったのに」

「それなら鈴木が消すことを忘れないでしょう」

双海の返答に、汐里は付け足した。

「――果無、果てが無い、きりがないと、鈴木に伝えたかったんじゃ？」

いくら殺してもきりがない。倫太朗が突然、言う。

「逃れられない、という意味だったんですよ」

血からは。

「あれは警察へ向けたダイイングメッセージではなく、加害者に向けたメッセージだったんだと思います」

汐里は倫太朗の顔をまともに捉えることができなかった。川鍋が先へ進める。

「そして仕上げが、下地か」

ここでも加害者側の鈴木と、ことを暴きたい下地で堂々巡りの議論があったようだ。

下地は、加害者側である則兼昌洋が名前を変え、億万長者でいることの不義理を世間に問うつもりだったらしい。被害者で生き残った者の中にはいまでもケロイドとトラウマに苦しみ、貧困にあえいでいる者もいる。人を焼殺し、大勢の人生を狂わせた女の息子は、消火器で大儲け――鈴木にとっては贖罪の気持ちで始めた商売も、利益が莫大に出たら不謹慎となってしまう。

利益は被害者賠償に回すべきだと下地は言ったそうだ。被害者への賠償金は父親が支払い終えている。それに、いま鈴木が被害者家族と接触しようものなら、鈴木が則兼昌洋だと世間にバレてしまう。下地の正義も一理あるが、これでは鈴木はどうあがいても「普通の人生」を手に入れることができない。

加害者の血を引くことは、そこまで悪なのか。

汐里は目を閉じた。当たり前だ、悪なのだ、と内山の亡骸を抱いて泣き叫ぶ五年前の自分が必死に訴える。

「祥子との間にできた赤ん坊については、ダンマリか」

亀有が尋ねた。双海が答える。

「ええ。赤ん坊のことになると黙秘です」

亀有が匙を投げたように、椅子の背もたれに寄りかかる。

「防災本舗ドットコムの顧問弁護士がすっ飛んできた。黙秘の範囲が広がるかもしれない。確かに、祥子が産んだ子を自分の子と認めていたんだよな？」

「愛する人と子、というふうに言及はしています」

倫太朗が自信なさそうに言った。俯き、鈴木に切られた右手のひらを見た。汐里は亀有に尋ねる。

「祥子はどこまで事件に関わっていたんでしょう」

「関わってはいない。鈴木のスマホは解析が終わっている。削除済みのメールも復旧して、祥子とのやり取りは全て明らかになっている。我々がダイヤモンドダストをつつき始めたころ、鈴木にしつこく尋ねている」

赤ん坊の名前は、祥子の戸籍にある通り洋太郎だ。普段は鈴木の自宅で、鈴木が雇ったベビーシッターが洋太郎の面倒を見ていたようだ。祥子の親類の女性に預けることもあった。

〈刑事がつきまとうようになった。井久保さんも下地さんも自殺だよね？　あなたは関わっていないよね？　お母さんの件があるからって、あなたを疑いたくない。でも、洋太郎を叔母さんに預けるタイミングと、あの人たちが死んだタイミングが重なってる〉

鈴木は祥子の指摘に、返事をしていなかった。

「そういえばいま、祥子は？」

「行方不明だ。電話にも応じない。スマホの電波を追って居場所を特定することは可能だが、事件に関与していない人間を令状を使って追い立てるというのもな……」

舞台の公演は、体調不良ということでキャンセルになっている。芸能ニュースにはなっているが、大騒ぎにはなっていない。

双海が大きなため息をついた。

「警察といえど、暴いていいんでしょうか。その子が今後背負うものを考えると……」

マスコミはまた面白おかしく書きたてるのだろうか。殺人鬼の息子、やはり殺人鬼になる。血は争えない。カエルの子はカエル……。汐里は無意識に反論していた。

「昌洋を殺人鬼にしたのは、加害者家族を差別する世間だよ」

「世間はそんな風には見ない」

川鍋が断言した。亀有も頷く。

「海外では、加害者の子どもは〝隠れた被害者〟と呼ばれて、手厚く保護される。だが日本は勧善懲悪が大好きな人種だからな。善は善、悪は悪。悪人側の事情なんかどうでもいい」

汐里は、東大阪から奈良へ戻る電車から見た、車窓の風景を思い出した。近鉄けいはんな線から東大阪の街並みを見下ろすように高架線を走ったのち、生駒山に突入し、長いトンネルに入る。

トンネルを抜けた先は奈良県だ。昌洋にとって母親の生まれ故郷に行くことは、暴力的だった父親から逃れる解放的な瞬間だったに違いない。

ホシザキユキノシタが咲き誇る、美しい集落――日野祥子に故郷の名前をつけてやったのは鈴木だ。本人も事情聴取でそれを認めている。あんな事件があっても昌洋は迫を愛していた。幼いころの彼には、トンネルという長い暗闇の先に開ける奈良県の景色が、桃源郷のように映っていたか。

だが母親がそこで事件を起こしてしまった。トンネルを抜けた先でも、差別という名の暴力に苛《さいな》まれるようになった。闇をいくら抜けても闇。十歳で、光のない人生を強いられる絶望。それを汐里は確かに、あの電車の中で感じた。

それは、汐里が新宿御苑で桜と血を見た日から始まった絶望と、あまりによく似ていた。

「手を差し伸べたのが近所のおじさんひとりっていうのも、あまりに無慈悲だ」

川鍋のひとことで、汐里は我に返った。誰のことか尋ねた。

「毎日、学校に行くときに、がんばれと声をかけてくれたおじさんがいたらしい。とてもうれしかったと話している。鈴木の少年時代の味方は、近所のおじさんただひとりだった」

西田のことだ。汐里は席を立った。

「――ごめん」

会議室を出る。汐里は誰もいない廊下で号泣した。被害者家族も地獄。加害者家族も地獄。

私はどこへ行けばいい。

汐里はジャケットの内ポケットに手を入れた。ジッポライターが、重たい。それを廊下の床に叩きつけた。

明日からなにを踏み台にして生きていけばいい？

汐里は無意識のうちに走り出していた。混乱したまま分署を出て、駐車場に出る。ここまで乗り付けてきた白いレンタカーの中に入った。静かな村だ。車の扉を閉じると更に静寂が濃くなった。ひとしきり泣いた。ハンドルに顔を埋めたまま、右手でジャケットの内ポケットをまさぐり、赤マルを出した。火がない。汐里は煙草を箱ごと握りつぶした。

窓ガラスがノックされる。顔をあげた。倫太朗が立っている。睨みつけるようにこちらを見ている。怒りを自分にぶつけてくれ、とその目が訴えている。汐里は被害者側の人間だから。倫太朗は加害者側の人間だから。

窓ガラスを開けた。倫太朗が無言で、手のひらを突き出してくる。汐里が床に叩きつけたジッポがあった。羽の彫金が入った、加害者の……。倫太朗は踵を返した。分署の建物の中に見えなくなる。

汐里はそのジッポライターで、赤マルを三本、立て続けに吸った。車のエンジンをかけ、国道に出た。あてもなく走っているようでいて、気が付けば神納川にかかる藤原橋まで来ていた。

車を橋の隅に寄せた。車を降り、トランクを開けた。倫太朗の黒いファイルを取る。運転席で読み返す。調書に、香織の遺書が添付されていた。

三歳で死んだことにした息子、仁太郎との思い出が綴られていた。古墳のお濠沿いをよく散歩した。夏は恒例のPL花火を、工場の屋根の上にレジャーシートを敷いて、楽しんだ。

PL花火とは、PL教祖の生誕を祝う大規模な花火大会らしい。東京で隅田川の花火大会が広く知られているのと同じくらい、関西で有名な花火大会らしかった。

アクリル工場の経営がうまくいっていたら、倫太朗は仁太郎のまま羽曳野市で育ち、全く違う人生を歩んでいただろう。母親が血を洗わずにいたら、殺人犯の息子・宇津木仁太郎として、関西のどこかの養護施設で育ち、汐里の人生と交差することはなかった。いや――その人生はたぶん、存在しなかった。両親は心中している。三歳の子を残して心中する夫婦は、日本には殆どいない。子の将来を悲観し、殺してしまうのが日本の親だ。

だが香織は巻き込まなかった。

捨てた。

無言で汐里にジッポを突き出した倫太朗を思い出す。ブラッド・ロンダリングがなかったら、汐里の前に姿を現すことも、そもそもその戸籍すら存在しなかった、真弓倫太朗という男。

激しいクラクションの音で、はっと我に返る。

背後に奈良県警の捜査車両が停まっていた。後部座席から降りてきたのは、亀有だ。

汐里は目元の涙を拭い、車を降りた。亀有が困ったように言う。

「油を売るなら電波が通っているところにしてくれよ。どこにいるのかと思ったら」

「――どうして、ここってわかったんです」

「真弓がここじゃないかと。すぐ戻れ。これから五條の病院へ行く」

亀有は深刻そうな顔をしていた。なにかあったと察する。背を向けて捜査車両に戻ろうとした亀有の腕を、汐里はぐいと引いた。

「ちょっと待ってください。倫ちゃんになにかあったんですか?」

「は?　あいつはもう向かったよ、五條の病院に」

倫太朗ではない。すると――。

「鈴木になにかあったんですか」

亀有が大きく頷いた。

「見張りの警官の交代時間の隙をついて、病院の屋上から飛び降りた。即死だ」

第五章　倫太朗と汐里

倫太朗は亀有班の面々と、鈴木の飛び降り自殺の現場検証に付き添った。

分署に戻ってきた。日付がまたひとつ、意味もなく、変わる。亀有たちは、差し入れのめはり寿司を口に入れた。砂を嚙むような顔だった。

分署の行政職員が道場に布団を敷いてくれた。諸連絡を済ませ、床に入る。誰もが寝付けない様子だった。亀有班の失態ではないにせよ、容疑者に自殺されるという最悪の結末を迎えた。咳払いやため息、寝返りの音が聞こえてくる。

汐里だけが、沈黙していた。女性なので、パーテーションで区切った二畳ほどのスペースで眠る。物音ひとつ聞こえてこなかった。

深夜二時を過ぎて、川鍋の鼾《いびき》と、双海の歯ぎしりが聞こえてきた。みな、寝たようだ。

倫太朗は今晩も、一睡もできそうになかった。

目を閉じると、コンクリートに頭を割られた鈴木の死体が瞼に浮かぶ。血の海の真ん中に倒れ、薄眼を開け、口がぽかんと開いていた。安らかではあった。彼は血を、乗り越えられなかった。

倫太朗も、乗り越えられそうにない。

自分は罪深い存在だ。二人を強殺した男の血が通っているのに、加害者地獄を免れて生きてきた。

警察官を続けていて、いいはずがない。

かさ、と物音がした。

汐里がパーテーションの奥から出てきた。暗闇の中、畳の上を忍び足で歩く。倫太朗は、布団の隙間から見ていた。

汐里がそうっと扉を閉めて道場から出て行った。鍵をジャケットのポケットに入れながら。汐里は寝る直前、ジャージに着替えていたはずだ。いまは上下黒のパンツスーツ姿だった。

倫太朗は扉が閉まるのを待ち、布団から出た。畳の上を歩きだそうとして、誰かが咳をした。寝返りを打つ音もする。倫太朗は動きを止めた。やがて聞こえてきた寝息を背に、廊下に出た。

窓から、駐車場が見えた。白いレンタカーが動き出している。汐里が京都から乗り付けてきたものだ。抜け出した深夜、彼女がなにをするつもりかはわかっていた。

倫太朗は道場に戻った。自身が借りているレンタカーのキーを取る。駐車場に降りた。汐里の白いレンタカーは走り去った後だった。

高台にある駐車場から、下を走る国道を見た。車は一台も通っていない。通り過ぎた気配もない。汐里がどこに行ったのか、わからない。

神納川だろうか。昨日、倫太朗がそれを当てたから、今日は別の場所だろう。端から端まで車で三時間近くかかるこの広大な十津川村で、あてもなく車を走らせて汐里を捜すのは、無謀なことだった。

倫太朗はとぼとぼと、車へ戻った。汐里のレンタカーが停まっていた空間に、エンジンの熱が残っているようだった。倫太朗はテールランプに寄りかかり、地面にあぐらをかいた。

夜空を眺めた。星の瞬きが薄い。山の稜線がオレンジ色に光り始めていた。黒かった空が、薄紫色に変わっていく。大自然の空の変化——太古の昔からそこにあり、繰り返されてきた毎日から、救いを見出そうとする。自分の血の悩みを「ちっぽけなことだ」と鈍感に捉えられる余白を捜している。

見つからない。

どうやっても——。

日が昇る前に、汐里が戻ってきた。まだ空には星が残っている。夜明けの空はオレンジと青のグラデーションになっていた。汐里の車が、倫太朗をヘッドライトで照らす。

すぐ隣のスペースに停まった。倫太朗は立ち上がった。

白のレンタカーのエンジンが切られた。汐里は出てこない。

助手席の扉はロックされていなかった。倫太朗は扉を開け、シートに滑り込んだ。煙臭かった。汐里のスーツに、倫太朗の秘密を消した匂いが染みついている。

「外でずっと待ってたの?」

「はい」

「風邪引くじゃん。冷えたでしょ」

汐里が倫太朗の頰を撫でた。当たり前のように。遠慮もなく。手は熱かった。

倫太朗は汐里の手を握った。力は入らない。寒さと、手のひらの傷のしんしんとした痛みで、彼女の小さな手すら握る力が残っていなかった。

「なにやってんすか。証拠品ですよ」

「なにが?」

「僕の過去を、あの黒いファイルを燃やしてきたんでしょう」

「違うよ。ジッポライターを、処分してきた」

汐里はフロントガラスを見据えた。

「中のオイル、交換したばっかりだったの。使い切ってから捨てなきゃでしょ。ついでに燃やすもんないかなと思ってたら、トランクに黒いファイルがあってさ。中の紙切れ、よく燃えたわ」

戻ろ、と汐里が手を引き抜こうとした。咄嗟に力を込めた。激痛に顔が歪む。戻りたくない、と倫太朗はとうとう涙をこぼした。

「もう、戻れません。刑事には」

「そう。戻りたくないなら、この間の続きでもする？」

下品にふざける。顔はニコニコと、へたくそな笑顔を作っていた。

「したいけど、しません」

「そうなの」

「汐里さんとは。絶対に。すごく好きだから。加害者の血が流れている僕の体で、汐里さんを汚したくない」

「ふうん……」

倫太朗は泣いて、首を垂れた。

「もう、その優しいの、勘弁してください」

いっきにまくし立てた。

「僕はこれを知ってから二年間、毎日、この事実を忘れたことはない。毎朝起きて思い出す、毎晩寝る前に考えてしまう、自分の父親は人殺しだ、と。しかも僕は、加害者家族が負うはずだった差別からも逃れて、めでたく警察官の息子になって、いまは正義の味方って――」

「倫ちゃん」

汐里のたしなめる声は、母親のようだった。倫太朗は駄々をこねた。

「犯人を追っかけるたびにもうひとりの自分がせせら笑う、なんで殺人犯の息子が犯人を追っているのかと。犯人にワッパをかけるたびに、犯人を取り調べるたびに、お前にはそれができる資格がないだろうと考えてしまう。みなで一丸となって捜査するたびに、面パトかっ飛ばすたびに、捜査がうまくいかなくて途方に暮れているときも、悔しいときも、いつもいつも、いつも……！」

自分だけは、違う。血が汚い。

倫太朗は汐里に手を合わせて、拝んだ。

「もう、辞めさせてください。警察官として真弓倫太朗を生きるのは、地獄です……」

汐里は目がウサギのように真っ赤になっていた。涙は見せない。フロントガラスを睨みつける。

「倫ちゃんのお母さん、うまいことやったよね。本当」

ブラッド・ロンダリング。軽蔑している声ではなかった。

「遺書を読んだ。燃やす前にもう一度、読み返した。ありがたいな、と思って」

意味がわからない。倫太朗は「ありがたい……？」と聞き返した。

「借金地獄で余命いくばくもなく、夫は殺人犯だよ。子どもはまだ三歳。夫婦で心中しようってなったら、普通は子どもを連れていくでしょ。でも倫ちゃんのお母さんは連れていかなかった」

倫太朗は唇を嚙みしめた。

「なんか、感謝しちゃったんだよね。遺書読んで。倫ちゃんを殺さず、捨ててくれてありがとう、って」

この子を生かしてくれてありがとう。

警察官になって、捜査一課に来てくれてありがとう。

私の前に姿を現してくれて、ありがとう。

汐里は「ありがとう」を重ねていく。

「危うい私を、いつもいつも注意深く見守ってくれて、ありがとう、って」

倫太朗は汐里の手を握ったまま、号泣した。汐里がそうっと、手を引っこ抜いた。

「それが全てだよ。それだけだよ」

汐里はブラウスのボタンを外した。黒のブラジャーをずらす。張りを失いつつある乳房と、緊張してぴんと立った乳首が、こぼれる。その上を斜めに走る赤い切り傷は赤紫色に変わり、かさぶたになっていた。汐里は爪を立てて、傷を搔きむしった。痛みをこらえる吐息が、歯の隙間から漏れる。かさぶたが破れ、赤い血が滲む。やがて垂れた一滴が乳房の輪郭に沿うように落ちていく。

倫太朗は右手首を摑まれていた。包帯が、ひらひらとほどかれていく。ガーゼは傷口と癒着していた。引っ張ったらびりっと音が鳴る。かさぶたが剝がれた。血が、溢れる。

「あげる。警官の血だよ」

汐里は倫太朗の右手のひらを、露出した胸に押し付けた。乱暴に。強引に。あまりの痛みに、手のひらが心臓になったように脈打つ。同時に、汐里の鼓動と、汐里の血を感じる。温かくて、生々しい。汐里と倫太朗の心臓がそこに二つ、寄り添う。

エピローグ

汐里は今日も仕事をサボった。

捜査本部はいまごろ大忙しのはずだ。刑事は送検後、書類仕事に忙殺される。容疑者に自殺もされている。『言い訳』書類が倍増するのだ。

重要参考人である祥子の行方も、わかっていなかった。

鈴木逮捕の一報が全国を駆け巡ったその日に、消えたままだ。祥子は叔母のもとを訪れ、洋太郎を引き取り、足取りが途絶えた。渋谷の自宅にもいない。飯田橋の事務所にも顔を出さない。

母子ともに、行方不明だった。

捜査本部は送検作業のほかに、祥子や洋太郎を捜す人員も必要だった。猫の手も借りたい状態だろう。川鍋や双海から「二階堂はなにやってんだ」と抗議の声が届いている。

知らない。しばらく、ほっといてほしい。

毎晩のように、阿佐ヶ谷の自宅のインターホンを押す人がいた。

倫太朗だ。

「こんばんは。夕飯、まだですよね。買ってきました。アッ、また部屋がきれいになってますね」

倫太朗が毎晩来るから、ごみ屋敷の掃除を始めたわけではない。そういう風に倫太朗に捉えられるのが嫌で、そっけない態度を取る。

目を合わせないでいると誤解されるかな、と心配もしてしまう。倫太朗のことだから「やっぱり俺の存在は悪だ」とか「やっぱり俺の血が汚いから」と思ってしまわないか。気を揉む。

結局、若い青年を前に、どういう振る舞いをしていいのかわからない。彼の前で右往左往する。まるで少女のようだ。バカみたいだったから、刑事のそぶりでかっこつけるしかない。

「どう。祥子と洋太郎は、見つかりそう？」

「捜査のことが気になるなら、本部に顔を出してくれたらいいのに」

「そうだねー」

「またその、適当な返事」

倫太朗がリビングのこたつに座り、ビニール袋から弁当を二つ、出した。若鶏の唐揚げ弁当と、豚生姜焼き弁当、どちらもごはん大盛だった。

「女はこんなに食べれないよ」

倫太朗はニコニコと笑うだけだ。汐里は唐揚げ弁当を取った。倫太朗は、包帯の巻かれた右手で、不器用に生姜焼きを食べている。五針縫ったと聞いた。

「捜査一課長が、心配してるんです。祥子は無理心中するつもりじゃないかって」

倫太朗が上目遣いに、汐里を見る。

「だから、祥子と接触したことがあり、捜査の全貌をよく知る汐里さんに、早く出てほしい――みたいなこと言ってましたよ」

「へえ。毎晩うちに来るのは、発破《はっぱ》かけるため？」

「違いますよ。ただ、汐里さんに会いたいだけです」

倫太朗はこういうことをさらりと口にして、なんでもないような顔をする。そのまま口説いて押し倒すでもない。『誠実』のかたまりだ。

倫太朗が深刻そうに続ける。

「マスコミの動きも気になります。週刊毎朝の大塚さんとか、特に」

鈴木が洋太郎を抱いている現場をいちはやく捉えたマスコミだ。

警察は、鈴木に息子がいることまでは記者発表していない。

「祥子が海外で極秘出産した息子が、殺人者の血だった――そんなことマスコミにすっぱ抜かれたら、余計に祥子を追い詰めてしまう。ですが、大塚さんの方は〝警察に情報提供したのに、箝口令《かんこうれい》を敷くのか〟という始末で」

倫太朗は一度言葉を切り、箸を置いた。

「俺――祥子は、ブラッド・ロンダリングをするつもりなんじゃないか、と思っているんです」

鈴木は死の直前、弁護士と接見している。ブラッド・ロンダリングを祥子に伝えるように頼んだのではないか、と倫太朗は推理する。

「弁護士は、鈴木の自殺現場に来なかったんです。代理人として遺体を引き取りに来たのは二日後ですよ。ありえないですよね。東京にいる祥子に、急ぎ、伝言する必要があった。だから、奈良にはすぐに戻って来られなかったんですよ」

倫太朗が咳き込んだ。汐里は立ち上がる。

「なにか飲み物。麦茶でいい？」

「はい、ありがとうございます」

立ち上がり、キッチンの冷蔵庫を開けた。扉のホルダーに入ったペットボトルの麦茶を引っ張り出し、扉を閉じようとした。

飲みかけの缶コーヒーが、目に入った。

汐里は、衝撃を受けた。

ここにそれが残っている、ということを、忘れていた。

ほんの数日かもしれない、ほんの数時間だったかもしれない。

最後にいつこの存在について思い出したのかが、思い出せないのだ。

「汐里さん？」

倫太朗の呼ぶ声が、遠くに聞こえる。

汐里はいつまでも、冷蔵庫の中の、口にラップがされた缶コーヒーを見ていた。

倫太朗がキッチンにやってきた。食器棚を開け、グラスを二つ、取る。重いでしょう、という様子で、汐里の腕からペットボトルを抜いた。

汐里は、冷蔵庫の中に手を伸ばした。缶コーヒーを取る。そのあまりの軽さに、また動揺してしまう。ラップを取り、中身を、シンクに流そうとした。

なにも出てこない。

空っぽだった。

許されているのだ、と思った。内山に。もう、ずっと前から。缶コーヒーの中身が自然と気化し、目に見えなくなるように。

自分を忘れていいのだと。

汐里は、倫太朗を振り返った。

「東京タワー」

倫太朗も、頷く。

「俺が、止めます」

＊＊＊

倫太朗は今日も東京タワーの展望フロアにいた。

五月も末だ。鈴木大輔こと則兼昌洋の自殺から十日が経っていた。九時から二十三時までの営業時間中、倫太朗はずっと、ここにいる。

祥子と赤ん坊を捜していた。

平日は空いている。外国人観光客が多い。週末は家族連れでにぎわう。迷子の子を抱いて、母親を捜すこともあった。見つからない子はひとりもいない。迷子なのに、倫太朗の包帯の右手を心配してくれる優しい女の子もいた。

医者が皮膚を縫う瞬間を、いまでもよく覚えている。目に焼き付けたのだ。汐里の血を吸った肉が、もうこの血を逃さない、と塞がれていくのを。

汐里はもう捜査に復帰している。週刊毎朝の大塚を説得するためだ。鈴木が経験した加害者家族の地獄を話し、納得させ、写真のデータを削除させるまでもっていく。意気込んでいた。「警察の仕事ではない」ある捜査幹部は言った。「警察の仕事だ」亀有ははね返し、汐里を守った。

倫太朗は、祥子と赤ん坊を見つけなくてはならなかった。ブラッド・ロンダリングの道を選ぼうとする母親に、もう一つの道を示す。

東京タワー展望フロアは営業終了時間が近くなり、人の数が減った。東京の夜景を、身を寄せ合って眺めるカップルが数組いる程度だ。

倫太朗は亀有と展望フロアにあるカフェにいた。直通のエレベーターが真ん中にある。そこへ続く通路が見えるカフェで、展望フロアに上がってくる客を確認し続けた。

今日も祥子は、来なかった。

亀有は念のため、他にも捜査員を配置している。双海を江戸川区へ、川鍋を旧迫集落や果無周辺に派遣した。捨て子は児童養護施設や病院に置き去りにされることが多い。全国の児童養護施設にも確認している。

汐里が指摘したように、倫太朗も、確信していた。

祥子はブラッド・ロンダリングの舞台を東京タワーにするはずだ。

リスクの高い一か八かの賭でもある。失敗したら、子どもは路頭に迷ったまま事故に巻き込まれるかもしれない。不審者に連れ去られるかもしれない。警察に無事保護され、施設に入れられたとしても、天涯孤独で苦労するかもしれない。警察官に貰われた倫太朗は幸運だった。祥子はその験《げん》を担ぎたいはずだ。

我が子を加害者地獄から解放する場所は、倫太朗が生まれた東京タワーしかない。

カフェの店員が閉店を伝えた。

「今日も撤収か」

亀有が立ち上がる。倫太朗は亀有のコーヒーもトレーに載せ、返却棚に置いてきた。

亀有がしみじみとした顔で、自分を眺めていた。

「なんすか」

「いや。いい刑事になったな、と」

「やめてくださいよ、唐突に」

照れくさい。上りのエレベーターは止まっていた。亀有と二階デッキも見て回った。誰もいなかった。亀有と下りのエレベーターに乗る。他に客はいなかった。またのお越しをお待ちしております、という自動アナウンスを、もう何度聞いたか。

倫太朗は、隣に立つ亀有の横顔を、見た。

「亀有さん」

「ん」

「なぜ、問題のある刑事ばっかり引き受けているんです?」

「なんの話だ」

亀有は前を向いたまま、倫太朗を見ようとしなかった。

「復讐を企てていた汐里さんとか。殺人犯の血が流れている僕とか」

四月一日の異動初日、辞表を出した倫太朗は、亀有に自分の秘密を話した。亀有は驚いただけで、辞表の受理は断固拒否した。「そういう人材が欲しかったところなんだ」と全く意味不明なことまで言ってのけたのだ。

「倫太朗」

「はい」

「正義と真実だけじゃ、事件を解決できても、人は救えない」

鈴木にワッパを掛けた瞬間を思い出す。なにも解決していないという絶望感を持った。

「二階堂は被害者に寄り添える。お前は加害者に寄り添える」

最高のチームじゃないか。

扉が開いた。一階だ。ここから七階まではフットタウンと呼ばれる。エレベーターを降りた目の前はメイン出入口だった。来館者たちが流れていく。館内で蛍の光のメロディが流れている。

「俺は四階から七階を見てくる。お前は一階から三階を」

「了解です」

亀有と別れた。一階は昔ながらの土産物屋が並んでいる。全ての店が営業を終えていた。カフェや飲食店には客が残っていた。新たな客が入れないように『閉店』の看板が出ている。倫太朗はひと通り一階を見て回り、二階、三階とエスカレーターを上がって各フロアを確認した。

祥子の姿はなかった。

帰ろう。倫太朗はエスカレーターを大股で降りながら、亀有に電話をかけようとした。すぐに呼び出しボタンを切った。

障害者用トイレから飛び出してくる女がいた。マスク。サングラス。帽子。ロングストレートの茶色の髪は胸まで垂れる。妙にてかっていて、ウィッグとわかる。顔は見えない。肩の震えで、泣いているのがわかった。

倫太朗はエスカレーターを下り、身を翻す。手前にある土産物屋のオブジェの陰に隠れた。

女はなにかを振り切るように出入口へ向かう。雷に打たれたように立ち止まった。

一歩遅れて、障害者用トイレから赤ん坊の泣き声が聞こえてきた。

泣くことがわかっていたから立ち止まったのだ。

母子の、分かち難い繋がりを感じる。

母親はじっと佇んでいた。ひどく猫背だ。引き返してきた。

倫太朗はオブジェの陰で背中を丸めた。障害者用トイレの引き戸をスライドする音がした。赤ん坊の泣き声が近くなる。扉が閉まった。赤ん坊の声が遠くなる。

――捨てられない。

母親の叫びが、聞こえてくるようだった。

倫太朗は立ち上がり、障害者用トイレに近づいた。扉に耳をつける。母親の嗚咽が聞こえてきた。

倫太朗はその慟哭《どうこく》に耳を預けた。二十三年前、この地で同じように号泣したであろう実母に、思いを馳せる。

目の前の母親は、救う。

その赤ん坊の人生は加害者の罪を背負わされ、辛く、苦しいものになるだろう。だが、そういう人生だからこそ見つかる花がある。
あの花の名前はなんと言ったか。
倫太朗にとっては――。
右の拳を握りしめる。
扉をノックした。
ハッと息を呑む、痛々しい沈黙があった。倫太朗はいま、ようやく、名乗りをあげた。
「警視庁捜査一課の、真弓倫太朗です」

参考文献

『僕の父は母を殺した』　大山寛人　朝日新聞出版
『加害者家族支援の理論と実践』　阿部恭子　現代人文社
『僕はパパを殺すことに決めた』　草薙厚子　講談社
『殺人者はいかに誕生したか』　長谷川博一　新潮社
『殺人予防』　加藤智大　批評社
『てくてく歩き11 熊野古道』　ブルーガイド編集部　実業之日本社
『和歌山カレー事件　獄中からの手紙』　林眞須美　創出版
『息子が人を殺しました』　阿部恭子　幻冬舎
『加害者家族』　鈴木伸元　幻冬舎
『謝るなら、いつでもおいで』　川名荘志　新潮社
『年表　十津川１２０年』　十津川村
『紀伊半島大水害』　十津川村
『奈良県の百年』　鈴木良編　山川出版社
「大阪春秋」第22号　大阪春秋社
「東大阪市政だより」昭和63年第437〜459号

本書は二〇二〇年三月、小社より単行本として刊行された『ブラッド・ロンダリング』を加筆修正のうえ文庫化したものです。

編集協力　株式会社アップルシード・エージェンシー

ブラッド・ロンダリング
警視庁捜査《けいしちょうそうさ》一課《いっか》 殺人犯捜査《さつじんはんそうさ》二係《にがかり》

二〇二三年 二 月一〇日 初版印刷
二〇二三年 二 月二〇日 初版発行

著　者　吉川英梨《よしかわえり》
発行者　小野寺優
発行所　株式会社河出書房新社
〒一五一－〇〇五一
東京都渋谷区千駄ヶ谷二－三二－二
電話〇三－三四〇四－八六一一（編集）
〇三－三四〇四－一二〇一（営業）
https://www.kawade.co.jp/

ロゴ・表紙デザイン　粟津潔
本文フォーマット　佐々木暁
本文組版　KAWADE DTP WORKS
印刷・製本　中央精版印刷株式会社

Printed in Japan　ISBN978-4-309-41947-3

葬偽屋は弔わない

森晶麿　41602-1

自分が死んだら周りの人たちはどんな反応をするんだろう。その願い〈葬偽屋〉が叶えます。アガサ・クリスティー賞作家が描く意外なアウトロー稼業。人の本音に迫る痛快人情ミステリー！

メビウス

堂場瞬一　41717-2

1974年10月14日――長嶋茂雄引退試合と三井物産爆破事件が同時に起きたその日に、男は逃げた。警察から、仲間から、そして最愛の人から――「清算」の時は来た！　極上のエンターテインメント。

サイレント・トーキョー

秦建日子　41721-9

恵比寿、渋谷で起きる連続爆弾テロ！　第3のテロを予告する犯人の要求は、首相とのテレビ生対談。繰り返される「これは戦争だ」という言葉。目的は、動機は？　驚愕のクライムサスペンス。映画原作。

推理小説

秦建日子　40776-0

出版社に届いた「推理小説・上巻」という原稿。そこには殺人事件の詳細と予告、そして「事件を防ぎたければ、続きを入札せよ」という前代未聞の要求が……ＦＮＳ系連続ドラマ「アンフェア」原作！

アンフェアな月

秦建日子　40904-7

赤ん坊が誘拐された。錯乱状態の母親、奇妙な誘拐犯、迷走する捜査。そんな中、山から掘り出されたものは？　ベストセラー『推理小説』（ドラマ「アンフェア」原作）に続く刑事・雪平夏見シリーズ第二弾！

殺してもいい命

秦建日子　41095-1

胸にアイスピックを突き立てられた男の口には、「殺人ビジネス、始めます」というチラシが突っ込まれていた。殺された男の名は……刑事・雪平夏見シリーズ第三弾、最も哀切な事件が幕を開ける！

神様の値段　戦力外捜査官

似鳥鶏　41353-2

捜査一課の凸凹コンビがふたたび登場！　新興宗教団体がたくらむ“ハルマゲドン”。妹を人質にとられた設楽と海月は、仕組まれ最悪のテロを防ぐことができるか⁉　連ドラ化された人気シリーズ第二弾！

戦力外捜査官　姫デカ・海月千波

似鳥鶏　41248-1

警視庁捜査一課、配属たった２日で戦力外通告⁉　連続放火、女子大学院生殺人、消えた大量の毒ガス兵器……推理だけは超一流のドジっ娘メガネ美少女警部とお守役の設楽刑事の凸凹コンビが難事件に挑む！

ゼロの日に叫ぶ　戦力外捜査官

似鳥鶏　41560-4

都内の暴力団が何者かに殲滅され、偶然居合わせた刑事二人も重傷を負う事件が発生。警視庁の威信をかけた捜査が進む裏で、東京中をパニックに陥れる計画が進められていた――人気シリーズ第三弾、文庫化！

ある誘拐

矢月秀作　41821-6

ベテラン刑事・野村は少女誘拐事案の捜査を任された。その手口から、当初は営利目的の稚拙な犯行と思われたが……30億円の身代金誘拐事件、成功率０％の不可能犯罪の行方は⁉

最高の盗難

深水黎一郎　41744-8

時価十数億のストラディヴァリウスが、若き天才ヴァイオリニストのコンサート会場から消えた！　超満員の音楽ホールで起こったあまりに「芸術的」な盗難とは？　ハウダニットの驚くべき傑作を含む３編。

最後のトリック

深水黎一郎　41318-1

ラストに驚愕！　犯人はこの本の《読者全員》！　アイディア料は２億円。スランプ中の作家に、謎の男が「命と引き換えにしても惜しくない」と切実に訴えた、ミステリー界究極のトリックとは⁉

花《はな》窗《まど》玻《は》璃《り》　天使たちの殺意

深水黎一郎　41405-8

仏・ランス大聖堂から男が転落、地上80mの塔は密室で警察は自殺と断定。だが半年後、再び死体が！　鍵は教会内の有名なステンドグラス…。これぞミステリー！『最後のトリック』著者の文庫最新作。

琉璃玉の耳輪

津原泰水　尾崎翠〔原案〕　41229-0

３人の娘を探して下さい。手掛かりは、琉璃玉の耳輪を嵌めています——女探偵・岡田明子のもとへ迷い込んだ、奇妙な依頼。原案・尾崎翠、小説・津原泰水。幻の探偵小説がついに刊行！

黒死館殺人事件

小栗虫太郎　40905-4

黒死館を襲った血腥い連続殺人事件の謎に、刑事弁護士法水麟太郎がエンサイクロペディックな学識を駆使して挑む。本邦三大ミステリの一つ、悪魔学と神秘科学の一大ペダントリー。

復員殺人事件

坂口安吾　41702-8

昭和二十二年、倉田家に異様な復員兵が帰還した。その翌晩、殺人事件が。五年前の轢死事件との関連は？　その後の殺人事件は？　名匠・高木彬光が書き継いだ、『不連続殺人事件』に匹敵する推理長篇。

帰去来殺人事件

山田風太郎　日下三蔵〔編〕　41937-4

驚嘆のトリックでミステリ史上に輝く「帰去来殺人事件」をはじめ、「チンプン館の殺人」「西条家の通り魔」「怪盗七面相」など名探偵・荊木歓喜が活躍する傑作短篇８篇を収録。

アリス殺人事件

有栖川有栖／宮部みゆき／篠田真由美／柄刀一／山口雅也／北原尚彦　41455-3

「不思議の国のアリス」「鏡の国のアリス」をテーマに、現代ミステリーの名手６人が紡ぎだした、あの名探偵も活躍する事件の数々……！　アリスへの愛がたっぷりつまった、珠玉の謎解きをあなたに。